Best Time

白 马 时 光

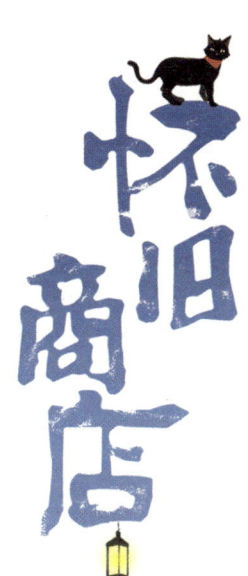

怀旧商店

徐梦瑶

著

我 在 城 市 中

开 了 一 家 店

专 门 收 留 人 们 舍 不 得

又 无 法 保 留 的 旧 物

这 店 叫 作

怀 旧 商 店

01　001
一封来自岛屿的旧信

02　011
《小王子》手抄翻译本

03　027
父亲的旧手表

04　041
芭比娃娃

05　055
少年的银戒

06　083
打火机

07　103
旧磁带

08　123
移动硬盘里的影像

09　143
啤酒罐拉环和一沓腰封

10　157
隐秘的故事

11　181
塔罗牌

12　203
匿名寄物

目 录
contents

怀旧商店

寄存旧物，贩卖旧物。不为怀旧，只为告别。

13　215
银色领夹

14　243
黑胶唱片

15　265
告别项链

16　287
怀旧商店

爱，
不仅仅以"爱情"的形态出现，
朋友、亲人、战友，或者知己，

彼此理解尊重，胜过死生契阔的誓约，
哪怕天各一方，只要对方活着就好了。

二百多封家信,
战乱、离散、生死无奈……
命运压上字字句句,
历史擦过桩桩往事,无人幸免。

Dedicated to R

爱恨之间，每个人都情有可原。

入库单

物品编号：01

一封来自岛屿的旧信

备　注　　　爱情，是完美的友谊。

寄存年限　　　永久寄存

他自岛屿来

我开始写怀旧商店的故事时，怀旧商店开业已经有段时间。人们问我为什么开这样一家店，我想，收纳旧物、贩卖旧物，就好像参加一场乏人问津的哀悼会，隐秘、不宜大张旗鼓，无人可以共享。那些本该留在过去，又舍不得丢的东西，多少在人们心尖留下令人发痒的尘螨。我成为他人往昔的保管者。

五月闷热。我候在门廊。青苔，腐木和蚂蚁，黑猫和我，广州几乎不会变冷的天气。日光跳入院落，透过枝叶，在地面铺洒一片碎金肌理，鸟振翅飞离。我最爱此处寂然的样子。

怀旧商店位于东山口附近，位置不太好找。它存在于别人口中，没有显眼招牌或闪烁灯箱，西面的外墙是砖红色的，爬满藤蔓。南方城市湿热，植物蓬勃。老别墅共四层，开门就是怀旧商店，二楼被我改造成一个小型收藏馆，存放着各种寄存物。庭院的栏杆楼梯径直通往三楼，穿过宽阔露台，推开落地玻璃门，两侧经由旋转楼梯隔开客厅和厨房，另有两间卧室。旋转楼梯通往四楼，我住四楼，不过那说白了就是延伸的小阁楼罢了。怀旧商店的客人们常说"我听朋友说起过这里"。

天转阴，积雨云厚厚堆垛，黑猫过来蹭我的脚踝。我抚摸它的下巴和背脊，它在地面打个滚儿，翻身躺倒，向我敞开肚皮。黑猫是突然出现的。一日傍晚，它跃下围墙，转头发现我，跑开了。过几天，黑猫推开木门，探进怀旧商店转两圈。我在门角备好猫粮和水，它每天不定时出现，吃过东西，又顾自离开。日子久了，黑猫睡在桌底、沙发、我的脚边，在怀旧商店来来去去。我们建立起毫无压力的关系，我不知道它什么时候来，也不知道它什么时候会离开。

沈柏言也是突然出现的。

三个月前的一个雨天,他跟着黑猫闯入怀旧商店。门扉半掩,黑猫喵叫着蹿进屋,随即,年轻男人打了个喷嚏,紧抱怀中背包,在门口踯躅。他似乎在等我说"请进吧",于是我说,请进吧。他拿衣角擦干眼镜,和我打招呼,眉眼利落,笑起来挺好看,讲话习惯拖着"噢、欸、啦、哪……"之类的尾音。他说他从台北来,最近去过一些地方,没有寻访到故人。我说这里是怀旧商店。

"待会儿可能会下雨噢,"柏言倒茶,白茶碟置于手边,"老板娘,喝茶吗?"

我笑答"好"。茶叶是柏言从台湾带来的,冷泡金萱茶,冰箱内静置七八小时,不见涩味,倒有一股淡淡奶香。我一手捧茶碟,一手撑在吧台,望向对面墙上挂的木相框。里头放的不是照片,一封旧信在内部展开,年深岁久,纸张发黄、变脆,横撇竖捺,刚正遒劲,蓝色墨迹已微微晕开,字句仍清晰。写信人是柏言的爷爷沈仰贤。

一九五一年七月十六日

荻妹,近来可好。我眼下住在一个匆忙搭成的宿舍里,条件颇简陋，屋顶盖着茅草，竹篾搭的墙，时常漏雨。前几日，我有些着凉，整天头晕脑涨的。不过你不必挂心，现都大好了，我就是告诉你这件事，冲你撒撒娇。

今天吃过午饭，我躺了会儿，梦见同你初见的情景。说来也好笑，当初长辈想撮合我们二人，我还不情愿，母亲好说歹说才将我拉去见面。那时我心中有抱负，不着急成家，计划吃过饭便婉拒美意，没料到，对你一见倾心。你还记得吗，我殷勤地替你夹菜，笨手笨脚地碰洒茶杯，弄脏了你的衣服。方才在梦里，我打翻茶杯，你生了好大的气，说不愿意嫁我，嫁给我会苦一辈子。我害怕极了，赶忙向你道歉，可不管怎么解释，你都不肯原谅我。我一着急，醒过来，再瞧瞧四周，原来自己早就飘零异地。实际上我从未见你发过脾气，你待人从来都是温和有礼的。

回想从前的事，确实做梦似的，我哪来这样好的福气娶到你。结婚以后，我听了父亲的安排，在银行做事。每晚临睡前，我们总要说会儿话，谈论报纸上的新闻、白天发生的事。讲着讲着，我就开始胡诌一些乡野鬼故事，吓唬你。是我不好。你胆怯的模样可爱极了。你明明心里害怕，却不肯说，整个人紧挨着我，几乎要把我挤下床。第二天，你照例为我准备早饭，一同吃过，再倒头睡回笼觉。那些原是最寻常的日子。

信写到一半，同屋有位大哥进来倒水，说里头太闷，叫我多出去转转。大家来自天南海北，说话带着各地的口音，挤在这块地方，挺热闹的。我们偶尔说起自己的事。他知道我结了婚、瞒着父母跑出来参军，还很惊诧。他们村子穷，部队抓壮丁，还有人为此切断右手食指，就怕家里没了劳动力。他总说羡慕我，起码有一个写信的对象，他在世上没有亲人了。

爸妈不希望我参军，安排那次见面，希望我早日成家，心定下来。与你在一起的日子，是我生平最快乐的光景。我想为国家尽力，可不敢要求一位妻子向国家奉献她的丈夫。你当时告诉我，如果你想参军，你就去，说你会照顾好爸妈，叫我不要有后顾之忧。荻妹，我感激你。后来我偷偷离家，不清楚你是如何独自应对爸妈的。收到你的信，你说你准备当护士，将来和我并肩站在战场，心中愈是敬重。

生逢战乱，硝烟从未平歇，一身戎装，早做好马革裹尸的准备，未料你我不是死别，却是生离。仓皇渡海，襁褓之中的百辟不足月，每思及此，心痛难当！几日前，你托人从香港捎来口信，说百辟病故，你会侍奉公婆终老，家国分裂，重逢恐已无望，愿我认清局势，日子从此朝前看，以后改嫁再娶各不相干了。听见这番话，明知你说得在理，我还是……我不该叫你等着。百辟命不好。你还活着，我心里好歹能有个盼头、牵挂，你活着，我便什么也不求了。

柏言记事儿的时候，他已经老了，头发花白，佝偻着背，腿脚不再利索，在他身上望不见半分英武模样。爷爷是打过仗的。小时候，他在家看两岸新闻，柏言偷偷换台，藏起遥控器。他便哄小孙子：小言，让爷爷看新闻好吗？沈柏言去美国念研究所前，爷爷的身体已不大好，他不太说从前的事。柏言见爷爷练毛笔字，"落叶他乡树，寒灯独夜人"，窥得他的一点点心思。

爷爷过世时，柏言在国外念书，没来得及见最后一面。如果不是毕业回台，家人翻修旧宅，他帮着收拾爷爷的旧物，就不会机缘巧合翻出那一沓信件。数年间，二百多封家信，战乱、离散、生死无奈……历史擦过桩桩往事，无人幸免。六十年代寄出过信，没有收到回音，后来，沈仰贤在战友的介绍下结婚，柏言的奶奶也是大陆来的，老家的亲人都不在了。八十年代开放通信，舆论普遍对大陆亲属不友好，家中亦不宽绰，料想他的双亲早已离世，不支持他再寻人。更别说过去的妻子。命运压上字字句句，另一个故乡，在眼前描摹出清晰轮廓，当时柏言正在准备间隔年旅行，最后他决意来大陆走走，他想去找找那些不同的来历和不同的归处。

　　柏言问我可不可以留下做间隔年时，我没怎么考虑就应允下来。之后，柏言租的民宿到期，我想着三楼还有两个空房间，便将其中一间给他住。一杯茶尽，我替自己续满。

　　"老板娘，你说我还能找到爷爷的故人吗？"他站到我身边。

　　我呷口茶："试试看吧。"

　　"以前我不明白他对老家的执念，是愧疚吗？他在战友的介绍下认识奶奶，结婚、生下父亲，生活美满，所以愧疚。但好像又不是那样。"柏言顿了顿，"他们的感情容纳着更宽广的品质，爱，不仅仅以'爱情'的形态出现，朋友、亲人、战友，或者知己，彼此理解尊重，胜过死生契阔的誓约，哪怕天各一方，只要对方活着就好了。"

　　"几年前，我围观过一场特别的婚礼。新郎发表致辞时说：'你是我的另一半，我最好的朋友，是你使我的人生变得更完整。'我当时怔住了。"想起以前的事，我笑道，"因为我作为陌生人，无意间接到捧花。根据那对新人的陈述,他们兴趣相似、性情投契,对世界的理解一致,我当时就想,爱情,可不就是完美的友谊。"

"爱人,算是朋友吗?"

"年轻时接触许多人,和许多朋友分享生活。渐渐地,大家拥有固定关系,明白该与异性保持怎样的距离,节制社交,伴侣占据第一时间分享悲喜和琐屑日常的位置。如果不能成为朋友,怎么才能长久陪伴?"

"好像是这样。两个人无话可说时,就该分开了。"柏言将茶具一件件放进水池,"老板娘,你为什么接陌生人的捧花噢?"

"唔,那是个意外,"我忽然想起,"柏言,待会儿有位兼职生要来。"

黑猫几声叫唤,风铃轻响。"如卿姐!"她喊道,"对不起,我迟到了五分钟,家里临时来人检查天然气。对了,我在门口签收了一个包裹,华盛顿寄来的。"她递来手上物品。

"欸?"柏言认出她。

三个月前,他没有在祖籍地找到故人,干脆从北到南游历各地。那日,他坐长途大巴回广州,刚上车,先注意到她。她穿了件红色球衣,柏言支持的那个队伍前晚刚赢了比赛。

沿路颠簸,透过靠背与车窗缝隙,他看见她的脑袋钟摆似的,往车窗不断撞过去、回正了。醒过来。她身旁的男人搭腔:"你也喜欢看球吗？"出于礼貌，女生憋出一个"嗯"字，上半身往车窗方向挪了挪。那人约莫五十来岁，公文包压在大腿上，身体有意无意向女生一侧倾斜。柏言皱眉。"你去广州玩吗？"并无答话。男人再次开口："你是学生，还是上班了？"看不见她的表情。"你住哪里？待会儿有人接你吗？"太靠近了，张口有股热气喷过去。"我们交个朋友吧？"说话期间从未将视线在她脸上移开。"有男朋友吗？"

  看看这个人，倘若他有女儿，恐怕女儿还比程念西年长些。他头发不是天生的黑，是染过之后不太自然的色泽，胡子刮得过分干净，眯眼看着她。程念西不敢再睡。长途汽车照理不允许随意换座。沈柏言轻拍前排女生的肩，说遮光帘坏了，因为紫外线过敏，想拜托她和自己换个座位。他没戴眼镜，经过时，不小心踩了男人一脚。他在那时蓦地产生某种预感。后来，沈柏言找错民宿方位，淋了大雨，跟黑猫闯进怀旧商店。

  "你好，我叫程念西。"她笑着向他伸手，眼睛弯弯的，我真高兴她是这样开朗的女孩子。程念西读大一，英语文学专业，擅长下厨。单冲厨艺好这条，我就决定留下她。虽然还牵扯到旁的因素。

  "沈柏言。"他面上不动声色，与她握手。

  外面果然在下雨。其实，怀旧商店可以说是不缺人手，我只是不愿意显得太过冷清，增多两名店员处理各项事务，免去我的日常负担，更是再好不过。我低头检查包裹寄件人姓名，Higgins Lee。我的一位客人。

旧物品拥有各自不同的气质，长久缄默，似乎在空气和尘埃中长出独特脸孔。我把所有灼热的爱投注在它们身上，不禁想象，它们会在无人的夜里交谈吗？会在不经意间发出一声轻微叹息吗？它们有生命吧？它们还记得故事如何发生的吗？

我小心调取着寄存档案，指尖划过编号和名字，追随一件一件的旧物，揣测它们背后的剧情，所有不可深想又难以忘记的往事，大多没有结局。人与人之间产生联系的节点是突如其来的，这种突如其来，是否可以解释为另一种意义的"注定"？我想，怀旧商店的故事才刚刚开始啊。

入库单

物品编号：02

《小王子》
手抄翻译本

备　　注　　喜欢的人很美好，也将一直美好，你将永远是最初美好惊艳的模样，而我保护你、珍爱你、祝福你。

寄存年限　　　　永久寄存

拣尽寒枝不肯栖

五月末,暑气侵入单薄的衣物在后背涂上黏腻的汗珠,气温逼近三十摄氏度。柏言跑步回来,洗完澡、换过衣物,怀旧商店准备开门。大部分时候在傍晚或凌晨,有时候是早上,哗啦哗啦下一场不期而来的暴雨,比如此刻。我刚下楼,雨就在身后落下了。他惯常注意时间,猜测她会在哪一秒走进怀旧商店。

柏言有过"她到底有没有带伞"这样的想法,当她真的在电话里问能否请他送把伞时,他反而感觉意外。她不是喜欢麻烦别人的性格,但没办法,拎着两个大塑料袋、没有伞、大雨不见要停的迹象。迟到二十多分钟了,预约寄存的林小姐还没有来,我放下手里的书,如果有事可做,等待其实不是多么煎熬的事。

柏言知会过我,在收纳桶拎起一把伞,跑向地铁站。还不熟稔的关系,她很少喊他的名字,喊"柏言"太亲昵,迫不得已时就用"那个""哎"代替。念西站在地铁出口张望,手中拎着的塑料袋装着土豆、番茄和黄瓜等颇有分量的食材。没等他朝她走来,她先奔到伞底下,胳膊肘搡搡他:"快走吧!"

踉跄步行,雨丝沿着伞骨滴落在她的胳膊、手上,滚过肌肤,凉凉的。她拉过柏言卷起的衬衫袖子,往伞的中心、他的方向靠过去。他将伞移往念西的方向,不动声色,骤雨疾风推搡着他俩向彼此靠拢,大步跨过水坑,手臂相撞又分开,察觉到肌肤和绒毛碰到一起的细微触觉,挟带着对方的体温。这种感觉真奇怪。

"雨好大啊。"大雨为两人辟出奇妙气氛,天气素来是不错的话题。

"你说什么?"念西抬头看他,提高分贝,"我听不清。"

暴雨盖过两人的声音,水泥地吐出一个个泡泡。在这样的时候讨论天气理所当然,但也太笨了,谁都知道雨很大啊。"我说——雨好大啊!"他突然凑近她,拉长尾音。

"谁说不是呢!"

"我来拿吧,你来撑伞?会不会很重?"柏言伸手接塑料袋,"咚",转头,金属伞杆打到她的额头,泛红了。"哎……你没事吧?""没事没事,我来就好。"他不好意思伸手揉揉她的额角,笼罩在朦胧的水汽中,原地伫立几秒,他们一同笑出声。再一次陷入静默,不说话也是可以的,像约好了听雨声。他们的步子,左脚、右脚、左脚、右脚,一步一步生出默契,雨水在步子踏过又快速抬起时皱起细细波纹。

暴雨让世界格外安静,所有事物被模糊成连续的白噪声。隔着一道玻璃屏障,混合雨水、阴影以及晦暗天光,里外被切割成两个空间。外面,念西扯着柏言半卷的衬衫袖子,挨挤在伞下,急急往回跑。柏言侧过身推门,她大步跳进来,呼……轻呀一口气,手里拎着塑料袋。靛蓝色铸铁风铃碰撞出生动声响,熠熠的金色薄纸,用毛笔写着"怀旧商店"四个字,来回晃动,黑猫趴在对面的沙发,抬抬眼皮。柏言收起伞,轻放在门角。

"回来了啊。"我说,"雨突然变大了。"

"如卿姐,"念西抽出几张纸巾,将抽纸盒递给柏言,她擦擦手臂上的水珠,"是啊,刚刚打电话回来时,雨还没有这么大呢。"

我倒了两杯茶:"嗯?柏言没有多带一把伞吗?"

"对啊,"念西拿起杯子正要递与柏言,忽然收回手,自己捧起喝了两口,"沈柏言,说好的送伞,怎么只拿了一把啊。"突然随意地喊了他的名字。

"我忘记了。"柏言似乎才反应过来,"预约十点的客人还没来吗?"

我摇摇头:"大概因为下雨吧。"

谁知道呢,总之,雨天让事情的发展变得情有可原。

刘海黏在一起,睫毛沾上雨水,他的左肩被淋湿大片。两人都捧着杯子,若有所思,谁也没有说话。忽然电话铃响,两下,柏言接起:"怀旧商店。"对方笑道:"刚才电话占线,我还以为打错了,幸好。"他捂住收声筒,喊我,有位 Higgins Lee 小姐找。

"念西,你存下我的电话吧。"柏言走过去。

夹杂溽暑热气,大雨打湿衣服又迅速被体温烘干。他们拿出手机,相视大笑。

"居然是一样的?"

"这款手机很好卖哦。"

莫名其妙的默契,柏言拎起装满食材的超大塑料袋往厨房走。

华盛顿打来了国际长途。电波穿越黑夜与白天,传来柔软声调。片段从不同方向奔袭而来,终于,隐秘线索拼凑起一个差点被忽略的结尾,搅动故事里的人。再怎么忍耐,终究还是翻起波浪。我挪步到陈列架前,看着一个又一个的旧物品。

"嗯? Higgins Lee……就是李寒枝吗?"念西凑过脑袋。

我取下陈列架上编号 2013071202 的《小王子》笔记本,米色亚麻布封面,小王子孤身屹立在星球表面,像在等待第四十三次日落。一脸悲伤。念西刚来怀旧商店的那天,替我签收了一个从华盛顿邮寄过来的包裹,喏,就是这个。说得更确切些,是《小王子》的手抄翻译本,那个几乎人人耳熟能详的童话。扉页右下角有一小行钢笔字：诗酒趁年华。

"如卿姐，可以讲讲她的故事吗？"

那就讲一讲吧。怀旧商店起初不接收邮寄物品，这回却破了例。她从朋友那儿知道怀旧商店，给我打了很多电话，预付多年的寄存费用，把物品从国外寄过来，和我说起她自己。

如果不认真掰一掰手指，人们不会意识到时间的迅疾，因为过去的每一天看上去都漫不经心。拖鞋被踢在一边，李寒枝坐在家门口的台阶上，屁股和脚底板隐隐感觉到太阳晒过的余热。她光着脚，两手搭在身体两侧，天空西边，卷云在下坠的光芒里烧成大片晚霞，夏秋交替的季节，这时候的傍晚最好看。她不小心把自己锁在了门外。阿姨出门买菜，新的家教老师说今天会来，寒枝只好坐在门口等。

不记得是怎样睡着的，额头和脖子渐渐覆上薄薄的汗，寒枝睁开眼睛，才发觉自己睡在一片阴影里。逆光中，看见眼前站着的清瘦背影，他低头读手里的书，顺便为她挡住日光。他转头："你醒了啊。"这个日子，以后，会在她的记忆里和所有别的日子区别开来，她在心里描绘落日的时候，会连带着那片阴影一同想起。

"你是李寒枝吗？我姓陈，我叫陈年华，是你的英语家教老师。"他说，"你怎么睡在门口啊。"

李寒枝一愣，低声说："陈老师好。"她剪着短短的学生头，刘海不超过眉毛，胸脯还没有发育，终日穿松松垮垮的校服，囿于学业与功课。冷冷清清的少女形象，像还没有成熟的青柑橘，泛着清甜香气。寒枝与母亲同住。母亲忙于工作，无暇分心于她，两人早已练就一套客气适度的相处模式。父亲移民再娶，为此母亲特意为她请了英语家教，以便日后可以独自出国探亲。

"寒枝、寒枝，那你的英文名就叫 Higgins 吧。"陈年华总在下午四点准时出现。常常是，蝉鸣和着室内空调的嗡嗡声，纸上的字母歪歪斜斜扭在一起。寒枝右手撑着脑袋，身体忍不住往前扑去，"咚"一下砸在桌上。

"别打瞌睡！"他拿笔敲敲寒枝的脑袋，笑出声，"这句话理解得不太对，你看……"他说的话就像在冬天把脚踩进雪地里发出的声响，稳稳地，恰好传进耳朵，他靠过来，"专心听讲。"寒枝霎时从白日梦中惊醒，年轻异性的轮廓在她面前骤然放大，他的气质是那种端端正正的，干净爽朗。她盯着他的眼睛看，睫毛竟然意外地长。女生意识到举动唐突，脸慢腾腾地红到耳朵。他停下来："怎么了？"

一定是神经被撞得短路，她脱口而出突兀地问了句："老师，你喜欢什么样的女孩子？"还在偷偷看言情小说的年纪，班里也听说有漂亮的女孩子早恋。她不由得好奇。

陈年华连头也没抬："别问和学习无关的问题。"寒枝吐吐舌头，继续做题。

母亲出差，照例给寒枝留下信用卡和一笔现金，不巧的是家里的帮佣阿姨也请假。夜里寒枝胃痛，翻一圈通讯录，考虑再三，还是给陈年华打电话。他送她去医院,同行的还有另一位女子。终于知道他"喜欢的人长什么样",长头发,皮肤白白的,名字也好听,叫丹青。色彩斑斓的名字。她挽着他时很登对。

两人为她陪诊缴费取药,忙前忙后。寒枝捂着绞痛的胃:"真不好意思,麻烦你和陈老师了。"

她隐约有种奇怪的感受,如同在万物寂灭的夜晚,萤火虫从窗缝中飞进来,一明一暗,一明一暗地飞在她的心上。

诊断结果是急性肠胃炎,她躺在病床上挨陈老师的训,一言不发。隔天上课的时候,陈年华提着大袋的蔬果食物,熬粥、煮饭。她没什么朋友,习惯自我照顾,突然被人用心关怀,居然没觉得异样,有种家常的温情,直到陈年华返校,寒枝如期开学。最后一节补习课,他送给寒枝一本英文版的《小王子》:"有空多读英文原著,会对你有帮助。"

之后的两年,寒枝没有再请家教,陈年华同样忙于学业。他们断断续续相互问候几句。

寒枝给他发短信:"陈老师,最近好吗?"

隔了很久他才回复:"还行。"

她说:"节日快乐。"

他回:"你也一样啊,好好学习。"

有时候,她会把《小王子》重新翻出来。

开学报到,寒枝在校门口的分班布告栏前停了会儿,天突然阴下来,夏季暴雨突如其来。寒枝躲在屋檐下,雨水哗啦哗啦落在脚边,溅上她的小腿。不知怎么的,她忽然想起两年前的陈老师。不知道他正在做什么,研究生毕业了吧,还在这个城市吗?有没有带伞。他大概忘记她了,她呼出一口气。

"寒枝,你也在这儿,没带伞吗?"陈年华跟她打招呼,寒枝真的被吓了一跳。目光从被雨水打湿的脚趾往上移,她仰头,到了陈老师的肩膀。他的头发变短,稳重许多,线条更加俊毅。他撑着一把黑色大伞,举过她的头顶:"嗯,长高了啊。"

"陈老师?"雨声停歇两秒,砰、砰、砰、砰。

"走,我送你去教室。"他的手肘压在她的肩上,堆叠成一点点重量。

他出现在讲台上时,寒枝有些讶异,更多的是熟悉以及高兴。很高兴再见面。她理所当然成为他的英语课代表,经常跑到办公室问题目,也问一些外媒新闻的恰当翻译。如果没有别的老师在场,陈年华会特意把办公室的门打开,避嫌。她录下他的课,走在路上时,戴着耳机循环播放,听他念英语时的低沉嗓音,他偶尔会点到她的名字,于是,她的名字和声音也一齐出现在录音里,她会在上课前给他的杯子倒满水,放入泡腾片。毫无目的地做着这样的小事。

寒枝的头发长了,女大十八变里最新鲜带露的阶段,变得明朗,她大概没有意识到这一点。如果不是被告白的话。同班男生坦率直接:"李寒枝,我喜欢你。"寒枝摇摇头。朱令嘉说:"我知道你喜欢陈老师,没关系,我会一直喜欢你的,我也会替你保守秘密。"

这回寒枝真的吃了一惊。原来之前,是她没反应过来。

原来这就是喜欢。反应过来之后,她竟然有点高兴。寒枝做出一个决定,她开始翻译《小王子》。就像任何普通的高中女生,埋头学习，也暗恋着一个人。她的这场暗恋像是心中淌过千山万水，层峦叠嶂，却不为人知。毕业时，她的成绩考得不错，寒枝遵循父母意愿申请了国外的大学。

谢师宴那天，寒枝看到陈年华站在门口抽烟，烟圈在灯光中遮盖下来又消散。他转头看到她，冲她招招手。她走过去，想了想，问："老师，可不可以拥抱一下。"陈年华笑笑，把烟掐灭，他走到她面前，缓缓将她拉进怀里。她沉浸在他胸膛宽阔的起伏里，想说点什么。"老师，我……"陈年华打断她，拍拍她的后背，松开手。一种对于晚辈的坦荡分寸。

两人对视几秒，他避开目光，笑着揉揉她的头发："寒枝，"他郑重其事，"祝你前程似锦。"

"寒枝，祝你前程似锦。"

日后每每想起他们告别的场景，寒枝已经满足。那本翻译完毕的，小心誊抄的《小王子》，翻译得太糟糕，当然也没有真的送出去。这，也不重要了。

再次听到陈年华的消息时，李寒枝躺在华盛顿的公寓里，闭着眼睛敷面膜。高中同学群积累的语音消息轰炸般次第播放，她听到有人说："哎，插条八卦，陈老师要结婚了。我前阵子看到结婚照。新娘挺漂亮的。""陈年华吗？""哇，发照片发照片。"

听到这个名字，李寒枝的心骤然一紧，眉毛迅速上挑。几秒钟，背上一阵虚汗。没有点开右上角的数字，她直接删除对话框。

陈老师要结婚了，并不意外。高中毕业五年，大学毕业一年，现在研二，连寒枝自己都已到适婚年龄，况乎他。她睁开眼睛，发了会儿呆，欠起身用化妆棉抹去脸上残留的面膜。然后花四十五分钟的时间，敲下几行字，删掉，又敲下几行字，再删，给他去了一封自觉措辞得体的祝福邮件。实际上只是短短两行字：陈老师，好久不见。听说您要结婚的消息，真是开心，祝您家庭美满，生活幸福。署名则是"学生寒枝"。

寒枝忘记，她早已把私人邮箱的签名换成自己在华盛顿的住址以及联系电话。五分钟后，她接到一个越洋电话。

"寒枝，你好吗？"

她听到熟悉的声音，犹犹豫豫，试探着问道："陈老师？"

"嗯，是我。"

寒枝百感交集，真的很久了，她都已经长大。不记得那通电话里都说过什么，可能是天气多变，食物难吃，偶尔念及旧友和老同学。她并没有住在父亲家里，而是独自在外租房，母亲偶尔会飞过来探望她，但次数不多。她厨艺见长，会好好照顾自己，她有男朋友了，是中学同学，朱令嘉，老师应该也认识。今年即将研究生毕业，也许，会留下来。

"在外头自己多注意身体，最近的新闻都不太平，太晚就不要出门。"

寒枝认真点点头，又忽然意识到他看不见："嗯，知道了。"

沉默一会儿，他说："有事的话，可以随时找我。"故人关山万里隔，她差点哽咽。他，可是她的初恋呀。

他成家立业，她也终于飞向更远的地方。挂掉电话，寒枝在沙发上躺着，胃突然绞痛起来，可能连她的胃也和她一样怀念起故土。她走到厨房煮开水，等了几分钟，水壶咕噜咕噜冒泡。寒枝模模糊糊想到，还有事要做，论文没写完，房间得整理，冰箱里的过期食物该丢了。男友打电话来，问她晚上想吃什么。她想了想说喝粥吧，胃有些不舒服。

从未想象过暗恋的余温会持续多久，记忆撞上礁石，翻起汹涌的浪。想起朱令嘉第一次向她告白时说的话——我知道你喜欢陈老师，我会一直喜欢你的，我也会替你保守秘密。后来他们相继出国，几年相处，彼此知根知底，自然而然走到一起。

光线透过窗棂在洗手台上映出明净光斑，这里是晴天，地球上一定也有另一个城市在下雨。就像这里才刚过中午，北京时间应该是凌晨，他的时间向来过得比她更快。手机推送即时新闻，南半球某个地区暴发的传染病得到控制，飞机发生空难但伤亡未知，还有连续多日霸占头条的传媒大亨离婚案。楼下，有位银发老妇人在遛一条体形健硕的牧羊犬，狗在垃圾桶旁停住，抬起腿撒尿；等红绿灯的中年男人西装革履，站得笔直，左手还拿着咖啡，几辆车停下来，人行道上绿灯转红。一切如常。

"李小姐把这本《小王子》的手抄翻译本寄给我。"我想象她坐在书桌前一笔一画生涩地翻译着，心底怀着隐秘的快乐——如果你下午四点要来，下午三点，我就开始高兴。时间越近，我就会越来越高兴。到了四点，我就变得焦躁不安，或许这就是快乐的代价吧。如果你随时都可能会来，我就会不知所措，因为不知道该从什么时候开始准备好欢迎你的心啊。

猫在沙发上打哈欠，念西问："就这样吗？"

"不然呢？"

"嗯……如卿姐,你说陈老师知道吗?"

"刚刚李小姐打电话来,她前段日子去纽约,在时代广场遇到陈老师的前女友。就是很多年前和陈老师一起送她去医院的那位前女友。她们喝咖啡,叙了叙旧。"

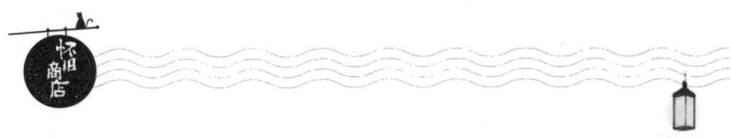

纽约街头人声喧腾,寒枝听到自己的中文名字,她在一阵恍惚里立时转身,认出多年前仅有一面之缘却并不陌生的脸。纽约就是这样神奇。

"我以为你们已经结婚。"寒枝说。

她们说中文。她现在鲜少有机会说中文,母语的亲切感仿若一根脱线的细丝,悠悠地抽出曾经对另一门语言倾心费力的往昔。

"我的确结婚了,但不是和他。"她答,"在你高中毕业之后没多久,我们和平分手。"

黄丹青冲丈夫招手,接着,她望向寒枝:"偶然翻到他的笔记本,你知道,他闲暇时会练练字,上面写了好几句:惊起却回头,有恨无人省。寂寞沙洲冷——独独缺了有你名字的诗句。"

中文总是这么美。

咖啡杯腾起袅袅香气,寒枝盯着杯沿上的泡沫一点点瘪下去。她在原地默然伫立,本来以为只是自己一个人在少女心事里蜿蜒褶皱,渡过暗恋的山峦沟壑,却没有想到那么多年以后,听到回应。故事的前半段是"诗酒趁年华",而故事的后半程是"拣尽寒枝不肯栖"。

"这就是故事的结尾。"

"如卿姐，他们没有在一起，不觉得遗憾吗？"

"换作是我，也会和陈老师做同样的选择吧。"柏言说。

"喜欢的话，不会想说出来吗？"

"他们的身份不对等。女孩子的崇拜、欣赏、喜欢是热情的，带着盲目。对待他，像对待一个偶像，恐怕陈老师也不敢确信感情的来由。他没有利用差距，接受她；当然更不会因为私人感情留下她。站在陈老师的立场，寒枝有更好的未来，不是吗？"我说。

柏言垂下目光："现在回想起来，只会觉得当初已经足够美好吧。"

"沈柏言，你是不是以前暗恋过某个女孩子,但是没有告白啊？"

"是啊，"柏言没有否认，"高中时，周末经常去敬老院做志工，认识了一个女生。她是隔壁班的。后来我们都参加了学校的舞台剧社，关系还不错，一起排过反串版《罗密欧与朱丽叶》，偶尔会在放学以后约吃冰。她有喜欢的男生。所以，我没必要用自己的感情困扰她啊。"

"不可以，"念西坐到柏言身边，"她继续喜欢她的，你喜欢你的,不冲突啊？反正你不强求她转头喜欢你。你喜欢她却不说，对那个女生才不公平，连知情权都不给她。"

"我记住了。"他笑道。

"念西是那种一旦确定心意，就会直接告诉对方的类型吗？"

"我不知道，应该会吧？我好像没有喜欢过谁。"她想了想，

"也没有人说过喜欢我。哦！我念小学时，班上有个男孩子，成绩不好、喜欢打架，经常被老师批评。有段时间，他每天放学都跟在我身后，和我一起回家。我挺害怕的。除了抄我的作业，他平时基本不和我讲话，我怕他敲诈我、跟我要钱。后来有一天，我坐在教室里解数学题。他问我怎么还不回家，我记得他在课桌边站了会儿，接着走开了。之后，他就不再跟我说话，也不跟着我回家了。好久以后我才知道，原来他那时候向我告白了。结果我回答他，先不要跟我讲话，这道题做不出来了……"

我们笑起来。世上圆满的爱情大抵相似，如何白头偕老，又纠结于怎样的鸡毛蒜皮，反而是那些沉默的、隐忍的、不可言说的深情更令人唏嘘。没有在一起和分手，所以也没有怨憎和执着，没有啤酒肚和皱纹。喜欢的人很美好，也将一直美好，你将永远是最初美好惊艳的模样，而我保护你、珍爱你、祝福你。

中文里有三个极其浪漫的词汇：不期而遇、如约而至、久别重逢。人们一闪而过的直觉，往往是准确的——他们与这座城市的联系，开始了。雨停，风铃叮咚作响，我转头："欢迎光临怀旧商店。"

入库单

物品编号：03

父亲的
旧手表

备　注　　忙着生活的人，有时候会忘记温柔。

寄存年限　　永久寄存

最好的仇敌

寒假，程念西曾在一家企业实习，顺道在外头租了个便宜的单间。后来实习提前结束，租约尚未到期，住的地方离得不远，有时晚了，便不回学校住。端午假期，念西一直待在怀旧商店，这天傍晚离开，她不小心错拿了沈柏言的手机。两人通过电话，交换手机密码，柏言问她的住址，说等会儿找她换回来。后来他踹门进屋，将念西从七楼背进计程车时，真是无比庆幸他们的手机型号相同，好在她拿错，好在他跑去找她了。

我经过急诊处，有母亲在带孩子看病，老夫妻相互搀扶，白领还没来得及换下正装，病症在人群中建立起朴素的共同语言，他们谈及自己和别人，医保卡、吃什么食物调理身体、房贷、经济政策、娱乐八卦和近期耸动的社会新闻。每个人都在这个不大不小的冷峻场合有过交汇。

输液室里人不多，白炽灯照得四周一片惨白。"如卿姐，"念西见到我，"我真的没事。"柏言看她一眼："你都在医院了，还说没事。""没事啦，我小时候经常在医院玩，就跟自己家似的。""好了，你好好休息。"我探她的手背，有些发凉，避开针管，在她的皮肤表面按摩。房东的解释是管道泄漏，目前物业已经停了整栋楼的天然气。上个月物业专门派人上门检查天然气，提醒过软管老化的问题，要求她及时更换。程念西催过房东数次，房东一直推三阻四，得亏这回中毒不严重。

我接过吊瓶，扶她走去洗手间。"如卿姐。"我听出她语气中的歉意。"好了，你没事就好。"我说。路上，念西收到手机信息，问她最近怎么样。

念西回复：挺好的啊。怎么了？

他说：没什么，随便问问，你照顾好自己。

两分钟后，程东打来电话："突然有点不放心，你真的没什么事吗？"

"难道是心有灵犀？"短短两句话，问候的时机刚好。念西简单讲了下天然气泄漏的事，嘱咐他不要告诉爸妈。程东说她就不该找什么实习、不该在外面租房，根本不安全。念西答知道了、知道了。她给我看手机里的照片，程东比她小六岁，还在读初中。"我爸工作忙，妈妈又是不会照顾人的性格，从小到大，基本是我在照顾程东。我弟没有小时候可爱了，不过长得还蛮精神的！是吧？"

离开医院，我将他俩塞进后座。车子穿行在夜色中，四野无人，车厢内响动细微有序的嗡嗡声。随着拐弯，他的身体不由自主地朝她靠去，念西伸出食指，企图将他的脑袋戳回去，迟疑两秒。他想必累了。野猫蹿进马路，一个急刹车，柏言下意识伸出胳膊挡在她的肩前，清醒过来。当晚，念西就在怀旧商店的沙发凑合睡了。

第二天柏言晨跑回来，见识到程念西千奇百怪的睡姿。她的脸埋进沙发，朝内趴着，一只脚抬起，挂在沙发背上。他捡起毯子，替她盖好，她看上去睡得挺香。柏言走出卫生间，发现念西起床了。她坐直身体，对着空气一动不动，神情呆滞。沈柏言立刻扯下挂在脑袋上的毛巾，头发还没擦干，贴在一起，两步跨过沙发，在她面前摆摆手。念西问道："你有事吗？"

"你有事吗？"柏言松口气，"我以为你变成傻子了。"

"你才傻了，"她盯着他，水珠滑过脖颈，闻见沐浴露香气，"你为什么不穿衣服？"

"我忘记了。"他确实忘记了。

我下楼时，早餐已准备好，念西煎的鸡蛋熟度适中，形状漂亮。我心想，果然鸡蛋和鸡蛋也是不同的。柏言在教念西使用咖啡机。我将咬了一半的吐司塞进嘴里，指了指柏言对面的房门："现在的房子赶紧退了吧，那儿还有空房间，如果你不介意住在柏言对面的话，不收房租。"

天气晴，今天怀旧商店很早开门。门缝旁一只小蜗牛，探出柔软触角，往台阶方向缓慢爬去，我给黑猫喂食。

"您好。"

我从猫和蜗牛之间抬头，只见她穿着牛仔裤、一件亚麻色棉T恤，两截锁骨凹陷，鬓发从额头拨过去，散在肩膀一侧。

她再次打招呼："您好，我姓林，之前预约过怀旧商店。"

我想起来了，是上次预约却没有来的那位林小姐："欢迎光临怀旧商店。"

我请林小姐进屋。柏言倒了茶。她递来方形纸盒，打开，里头是一块旧男式手表。银色表盘有"上海"两个字，指针停了，表带有着显而易见的磨损痕迹，有些年头了。

"我爸的手表。"她握住杯子，向柏言微微点头致谢，"我爸，以前是摩的司机，开摩托车载客那种，您听说过吗？九十年代，我的家乡流行这样的职业，这些年公共交通便利，干这行的少了。不过有时候，我在一些小城车站还是会碰到。我爸开摩托车那阵子，我还小，他常在傍晚带我乘车兜风。他会在河边停下来，抽根烟，看看手表，差不多到饭点，再带我回家。"

我仔细端详她。她脸上逐渐浮现出一种烂漫的表情，仿佛回到口中的年纪，夏天，夕阳和蛙声蝉鸣，父亲身上的烟草气和干净飞扬的形象。

"听着好像挺浪漫的,像老港片里风流的古惑仔。"她笑道,"您知道的,浪漫都是讲述者自行美化过后的想象。比方说我会忽略灼热的天气,身边嗡嗡成雷的蚊子或者摩托车轰鸣的噪声、难闻的尾气,村庄吵吵嚷嚷的方言和鸡鸣狗跳。我的出身和成长。"

"人们很少愿意和别人谈论这些,真是感谢。"

林小姐双手交叠,埋头于讲述:"您让人感到信任。"

"或许因为我们是陌生人。"我并不看她,"人们往往更愿意对陌生人坦诚。"

"我想不全是。"她摇摇头,笑道,"老板娘,我喜欢您说话的腔调,怎么讲呢,温和,但是听不出音调起落,好像没有什么事能激起您的情绪,什么事都不会放心上,什么事都不值得介怀。"

"您请继续说。"我笑笑。

"很长一段时间,我与父亲保持着严肃的对立。以前我妈常向我抱怨,她生我那会儿,爸爸是第二天才去医院的,因为生的是女儿,不怎么高兴。对于这件事,我的概念很模糊,谈不上多介意。毕竟我是独生女。直到有一回,我考试拿了不错的成绩,放学回家,本来以为会受到表扬,结果听到爸爸当着我的面对别人说,生了个没用的丫头,能有什么出息之类的话。突然觉得爸爸没那么爱自己,怕不是家里只有一个孩子,他不得不表现得爱我。那么,理所当然要讨厌回去。讨厌父亲,这件事不是突然发生的,而是有意识的、日渐积累的情绪。"

"怎样的讨厌?"总说子女是前世欠的孽债,今生便是来讨债的,这样的关系是天生仇敌。我问她:"如果您不介意说一说的话。"

"他说话的方式，每次扯着嗓门喊，仿佛全世界都是聋子似的；他往地上吐痰，鞋底用力一抹就万事大吉；跟路边的小摊贩买半斤水果，锱铢必较老半天；他进我的房间从来不敲门。我也讨厌他每次回到家，身上那股讨人厌的酸臭味，连眉毛和身上的背心都被汗液渍得发白。虽然我明明知道，因为这样的夏天太热，他长久地待在太阳底下，就等着有人问他去不去某个地方、多少钱。"

"大部分的老百姓都是这样吧。"我能够听出来，她的言辞间其实没有语言架设下的不屑与轻视，更多是平淡的怜悯，不难想象，一部分五六十年代生人的真实群像，他们的出生和成长，连同衰老都与生存环境一样粗粝贫瘠，他们曾活在一个用白糖拌粥、猪油拌饭就满足的年代。"当子女由于生活处境迁怒于父母时，该想到父母的局限同样源于他们的家庭条件、成长环境，他们对此无能为力，每个人都有不足，您明白的。"

"不是不理解，那时候过于心高气傲。"她回答，"一开始我只是对父亲的偏见表现反叛，渐渐地，我就真的对任何事都很不满意。我讨厌父亲，连带我的家庭一起讨厌。我不想成为那样的人，不想过那样的生活。"

"您很优秀，有着更远的渴望，所以才会感到格外不满。"

"谢谢您没有批评我对父母的傲慢。"

"青春期的确更加敏感一些，不是吗？"

"有一次，我爸来接我放学。他很少等我放学，大部分时候，都是我自己慢悠悠地走完一段路，走回家。不知道为什么那天他出现在校门口,我远远看见他,看见他坐在那辆坐垫已经脱皮裂开的破旧摩托车上,手里拿着半截烟,也看见他猛地往地上吐了口唾沫,皮鞋底用力地蹭过去。那时,我和几个同学走在一起,我喜欢的男生也在场。父亲抬头,我想他看见我了,但我装作没有看见他,走过去了。"

"他没有喊您的名字吗?"我想象着父亲半举的手尴尬落下,快要吐落的名字又重新咽回去,停在原地,不知道该做怎样的表情。

"他没有喊我的名字。"林小姐缓慢地让一个字一个字艰难落地,"晚饭时,我爸笑着跟我妈妈提起这件事,边给我夹菜,边说今天难得去学校想接我一回,结果没等到,一个两个都穿着校服,分都分不清。说下次再也不去了。"

"您的父母,对您的情绪是有所察觉的吧?"

"也许吧。不久之后,父亲凑了一笔钱学车,转行,开起计程车。可能他觉得开计程车比开摩托车更加体面些。其实也好,起码不用总晒太阳。"实际又有哪份工作不是手足贴地地辛劳。

"你们似乎在寻求相互认同。"

"我以前老觉得他不在意我,就和父亲较劲。后来发现不是,他口头上说的陈旧观念,可能只是说说而已。就像母亲有时候埋怨父亲,有时候他们相互埋怨,未必是认真的。我们都不擅长表达爱,我妈跟我说,父亲很关心我,就是不善于表达,让我别怪他。"

"您能感觉到的话就可以了。"我回答她,"什么时候明白了这些?"

"青春期结束就好了,我学会客观看待父母的人生,不再过分苛责。况且还有爱,我能感觉到。"她说,"以前在一个杯子里放两个牙刷就觉得讨厌,大碗汤里只放一个共用的小勺子也觉得讨厌,他给我夹菜也觉得讨厌。这就是父母他们不足为奇的生活日常。年初,我给父亲买了新手机,费很大的劲教会他发语音消息。过了会儿,收到他发来的十几条语音,点开,他只是不停地叫唤我的小名。我那时才和他隔着一个房间的距离啊。"连续不断的语音消息里透露出笨拙的温情,纸片划过的伤口,早被时间治愈。

"还是隔了一个房间的距离呀,并不在他的眼前。"

"我是个家庭缘很浅淡的人。上大学以后,我很少回家,很少给家里打电话。过年回到父母身边,我懒得把衣服从行李箱拿出来,让它在我的房间随意摊开,总觉得很快就要离开。"

"子女多半无法理解父母的眷恋。他们认为自己是独立的,但在父母看来,子女始终是自己的一部分。这是历来的矛盾。"我双手交叉放在膝盖上。

"今年假期结束,临走前一晚,爸爸忽然来我的房间,站在一旁看我收拾东西。他看到行李箱旁边放着个纸盒,问我,这个盒子你不带去啊?我回答说,不带。他又问我,这个盒子里装的是什么啊?我回答,鞋子。他接着又问我,鞋子你不带去吗?我说不带。他继续问,那你不穿了啊?我不耐烦,对他说,不穿,哎呀,烦不烦哪。他却还在继续追问,那你还有鞋子啊?"林小姐一脸好气又好笑,"觉得不耐烦,又有些心酸。我才发觉他老了,他的脸上长出我以前从未见过的斑,他老了。"

不知道从什么时候开始,他老了,华发和皱纹间生出宽宏,她对父亲的矛盾和埋怨,逐渐被时间代谢。两人的关系,仿佛着急吞下刚煮沸的热水,滚烫着,烫到喉咙深处,却在升起的雾气里,氤氲成温和面目。他们开始彼此接受。她在光阴中留意到另一个生命的凋败过程,惊恐起来,爸爸不再意气风发,他变得絮絮叨叨,像一个老人。子女对父母的爱总是这样被动、迟钝,这样漫不经心。

"五月,我生日那天,早上六点钟都还没到,爸爸连打好几通电话给我,愣把我给吵醒了。接起电话,他又说要跟我视频,我还以为有什么大事。打开视频,发现他在海边,我爸把手机摄像头对准大海,对我说,熹熹你看,多好看啊,你就是在这个时间出生的。接着我爸对我说生日快乐。"她说,"就是……感到很意外。我爸有些害羞,解释说今早接了个单,送客人来海边看日出,想到是你的生日,就打个电话,继续睡吧。"即使装作满不在乎,即使为面子,为迎合别人的观念,也说过女儿肯定没什么出息之类的糟糕话维持颜面,除此之外,他也记得她具体的出生时间。

"后来呢?"我问她。

"我睡不着,起床煮面,给他们发了照片。"从前她没有意识到自出生那一刻始,她就变成父亲的日出,光芒,清晨,五月的天气,充盈着他生命的边边角角。在意识到这点以后,彼此才陡然柔软下来。

"前年我妈很急地给我打电话,说父亲胃出血住院了。"林小姐叹口气,"我妈说,之前催他去医院,总是不肯去,非得要闹到吐血这么严重。到了急诊满是人,跑去门诊还是排不上号,最后觉得自己快不行了,开始大声嚷嚷,这才有医生过来。医生刚过来，人就昏过了去，幸亏抢救及时。这种时候，我还真感激他是这么个脾气。"

如果有条件的话，谁不想做个有气质的人。我们都明白，得体不过是衣食饱暖的大前提下对自己的礼仪。不失体面，这样的话得费很大的劲才能说出来。门开了，念西进屋，想来三楼的空房间收拾妥当，她打扫过各处卫生，还替柏言晒了被子。柏言在擦拭陈列架上的寄存品。林小姐转过头，目光越过念西、怀旧商店的木门，越过庭院，越过转瞬的光阴，与父亲，与自己，与整个敏感骄矜的少年岁月和解。

几百米远处，有个市声喧闹的菜场，地面永远湿漉漉的，空气里泛着一股污水鱼腥气，角落堆着烂菜叶、塑料袋和各种渣滓秽物。有人只穿了背心，坐在小板凳上给蔬菜喷水，也有人穿戴着手套胶鞋在捞大盆子里半死不活的鱼虾，有人争斥论两、讨价还价，有人脸上蒙着报纸，躺在靠椅上打鼾。许多个在广州的傍晚，我见到街边支起小桌子，几人或围坐着吃饭喝啤酒，或打牌下象棋，光着膀子大声聊天，把牌拍到桌面。务实温暖的人们啊，胼手胝足，来不及体面。

"好在那回没什么大碍。我请假在家多住了几天，督促他按时吃药、吃饭，有空就陪他散散步。我问他几点，父亲看看表回答我，哦哟，忘记了，我的表停了。我说那怎么还成天戴着啊。他说戴着戴着就习惯了，忘记了。我知道，他不是忘记，就只是想表示拥有某样好东西，好让自己觉得安心，有底气些。我给他买了新手表，他乐呵呵地成天戴着，挺高兴，逢人就炫耀是女儿送的。半月前，母亲打电话来说父亲的老毛病又犯了，我便回去了一趟。"

以前不是不懂生活，只是不懂全部的生活。父母与子女的关系既亲密又邈远，就像星球和它的卫星，互相被引力牵引不能分开，却隔着数十万百万公里，各自公转、自转，在潮汐里泄露微妙的联系。

"忙着生活的人，有时候会忘记温柔。"我收下旧手表，和她相视而笑，"以父母和子女的关系陪伴着走一段路，是缘分。"

柏言仔细收纳好寄存品，编号是2015062201，林小姐在寄存单签下姓名，向我道谢。我环顾四周，怀旧商店一如往常。我在想"家"这个名词的意义，家是什么？住所，熟悉的房间和物品，冰箱第二格的茶罐，卫生间的电动牙刷，墙壁挂着的夏加尔的美术复制品，还是沙发上丢着的诗集，电视机里的人声，洗衣做饭和一堆杂事抑或是亲近的人，身体的舒适，内心的安全感。

沈柏言帮念西搬家，我把车钥匙丢给他。出了这样的安全事故，房东不得不同意退租，还勉为其难地退了押金。东西不多，一趟可以搞定。柏言开车经过某处街口，念西喊他停车，辗转两条巷子，他们进到一片旧住宅区。几十年的老楼，角落有户人家摆了个小摊，卖鸡蛋仔，老远就闻到浓浓的蛋奶香了。念西买了三份鸡蛋仔，说这摊子开十几年，没有涨过价，味道好、实惠，小时候有段时间住广州，就在这附近，她说分享给他童年的味道。回到怀旧商店，鸡蛋仔还热乎着，我咬一口，蛋浆甜甜的，口感松软，不像一般店里那种干干的面粉味，继续吃了几口。

"果然，路边摊深不可测，"柏言笑道，"一般人发现不了。"

"我下次带你去吃别的。"

"说好了哦,"他伸手帮念西抬行李箱,"你带我逛广州。"

"不用不用,我自己可以。"念西一口气提起行李箱,走上楼梯。

我看看他们,家是度过大半人生的地方,可以在现世牢笼的夹缝里得以喘息,可以有几分钟几小时不关心生计,可以不在意外面的任意天气。我又转头看各种各样被寄存的、怀旧商店里看似颓败的旧物品,里面存放着大大小小的人生哪。

入库单

编号：04

芭比娃娃

备　注　通过彼此学会付出与谅解，这辈子，无论如何有另一个人可以商量。

寄存年限　　　永久寄存

我别无其他星星

"欢迎光临怀旧商店。"

"你是向如卿?这里的老板娘吗?"他的脸似乎才褪去婴儿肥,打磨出棱角,侧目一笑,很朝气。

"我是。"

他抱起黑猫,抚弄它的脖颈和下巴,黑猫仰仰脖子,眯着眼冲他打哈欠,耳朵和脑袋蹭蹭他的掌心,难得主动对陌生人亲昵。他到处转了转,问我:"猫叫什么名字?"

"黑猫。"

"哈!可真偷懒,随随便便取了名字。怎么不叫警长?"

"你是参观还是寄存?"

"我要寄存。"他背着黑色双肩包,嘿嘿一笑,"我来寄存我自己。"

七月中旬,念西忙着期末考。柏言从超市回来,按照清单购买各种食材。以前我们多数时候将伙食糊弄过去,充饥的目的远大过舌尖享受。后来念西来了,她的生存乐趣之一在于创作各式各样的美食,哪怕做沙拉,也可以连续半个月不重样。有阵子,我每天看到食物的瞬间都发自肺腑夸赞她"念西,你真是热爱生活的人",陡然叫他人也热爱起生活来。柏言刚喊了句"老板娘",撞见男生的目光,"哎,有客人吗?"

男孩倚着吧台:"哦,不是,我来找程念西。"

"嗯?你是?"探究彼此的表情,打量中挟带警惕。柏言看向我,我耸耸肩,他随即拿出平时一贯对待客人的态度:"请先坐吧。"男生反客为主,将他手头的重物接过来,放到厨房。

我一早认出他。等念西见到程东,跳起脚,又惊又喜。眉目间能看出相似的轮廓,她摸摸他的脑袋,扯扯他的衣角,晃晃男生的臂膀,前看看、后看看,好似眼前少年是崭新的,和她上次见到时不同了,怎么长得这么快。她一巴掌冲他的后脑勺拍去,克制住力道:"程东东,你怎么跑来了?"

程东摸摸脑门:"姐!你别把我拍傻了。"

"你不知道爸妈会担心吗?"

"我有发短信告诉他们,爸妈说什么了?"

"你怎么不接电话?"念西瞪他一眼,"能说什么?期末考试结束,偷偷跑出来,妈觉得你可能失恋了。让你在这里玩两天。"

十几岁的少年,独自坐高铁跑到另一座城市,出逃和投奔的意味不言而喻。弟弟立在原地听她数落。柏言饶有兴味地看着姐弟俩,那是与以往截然不同的她,是和家人相处时的样子,会生气,她不是真的生气,而是在表达关心。弟弟扳过念西的肩膀,令姐姐背过身,双臂横压在她的肩上,将人推进厨房,语气软下来:"我来看看你啊。"

我走去厨房,打开冰箱倒水。气泡在杯中破裂重组,方寸之地,立时拥挤不堪。夕阳从百叶窗的缝隙挤进来,柴米油盐裹住生活的惨淡,小小的烟火人间,唯食物是重要的。不知什么时候开始,沈柏言的口头禅变成"程念西":"程念西,今天吃什么?"他斜靠在厨房的门框,懒懒的,走近她身边,"程念西,这又是什么?"程念西学他的腔调:"喂!沈柏言,你到底想怎样啦。"他终于投降:"好啦,你不要学我说话。"此时在厨房东摸摸、西看看的人变成程东,他凑过来:"怎么又是胡萝卜?姐,你知道我最讨厌胡萝卜。"

"爱吃不吃。"她推开他,"我看你啊,饿两天就舒服了。"

"吃，必须吃。"弟弟笑嘻嘻的。

"你走开啦，碍手碍脚。"念西跺跺脚，有蚊子。

水龙头打开又关上，水流涌过管道，声音断断续续，刀与砧板碰撞形成整齐的节奏，我莞尔，棠棣相亲、兄弟怡怡。柏言燃起蚊香，一股淡烟，在她的脚边袅袅散开。沈柏言洗过手，回头看见程东，大概同时萌生犹豫不决和跃跃欲试两种复杂心情，十秒后，他伸出手，迅速将程东的衣领翻正，神色自若地走开了。我们大笑。

程东给黑猫添过猫粮，又铺桌子、摆餐具、端碟碗。四人坐在一起，倒真像一大家子。念西给每人盛了胡萝卜玉米排骨汤，弟弟的碗里没有胡萝卜。吃着、吃着，程东停住筷子，叫道："沈柏言，你为什么把胡萝卜都埋在饭底下？"弟弟不留情面，揭穿他，"哈哈，被我发现了吧！"

"柏言，你不吃胡萝卜吗？"我看向柏言的碗，果然米饭底下隐约可见橘红色。他侧头，轻咳两声，似乎被米粒呛到，眼神有点可怜。念西反应过来，实在觉得好笑。我说我实际上也不太爱吃。后来，怀旧商店的餐桌就极少出现胡萝卜了。

开业至今，寄存品算得上琳琅满目。尽管程东对出现在姐姐身边的男士怀有戒心，柏言依旧不计前嫌，带他逛了逛怀旧商店。二楼藏物馆，放着一些永久寄存品、到期的旧物或不易挪动的大件。通过庭院的楼梯到三楼露台，露台很大，摆着个秋千，方便喝啤酒、看星星，左右两边是落地玻璃门。换了拖鞋，进到小厨房和客厅。厨房不大，设备齐全，盘碟调料秩序井然，冰箱、洗衣机、烘干机、长餐桌和高脚椅，与客厅仅隔一道旋转楼梯。楼梯通往阁楼，我住在那里。

客厅铺大地毯，茶几摆放千草色五边形花瓶，绣球花开得热闹，侧边墙上挂着夏加尔的作品。沙发很大，对面一堵白墙刚好适合投影。两个房间，分别是柏言和念西的卧室。程东踢掉脚上的粉色拖鞋，拖鞋是念西的，整个人倒进沙发。她将毯子兜头丢过去："程东东，还不去洗澡！"

"洗过了。"

"什么时候的事？我怎么不知道。"念西捏起几撮头发，"头发是干的，你该不会想偷懒吧？"

"吹干了啊，不信你问沈柏言。"

"沈柏言怎么知道你有没有洗澡？你们一起洗的吗？你们有这么熟吗？"

沈柏言被口水呛到，连连咳嗽，念西瞥他们一眼，不再理会。她跟我道了晚安，走回房间正待关门，弟弟喊住她，欲言又止，最后对她说了句"晚安"。念西答他："晚安。"

大概凌晨两点，念西起身上卫生间。弟弟先替她开灯。"你怎么还没睡？睡不着吗？"他轻轻"嗯"一声，脑袋枕着双臂，盯着墙上的挂画，美人鱼捧着一束鲜花，游离在隐约的村庄上空，斑斓梦幻。天花板传来弹珠掉落的滚动声，咔嗒、咔嗒嗒嗒，周围太寂静了。"有心事？"念西坐到沙发旁，手臂环抱膝盖，又揉揉他的头发，笑道，"年纪轻轻的，哪来那么多心事？"

他不肯说，念西也就不问，她替弟弟掖好毯子："你能不能乖一点。"

"嗯。"没有反驳。

相处变得这么温情，有些不适应，她瞥见丢在地上的背包，上头挂着一个桔梗色御守。

"这个御守好精致,哪里买的?挂在包上招桃花吗?"

"没看见上面写着'健康平安'四个大字。"

"哦。"念西拿到手里琢磨会儿,"行了,你快睡吧。"

"等你进房间,我就睡。"

翌日一早,客厅传来绵密响动。咖啡机咔嚓咔嚓磨豆子,噌,面包机弹起两片吐司,杯碟撞击桌面,光线透过落地玻璃,倾进室内,在餐具上照出通亮的反光。念西盛起煎蛋,几缕头发落下又被她拨回耳际。"早啊,"她跟柏言打招呼,"发什么呆。"他愣了愣神。念西跑到沙发前,光着脚,踮向睡着的人,手里还拿着锅铲。

程东把头埋进毯子,不耐烦:"程念西,你吵死了!"

她拎他的耳朵:"不可以不吃早餐!吃完再睡。"

"姐!你丑死了,你越来越丑了知不知道?"顶着鸡窝头,坐起身,弟弟摸摸被揪红的耳朵,抱住枕头,"能不能注意点形象。"

沈柏言往牛角包上抹黄油:"我觉得挺好啊。"

我们一齐朝他看去,弟弟喷喷几声,摇摇头。"怎么了?不是挺好的吗?"沈柏言不看我们,端起咖啡抿了小口,动作迟缓,似乎盼着杯子可以挡住自己的脸。目光在众人间来回兜转,他抬头望望天,低头,摸摸鼻子先笑了场。

"等等,"念西接过话头,"这不是柏言的枕头吗?"

"你还好意思问?"弟弟努努嘴。

"地上不是扔着好多个靠枕吗,"她作势上前踢他,"你好意思不拿自己当外人?"

弟弟抱紧枕头站上沙发,一脸气鼓鼓的,俯视她:"你跟谁姓啊？你还是不是我姐了？"

毕竟上一回她就是这么睡的，没注意到枕头的舒适度，念西微微歉疚，嘴上还是说："胡说八道，还不赶紧的。洗漱！吃早餐！"

早餐结束，念西回学校，柏言说是出门拍一些素材。弟弟蹲在角落看黑猫吃东西，他很喜欢猫，摸它的脑袋和背脊，黑猫顺从地在手掌下翻过身，肚子柔软起伏。我问弟弟："你不出门逛一逛吗？"他朝我小跑过来，坐上椅子，一脸乖巧地望着我。

"有话要说？"

"如卿姐姐。"

"怎么了？"

没来得及开口，有人推门，我们异口同声："欢迎光临怀旧商店。"弟弟斜起嘴角，冲我笑笑，顺势扮起店员角色。周小姐的寄存品是个破旧的芭比娃娃，十几年前的流行物，仔细看，娃娃的胳膊是粘上去的。先听听她的故事吧。

周思男与谈婚论嫁的男友分手，因为她的亲弟弟。弟弟与她相差十五岁，家人瞒着她生的。某天放学回家，突然被通知多了个弟弟。这样措手不及、硬生生插进生活中，他们瞒着她，小心翼翼地回避她，最后将一个婴儿带到她的面前说是弟弟，未免也太不尊重她。在这以前，她从未质疑过父母的爱，父母怎么会不爱自己的孩子？他们当然爱她，还给她买过心爱的芭比娃娃。当偏爱被摆上台面，她才明白：爱会被稀释，过去只是欠缺对比。父母上了年纪，教养孩子日渐力不从心，他们需要儿子继承姓氏却又将责任轻飘飘推至她的肩头。他们省吃俭用，毫不忌讳地表明要为弟弟筹措将来留学的费用，可她大学毕业计划考研，却被母亲指责不懂事、不肯替家里分担。

她恋爱（坦白说，周思男的确在刻意隐瞒家庭信息），他们感情很好，原本计划结婚。双方家人见面，他和他的家人才得知她有个相差十五岁的亲弟弟。个中龃龉略去不表，他们只亲眼见识到她的弟弟如何骄纵无礼，见识到她父母毫无底线的纵容、不以为意以及她的软弱妥协。

周小姐说到这里，程东变得坐立不安了。

对方的家庭条件同样不宽裕，不愿被不相干的人拖累，他们看清楚她的潜在危机。婚姻牵涉其中，完全违背父母的意愿终究不现实，她并不怪他。如果没有这件事，她又怎么会痛下决心，像一个胎盘终于准备剥落，放弃与血脉的联系。那个芭比娃娃，父母那里得来的礼物，变成可笑的赘余。

"我真恨他，恨他拖累我的幸福。"他们像是彼此的盗贼，从对方那里偷窃父母的爱、金钱、关注，所有的一切，但凡亲密关系都需要谨慎维持距离，不小心喷出的鼻涕、响屁、忘冲的厕所、乱丢的内衣裤，蓬头垢面的朝夕相处最惹人生厌。"我也恨我的父母。"

我送周小姐出门，看到寄存单上的姓名，还是为周小姐难过。编号是 2015071603，寄存品为芭比娃娃，寄存人是周思男。父母对子女的爱哪里是无条件的，血缘是条件，性别也是条件。"

程东忽然沮丧："我没有想过这种问题。"

"每个家庭的情况不同，你不必过于在意。"

"如卿姐，"程东言语间透着为难，欲言又止，"端午节，我在家打扫卫生，从抽屉的旧笔记本里翻到一张老照片。两个人的合影，印着'钟念四岁生日纪念照'，上面是我姐和一个我没见过的男人，照片反面还有一个签名：钟西风。我姐姐，难道是爸妈领养的小孩吗？"

"如果是的话，对你来说会有什么不同吗？"听见"钟西风"这个名字，我忍不住伸手握了握拳、松开，身体倚着吧台。

"四岁的话，有记忆了吧？我不确定姐姐是否清楚她的身世，如果她知道，会和家人有隔阂吗？她会不会偷偷难过？这样想着，我有些放心不下。何况我上次打电话时，姐姐不是在医院吗？太不让人省心了。"黑猫跳上程东的腿，我有时难免觉得做猫就挺好，晒太阳、打瞌睡，在人世求得一处安身之所就满足了。

"眼前所见未必是全部的真相。如果有疑惑，不妨先试着和他们坦白，问问他们。"我将双手放至他的肩头，"就算有血缘关系，有时候也未必能成为真正的家人，不必难为自己，凡事照常就好了。"

我们听见开门声，没有再继续谈论。程东将客人引至沙发、倒茶、收纳寄存品，刚才的话题全然不放在心上了。晚上他们接到父亲的电话时，程东和念西挤在沙发，举起手机看球赛。我问他们怎么不开投影仪，程东说习惯了。

"程东东，你能不能举高点啊？"

"手酸。"

"你怎么光长个子，不长力气？"

电话是打给念西的，问她什么时候放暑假、回不回家、钱够不够花，再问程东这小子什么时候回去，让她旁敲侧击打探，弟弟是不是失恋了。手机转到程东手上，好一通唠叨。球赛中场休息，他问："姐，你会不会讨厌有个弟弟？"

"怎么问这种问题？"

"没什么，就是随便问问。"

"你有时候挺烦人的。"她故作为难，继而笑道，"不过，谁让我是你姐姐呢。我记得几年前，你在外公的葬礼上睡着了，我坐在灵堂里，和长辈们一起守夜。他们说这些丧葬传统太复杂，什么念经、吹唢呐、吊唁、下葬仪式，各种复杂的忌讳与传统，等他们百年以后，谁还弄得清楚这些琐事。爸说，幸好咱们家两个孩子，这辈子，不管做什么事，姐弟俩都能有商有量。我也是这么想的。"与他在拳打脚踢闹腾中长大，嫌弃他、迁就他、包容他，他四五岁时与她在冬天出门，会问她冷不冷，他用小孩子的体温将她焐热；七八岁时，父母在医院值班，她生病，他跑来跑去给她倒开水，不小心烫伤自己。兄弟姐妹间的情分不是野蛮的竞争与相互褫夺，而是通过彼此学会付出与谅解，这辈子，无论如何有另一个人可以商量。

沈柏言先前在纽约学导演，来到怀旧商店，仍时常摆弄他的两台相机，程东东问一句、西问一句，他便指点一二。没过多久，程东就沈柏言长、沈柏言短，跟在他身后浇花喂猫、打扫卫生、给寄存品建档，他不出门，说天太热，倒和柏言买过两回菜。念西考完试，带程东逛一逛广州，回来打包了两份椰子冻。柏言拆开椰盖问:"这是哪家店?好像还不错哦。"程东一手钩住柏言的脖子,推他去厨房拿勺子:"今天就说叫上你一起的!姐姐说你紫外线过敏,不方便。""紫外线过敏?没有啊。"柏言转念一想,想起他们初见时,他用"紫外线过敏"这个借口和她换座位,好让她不便拒绝。原来她记得他,柏言笑道:"她弄错了。"

"以前我习惯站在弟弟的身后,看着他,保护他。今天在博物馆看展览,我把东东推到前面,突然发现这家伙长大了,比我高了。他特别自觉地站到我的身后。"看着他长大,就越容易有这样的感喟,她从别人身上感知到生命弧度。

"有这样一个弟弟,感觉还不错?"我笑道。

程东走过来,背后把双臂压上念西的肩,递勺子给我。"你们在聊什么?夸我吗?"

"走开啦,重死了。"她耸耸肩,笑着甩开胳膊,"是啊,弟弟长大了,可以交小女朋友了。程东东,你到底是不是失恋?"

"你神经!"他搔搔后脑勺。

他特意与黑猫告别,还偷偷跟我说"我姐就拜托你",他说那天爸爸打电话来,原本想问姐姐的事,但是没有张口,他觉得不重要了。是啊,有什么重要的?

那天晚上程念西一手举起手机,一只手往前摸到沈柏言的胸膛。他打开卫生间的门,灯光冲脸上甩过来,生生被吓一跳。程东说她有夜盲症。每换一个环境,都不得不谨慎适应这份紧张感。无尽的黢黑张开细密网目,从高处落下,她像被黏住的飞虫,无处可逃。沈柏言抓过胸膛上的那只手掌,开灯,松开了。她的手很凉,没有穿袜子。

深夜阒然，感官异常灵敏，放大了周遭的细微动作，仿佛耳鸣。手掌残留着适才的温热触觉。她的心跳，仿佛冬日烧红的炭火，噼里啪啦、毕剥作响，像爆米花在高温下时刻准备裂开，冒着焦香。念西挤进卫生间，关上门，站在镜子前定定神。

沈柏言绕过几步路，打开客厅的顶灯，坐在沙发上胡乱翻杂志。念西出来时，见他还没睡，问他要不要喝水。他答"谢谢"。她倒了水，递杯子给他，坐到沙发一侧。一时无话。过了两分钟，他随口问："念西，你的厨艺怎么那么好？"

"说来话长。"她把腿架进沙发，手捧着杯子，"我妈是护士，医院工作忙，她不会下厨……我爸过世后，哦，我指我的生父，他是名消防官兵，出任务时发生意外，走了。那时候我还很小，我妈每天带着我，回外婆家吃饭，一些长辈当着我妈的面不说什么，背地里，在我面前，话不怎么中听。我就不愿意去了。但我妈弄的饭，又确实一言难尽。幸亏我妈有个同事，见我可怜，天天上我家做饭。他后来成了我的继父。老程的手艺好啊，对待菜刀好比对待手术刀，我耳濡目染，青出于蓝。"她在他面前，第一次谈及家庭。柏言拿杯子喝水，心下感激，她已将他当作朋友。

"按照步骤，专注于眼前的食材和调料，什么都不用想。下厨对我来说是放松。"念西转头问他，"你呢？为什么待在怀旧商店？"

"哎，我以前的生活半径还蛮狭窄的。没有兄弟姐妹，爸妈关系很好，我学习还不错，一路升到大学，选择自己喜欢的专业，大学毕业继续到美国念书。日子过得太普通了。后来，我来大陆找爷爷的故人，没有找到。"他一笑，"我在怀旧商店接触了许多不同的人、不一样的生活。你明白我的意思吗？他人的遗憾，没有成为我的遗憾；他人的痛苦，也不是我的痛苦。我希望看待事物的角度更丰富些，像老板娘那样，通过别人的经验，理解别人。"

"那之后呢？回到台北？拍电影吗？"

"或许吧。"他放下杯子，"不过，我最近考虑拍一些怀旧商店的素材，看能否有机会做成独立影片，把许多人的故事记录下来。"夜深了，他看着她走回卧室，关掉客厅的灯。沈柏言敲了敲她敞开的房门，床头的台灯上挂着一个御守，绣着"健康平安"四个字，念西在灯影中回头。

人这一生原本就是由无数个瞬间组合成的，迎面撞上陌生人的肋骨，车子踩下急刹车，写下某个名字的第一道笔画，缱绻之际，如同电流涌过全身达到顶点，临终垂下的手，很久之后重新往前看，在那个当下，人们究竟会不会明白它的意义？沈柏言看着她，人世一下寂静无声，他失去对万物的信号，只为接收这突如其来的、击中心脏的闪亮片段。他仿佛重症病人，一会儿清醒，一会儿恍惚，这感觉栩栩如生，真切得可怕。晚安。他说。那个瞬间，沈柏言记起聂鲁达的诗行：

我喜欢你像一把泥土，
因为它的草原浩瀚如星球，
我别无其他星星。
你复制了不断繁衍的宇宙。

你宽广的眼睛是我窃自已毁星座的亮光；
你的皮肤颤动有如彗星
划过雨中留下的纹路。

入库单

物品编号：**05**

少年的银戒

备 注　　　失而复得是人生侥幸。

寄存年限　　　永久寄存

恰同学少年

七月末，念西正式开始暑假，准备三餐，看书、做翻译作业。每天早上，柏言都榨一壶胡萝卜汁，说要均衡膳食，可我瞧他端着杯子喝得实在艰难，念西递给他两个苹果，苹果与胡萝卜同榨，口感顿时有了层次感。早上没有预约，我通常睡到自然醒，等到下楼见到旧相识，不免意外。

"嘿！"她看到我，脸上不由得惊喜道，"真的是你。"

"欢迎光临怀旧商店。"我随即莞尔。怀旧商店正式开业后，我曾给她写邮件，说明商店的具体位置，期待她有天会来看望我。如今她果然来了，我见到她身旁的男士，恐怕故事有了新的下文。

"我来是想问问你，三年前我存放在你这里的东西，还在吗？"

这个故事要从三年前说起。

三年前我在欧洲旅行，因故在伦敦多待了几天，偶然的机缘下认识她。那天，我沿着摄政街一路步行，走得累了，坐在皮卡迪利转盘的台阶上听人唱歌。伦敦毕竟是伦敦，高楼林立，计程车、巴士、灯柱、电话亭，城市由黑与红交织出一副冷峻沉着的面目。此处贯通几条商业街，人来人往，净是明艳时髦的男男女女，不时有几只鸽子飞落跟前，为倨傲的城市平添一丝感性的气质。

我在这个颇有声势的地方坐着，蜩螗沸羹。身旁坐着同我一样的亚洲女孩，很年轻，大概二十出头（我后来才知道她那时二十七岁），她的手肘撑在膝盖，一口一口咬着手上的冰淇淋。异国他乡，周遭多是高鼻梁、深眼窝或语言不通的陌生人，因此看到亚洲面孔便不由得多留意几眼。见我转头看她，她冲我笑笑，我也回以笑容。我们不知道坐了多久，日暮西斜，光线尚未暗淡却已在太阳下率先迎来一场暴雨。人群四处奔散，我和她却极为默契地瞄准一个咖啡馆街座，一齐跑到遮阳伞下避雨。视线意外相撞，我们都弯腰大笑起来。我跟她打招呼，嘿。我说，是太阳雨啊。她问我，你也是一个人吗？见我点点头，她就说她也是。聊过几句，得知双方都是中国人，自然又亲近几分。

阵雨很快过去，空气转为澄明，雨水留下的坑洼里映出世界的倒影。她问我要不要一起往海德公园的方向走走。我答应了。我们慢慢往海德公园走，那一路的谈话足以令我拼起完整情节，她与我说起某个同样下雨的日子。以下大致是她在那时告诉我的：

周五的暴雨真令人厌烦。堵车不说，平常大约十五分钟的路程需要花上四十分钟，人人都一副神色匆匆、焦躁不安的模样。雨势厚重，在闷热的空气中猛烈撞碎，稍稍吸口气，雨水混着街道尘土的腥气，一下子涌入鼻腔。每当打雷下雨，我的脑袋就会自动冒出各种坏念头，车子半路熄火怎么办，一道雷下来把我劈死怎么办。我晃晃脑袋让自己不再乱想，一抬头跳到黄灯，转红，窦楠枝就是在这个时候从马路边突然蹿出来的，我赶紧刹车。

没等我从惊吓中回过神，他立即爬起身，奔向前方的公交站。要不是他起来的动作太干脆，我差点以为他想碰瓷。积水漫过脚踝，校服的两条裤腿卷起，球鞋变成灰色，裤子脏了。那是我这辈子少有的兼具责任感和同情心的时刻。红灯又转绿,我继续向前开十几米,看着后视镜里不断倒退的单薄身影,掉头,靠边停车。

"哎,你!没事吧?需要去医院吗?"我摇下车窗,将伞递给他。男生把伞接过去,道了声"谢谢"。见他没有要走的意思,我问:"这个点没公交,有人来接你吗?"

"没有。"他瘪瘪嘴。

"你怎么回家?"

"不知道。"

"算了,你先上车吧,我送你。"

他毫不忸怩,拉开车门坐进来,冲我一笑,露出两颗虎牙。他脱下校服外套,抹一把自己的脸,几绺刘海湿漉漉地耷拉在额头。我挑了挑眉毛,雨水顺着他的额角流下来,眉清目秀的少年。我扔盒纸巾给他,心想,看来做好事也不是全无情由。

闪电,一阵隆隆雷声,我紧握方向盘。交通滞塞,车厢空气浊闷,就这两米不到的距离,还有车辆想要见缝插针。我连按几下喇叭以示不满,身旁男生伸手打开音乐,也不看我,小声嘟囔:"别暴躁呀。"

我朝他瞥一眼:"信不信我把你丢这儿?"终于记起副驾驶原来坐着个人,重点是,我忘记问他家住哪里。于是,我问:"小屁孩,你今年多大?"这样说来,我问他的第一个问题既不是"你叫什么名字"又或者"你家在哪儿",而是"你今年多大"。

"接下来即将播放的歌曲是,"电台女主持人的声音穿透雨水与汽车发动机的噪声,"来自 Lou Reed 的 *Perfect Day*。想必大家一定不陌生,这是经典英国电影《猜火车》的插曲……"

对于上班族来说，时间争分夺秒，每天很着急地吃饭、埋头工作、回家、洗澡、睡觉、起床、开车上班，在格子间来来回回。年轻人才敢虚度生命，因为他们除了年轻就没了别的资本。手指在方向盘一下一下敲出节奏，好巧，是我钟爱的歌。可惜这样的暴雨天，必然不是完美的好日子。我宽慰自己，堵车呢，仿佛一天中偷得须臾片刻，迫不得已，无事可做，所以不必对虚度光阴感到抱歉。

"我叫窦楠枝。"他没有回答我的提问，犹犹豫豫开口，"其实……我爸妈今早出门旅游，我没带钥匙，回不了家。没地方去。"

"不是吧？"我扭过头，迅速做出新决断，"那我给你送警察局。"

"别啊，这位……姐姐？"窦楠枝抿起嘴唇，"能不能麻烦您收留我一晚？我爸妈估计在飞机上，接不到电话。我也不方便一个人睡警察局啊。明天！明天早上，我就可以找师傅开锁了。"

夜色彷徨，钱塘江的水涨起，车子开过坑坑洼洼的街巷，圆润饱满的雨珠密集地砸上车玻璃，路灯投射下的光柱里蚊蚋飞舞，他身上沾染着潮湿的水汽。我思索几秒，什么叫"好人做到底"，明明原本只打算送一把伞，却变成送他回家，最后竟然要留宿一个陌生小男生。我大概是脑子坏掉，再不然就是母爱泛滥。反正我就像电影女主角捡流浪狗一样，将一个年轻男孩捡回了家。后来我想想，更像是西湖断桥边白素贞借给许仙一把伞，后患无穷。

等我下车，才发现这个男生比我高出整整一个脑袋。后悔是来不及后悔了。我提起一点戒心，随即又迅速放弃：我一没财，二没色，毕业至今连个对象都未谈过，我有什么好怕？

"怎么连一张床都没有？"他一脸委屈。

"我看你还是去睡警察局好了。"

我往窦楠枝的脑袋扔去一块厚毛巾。他光着脚坐在沙发里，目光四处扫视一番。房子很小，仅够我一个人住，唯有沙发勉强容得下一个人。是了，车子是我爸留下来的，除那辆旧车和这座公寓我一无所有，我在报社工作，夕阳行业，微薄的薪水只够糊口。这寸土寸金的杭州城竟然还有一块单属于我的容身之所，我已经谢天谢地。

醒来时，窦楠枝已经离开。沙发上的毯子叠得整整齐齐，水池里我遗留的锅碗都已洗净放入碗柜。冰箱上贴着一张便利贴，上面写着：锅里煮了粥，稍微热下就可以吃，谢谢你。我顺手把这张字条夹在壁挂的铁架子上，突生一丝惆怅。这冷冷清清的公寓难得有人串门，也不打声招呼再走，真是没礼貌。

又过几天，我下班回家，看到门口蹲着个人。见我回来，窦楠枝迅速站起身："你怎么才回来啊，我都快饿死了。"

"你当我这里是流浪汉收容所吗？"我连眼皮都没抬，"小屁孩，你该不会是离家出走了吧？"

"不是。我饿了。"

"有泡面，你自己煮。"我让他进门。

他熟门熟路地打开冰箱，说："你家还真是，什么东西都没有啊。"

"不是说了，有泡面。"

窦楠枝百般无奈，拿出锅，装了一半水。我朝他投去几个眼神，他并不理会，完全跟在自己家似的。水沸之后将方便面投入锅中，大约三分钟,他捞出面条用冷水冲几遍,接着放进碗里,铺上不知哪里翻出来的几片海苔,敲入生鸡蛋,按顺时针淋上热水,最后拿本杂志盖在上面。

"泡面泡面,用煮的,那还叫泡面吗?"

"你真的不吃?"

嘴巴养刁了最后难免折腾自己,又要洗碗又要刷锅,光是想想都觉得麻烦。我盘腿坐在地板上,打开笔记本电脑整理下周要交的稿子。三分钟后,窦楠枝掀开杂志,陆续往碗里加黑胡椒粉、迷迭香、些许辣椒粉,最后用一点点醋提味。果然很香。见我无动于衷,他问道:"怎么这个点还要加班啊?"

我冷哼一声:"你没听过这句话啊——钱难挣,屎难吃。"继续埋头苦干。

他不再说话。

"碗就先放着吧,"见他吃完,我拿起车钥匙往门口走,"走吧,我们出去兜个风。"

我移下两边车窗,夜里的风裹挟着夏季的热气灌进来,窦楠枝就像我以前养过的大金毛一样探出头,招呼后面的来车。我拍他的背:"遵守交通规则,别伸到窗外去。"

他听话地回头:"吃完东西,兜兜风还挺好的。"

"是吧。散散步也挺好的。"我把车在警察局附近停下,"下车吧。"

他听话地下车,我迅速将车门落锁,一脸假笑,冲他挥挥手。窦楠枝反应过来,连续用力拍打车窗,喊我,我不理他,他赌气似的坐在车头不让我走。对峙几分钟。我摁摁喇叭,他总算挪开。

这回我没再管他。毕竟我一向觉得做人不能太善良，一旦善良，别人就会得寸进尺，一而再，再而三。

清静没两天。周末早上，有人来敲我的房门，我打开，见窦楠枝拎着两个大塑料袋冲我嘿嘿笑。他提了提袋子，说："我来报答你。"仿佛根本不存在我把他丢在警察局门口这种事。

"小屁孩，你又没地方去？"

前晚为一篇稿子熬到半夜，眼睛还是乌青的两圈，我没有力气周旋，迷迷糊糊中让他进门，接着便自顾自爬回床上睡觉。对于窦楠枝的存在，我的潜意识里竟然有种融洽投契的安心。睡得正香，忽然有人轻轻拍我的脸，喊我的名字："起床，胡依北""吃午饭，胡依北""胡依北"。

我打个激灵，反手一个枕头砸在他的脑门上，立时清醒，接着转头看到桌上几道漂亮的家常小菜，我问他："这该不会是你自己做的吧？"

"当然……"他的双手撑在桌上，上半身朝我倾过来，"不是，这是我买的外卖。还有啊胡依北，我叫窦楠枝。窦、楠、枝。"

"没礼貌的小屁孩，叫姐姐。"

"不叫。"

"叫姐姐。"

"胡依北，胡依北，胡依北。"

这就是让陌生异性知道住所的弊端，连续好多天，窦楠枝都会在傍晚出现，找我一同吃饭。我之所以没有拒绝他，本质上，因为我从未将他当作"异性"对待。另一方面，他是个活泼的人，和活泼的人待在一起，仿佛我自己同样身心健康。我从未问过他家里的情况,就像我同样不希望他过问我的事一样。不逾越,是分享感情的首要原则,这点上我们彼此默契。他在我面前彰显出超乎年龄的聪慧稳重,大概正因如此,我才会不小心模糊他的年纪。两个人待在一起创造的氛围可以代谢掉所有的坏情绪,某种程度上,我们互相慰藉。

我的家就像窦楠枝的自习室,如果我坐在地板上写策划,他就靠在沙发看书。语言和交谈是多余的,仅一个抬眼,他便知道是要将手边的水杯递给我,还是要将冷气调高一些。周末,我们窝在地板上看沉闷的老电影,比如说《猜火车》。这样的电影适合梅雨季节的周末,适合最低落沮丧的时刻,让人深呼一口气鼓起勇气接受这彻底的荒唐的溃败烂到底的人生,这和青春无关,和不快乐有关。窦楠枝是看不懂的,他还活在一个很青春、很璀璨、人生可以向往无限美好的年纪。不知人间疾苦是件幸事,面对他,我只能无限感慨"年轻真好"。

"胡依北,你一点也不像二十四岁的人。"

"怎么?我像个三十四岁的老阿姨?"那都是绝望锻炼了我。

"你明明长着一张娃娃脸……"他把自己的校服丢过来,"穿上校服,就跟十四岁差不多吧。"

"小屁孩,你是不是作业太少?"这样的调侃,越界。

他笑起来露出两颗尖尖的虎牙:"胡依北,我的成绩比你想象中要好。"

空调的温度有些低,窦楠枝凑过来与我盖同一条毯子。他把脑袋靠在我的肩上,我们的胳膊肘贴着胳膊肘,却从没有多余的想法。我明白他早慧、细心、善良,偶尔会有点幼稚。与少年的友谊是意外得来的,但是抛却此时此刻,其他于我并不重要。

尽管如此,年龄的差异始终存在,再融洽的关系也会有分歧的时候。我与他一同去超市买东西,刚迈出超市门,被一个抱小孩的女人堵在门口。襁褓里的婴儿尚在酣睡,那女人挡住我的去路,嘴里喃喃一番说辞:"好心人,好心人,我带着孩子来此地寻找丈夫,人没找到,身上的钱全都被偷走了。"长发遮住半个脸颊,她弓着腰,毫无精神气的面容,裸露生活溃败的底色,又一个在苦海放弃挣扎的人,只待伸出手,他人就自动自觉地从蜡黄的手掌心看出一丝丝惨相,提供寥寥施舍。这女人我碰到过好多回,行骗已经足够可恶,更可恶的是还要带着懵懂无知的婴孩一起行骗。窦楠枝刚从兜里掏钱,我便拉着他径直向前走去,嫌恶蹙眉,将人推开。他甩开我,又回过头去往女人的手里塞进五十块钱,一路闷声不吭。我问他:"你干吗?"

"胡依北,你干吗?"

"我怎么了?"

"你没看见刚刚那个女人很可怜吗?"

"哦,关我屁事。"我冷笑。是可怜,孩子真可怜,沦为母亲表演的道具。

"胡依北,你这个人怎么一点同情心都没有?提供一顿饭钱,对你来说不是什么大事,何况她手上还抱着一个孩子!你就不能体谅体谅别人的苦衷吗?"

"是的,不能。我就是一个毫无同情心的人。"我用力拍上车门,"做人就要有做人的样子。既然你这么懂事,就应该先学会不要给别人添麻烦。"天真无邪是小朋友的特权,长大就需要直面人生惨淡、世道艰难，谁也顾不上谁。更何况手脚齐全，何不自食其力？

"你讲话一定要这么刻薄吗？"

"我不想和你争论。"我懒得解释，"再多说一句话，就给我下车。"一看就是好家庭出身的孩子，年少人生顺遂，不知别人都是怎样苦熬过来的。世变滔滔，小时候也常有人夸我烂漫可爱，与妖魔鬼怪打交道多了，赤子之心当然被碾得一干二净，同情归同情，只可惜，不是谁都有能力慷慨。

他气呼呼的，没有再说一句话。到家楼下，我单手握方向盘，将另一只手搭在副驾驶座的靠背，向后倒车，不与他搭话。他把背挺得直直的，双手交叉，在这密闭的车内氛围里露出一丝紧张不安。半晌，他忽然道："胡依北，你单手倒车的技术还挺厉害的。"就当是和解吧，我轻哼一声，装作什么事都没有发生。不再提这个话题。

我加我的班，他看他的书，有时候一起看电影。雨水止住的那天，我们没有别的新鲜事。又一个无所事事的周末，窦楠枝把我房间里的吉他拿出来擦拭一番。吉他是父亲的遗物，我以前常有跟他学吉他的想法，可惜有始无终。我想，人生原本就有许多有始无终的故事。窦楠枝非要唱歌给我听，于是，他边弹边唱 *Perfect Day*："Oh, it's such a perfect day. I'm glad I spent it with you…"

听着想哭，可惜泪腺早已进化到消失，这不再是我表达感情的方式。爸妈过世以后，我卖掉旧房子抵债，用剩下的钱搬进这间小小的公寓，精打细算，惶惶度日。世情冷暖全尝个遍，心肠自然变得坚硬无比。在陌生人面前张牙舞爪，对老板低眉顺眼，熬夜想选题、做策划、写软文，看人脸色，必要时陪广告客户喝酒周旋，再倒霉点，就得赔笑推开年长男领导的骚扰，思量着撕破脸皮还是忍一时之气。尴不尴尬，谁都觉得自己高人一等。一天天过下去，人生仿佛剥洋葱，一层比一层刺激。年轻男孩子的声音还是太乐观，可以把每天都当作是"完美的一天"。

"依北，你记得不？我们第一次见面时，电台放的就是这首歌。"

"当然记得。"我把脑袋靠在他的肩上，"小屁孩，你唱了我的葬礼进行曲。"

窦楠枝语塞："你怎么老是那么消极啊。"

"这有什么消极不消极的。人总要死的，不是今天就是明天，未雨绸缪有什么不对？"

"你好像一直不快乐。"

雨季过去，转眼到八月，我躺在沙发就可以听见蝉鸣，少年的暑假也很快就要过去。我们认识满一月，窦楠枝给我发消息，说多日来受我照顾，要请我吃面，还要求我不得开车，必须坐公交到指定地点。我心想，不是我想照顾你，是你成日里总跟在我屁股后头好不好。我才刚按照指示坐上公交，就收到他发来的信息：回头。

窦楠枝坐在公交车的最后一排望着我，阳光落在他的头发、睫毛、一半的侧脸，金光闪闪。年轻真好，我心想。

我冲他笑笑，算打过招呼。信息又回过来：你笑的样子，还挺好看的。我没理会。过一会儿，窦楠枝忍不住从后排走上前，坐到我前边的位置,他的下巴枕在手臂上,委屈巴巴地望向我:"你怎么都不坐过来。"

"我坐这儿就挺好的。"

很久没有通过坐公交车来观察这个城市,今天似乎格外不同。窦楠枝不断找话题和我聊天,他哪里来这么多话,也不觉得自己啰唆。公交车停停开开,有人下车,也有人上车,每一个人都在他人的人生里短暂掠过。面馆开在一条窄巷深处,进门左右环顾,大多是本地的老人。

"我小时候常吃的面馆,都开十几年了。"他说,"带你来尝尝。"

"怎么突然请我吃面?"

"头发吃到嘴巴里去了。"闻言,我摘下手腕的皮筋,绑起头发。

听到他继续说:"因为今天我过生日。"

"所以你多大了?"

"你的牙齿沾了辣椒。"我赶紧闭上嘴,用舌头去舔自己的牙齿,发现又被他截住话头。

"十八岁。"他突然正经回我,"成年了。"

"哎呀!恭喜恭喜,那你比我小了整整六岁。"我再次感慨道,"唉,小屁孩,年轻真好。"

"你也才二十四啊。"

"和你比,我已经是老阿姨了。"

面还在吃着,外面下起雨。走出巷子,街道行人往来穿梭,太阳来不及收拢光芒。一场日光一场雨。"太阳雨啊。"他买单,拉着我的手就往公交站跑。我回想与他的第一次见面，少年也这样从我的面前跑过。明明才过一个月，仿佛很久以前的事。只有通过比较，才能彰显青春珍贵，我在十八岁时，大概也如此这般恣意活着吧，而我现在满脑子做不完的工作、水电网费、天气预报、无聊的新闻八卦。窦楠枝坚持要送我回去，自己再坐公交回家。我没有请他进屋喝杯茶，大概觉得十八岁的少年与往日不同了。

他将手抵在门框上低头看我。我心想，再过几年，少年一定害人不浅。窦楠枝递给我一个小盒子："这个送你。"

"这是什么？"我打开，里面是一个小小的银戒，内侧刻着我的名字缩写，"不是你的生日吗，怎么送我礼物？"

"你好好收着就行。"

"我都不知道今天是你的生日。下次给你补一个蛋糕吧，你有什么生日愿望吗？"

窦楠枝盯着我看，思索该许一个什么样的愿望。他扬扬嘴角，露出两颗小虎牙，笑容渐渐沉入眸底，我仿佛有不祥的预感。

果然，他凑近我："我希望，胡依北喜欢我。"

轻轻啄了一下我的唇，立刻转身跑掉。他的吻是这样轻，仿佛只是眨眨眼，一片树叶撞到我的唇，打个旋儿，又跌了下去。我砰地重重关上门。这把年纪，被小朋友撩拨了心，真让人寝食难安。可惜生日蛋糕没机会补上，小男孩到底不负责任。他像突然失踪了。好长一阵子，我没有联系他，他也没有主动来找我。我想他的暑假过完了。再次见面，也是我们最后一次见面，在机场。临别前的晚上，他打电话给我。

"小屁孩，你死哪儿去了？"

"依北，我要去英国念书了。明天，你来送我好不好？我下午两点的飞机。"

磨蹭到一点，我终于出门。到机场，窦楠枝低头坐在值机柜台前的椅子上，旁边一个行李箱。除了我，没见到别人给他送行。我还以为我来的话会尴尬，其实没有。我问："你怎么还没走？"

"三点半的飞机，我骗你的。"他看上去挺高兴，"谢谢你来送我。"

面面相觑。两人一时都不知道说什么好。我白长他六岁的年纪，任凭故作老练世故，自诩精明刻薄，从不露怯，也还是情场一片空白。

他看着我："胡依北，你是我的初恋。"

"哦。"

"以后不要总是熬夜，对身体不好。"

"关你屁事。"

"唉。"他叹口气，"你能不能稍微文明点，不然以后没人要。"

"和您有什么关系？"

"依北，我决定改掉我的生日愿望。改成：我希望，胡依北每天都能过得快乐。"

少年没有说喜欢，也没有说抱歉。但是，为什么我总觉得他应该对我说声抱歉呢？梅雨季过去了，台风过去了，暑假也要过去了。我潇潇洒洒地与他道别："再见。"说再见其实太乐观，谁知道还能不能再见。

"就这样跟你分开，我好像很不舍得。"他忽然放下手中行李，用力将我拥住,在我耳边低声说道:"我会一直记得你。"我拍了拍他的肩。

如果他还记得我,我想,人们之所以会长久惦记初恋,不过因为那时候年轻,人生再没有别的更多值得被记住的事。在那个迫切想要长大的年纪,日子总过得格外慢,新鲜事物寥寥无几。某年某月某个二十四小时里的某一分钟,才会在活过的短短十几年人生里被无数倍放大吧。每当回想起来都觉得,分开的那天也是完美的一天。我们做了完美的告别。

有段时间,胡侬北常走在那个超市附近,等她见到那个女骗子,非要请人家吃饭,对方实在惶恐不安。就是吃饭,她们也不说话。她真像失恋。两顿饭过后,骗子不在附近出没了。第三年,胡侬北去了趟英国,就是在皮卡迪利广场遇到我的那回。老而弥纯是危险的,年龄增长只会让人越发胆怯,多余的话干脆不说,没有结果的事不会去做,就连当初的分别也如此完美,以至于更加没有遗憾的必要。如夏天的一层云翳经过,太阳底下落雨,仅仅是从这条街走到那条街的距离,身上和地面残留的雨水迅速在热浪里蒸发。少年的热烈曾令人真切地快乐过,但那种感情是临时起意的,磅礴冲动、短暂猝然,不该抱有别的期望。

许是家庭经历相似,又或者因为我的手上也有一枚常年佩戴的戒指,我和她聊了许多。知道我在准备一家名叫"怀旧商店"的旧物寄存店,她把那个戒指交给我,当作故事再无后话。她笑道,不知道这算不算是怀旧商店的第一件寄存品。我考虑过后,说,请把你的邮箱地址告诉我吧。

怀旧商店正式开业，我给她寄过邀请函。知道她人在杭州，所以没有放在心上，她的突然来访让我有些吃惊。我请柏言去二楼的藏物馆取来物品编号为"2012050501"的银戒，又给他们倒茶。是的，她并非孤身前来。身旁男士有着一张轮廓分明的脸，头发从额头往后拨过去，扎成小髻，气质沉稳，大笑时露出两颗虎牙，还是活泼的。再看依北，我与她在伦敦同游几天，之后又一起去苏格兰的格拉斯哥，从未见过她这般少女似的温顺表情。

他向我伸出手："您好，我是窦楠枝。"

我看到他们无名指的钻戒，明白过来："啊，恭喜你和依北。"

"谢谢。"

我将柏言递过来的戒指，交回两人手里。窦楠枝瘪瘪嘴，银戒戴上妻子的手指："这可是我当年亲手做的，你居然随随便便给了别人。"

"不随便啊，哪里随便，你看这多好的一个店哪。"

我忍不住笑了。柏言与我谈过纪录片的事，因而我询问他们是否愿意录影，他们欣然应允。柏言放置好摄像机，故事的下半场就从窦楠枝开始说吧。

意料外的重逢。我们的距离在四英尺以上。她衣着笔挺，端坐于侧前方，盯着我的简历，脸上并未给出多余表情，偶然交错的视线足以令我慌张。职场菜鸟如今的头衔是品牌总监，作为另外部门的负责人,她全程没有提问,只是来凑个数。眼珠依附在她的身上,我总注意到无关的细节,光线穿透高楼的巨大玻璃在桌面铺洒出一片光亮,瓷杯上模糊的唇印,金丝边眼镜,涂透明甲油的手指,纸张被用力捏出褶皱,她是否也不平静?

我回过神来:"什么?"

"你学的是商科,倒积累了不少传媒领域的实习经验。为什么想回国发展?"

是啊,为什么要回来,明明已在伦敦找到不错的工作。"哦,出于私人原因。"无论怎么做足心理建设,也没法预料现在这种状况。我从未在一场面试中表现得如此失态,看着她,坦承道:"我回来找一个人。"

面试结束,我与她搭乘同座电梯下楼。我透过不锈钢电梯门看她的脸,事隔经年,这沉默的间隙,零零落落的片段无声地爆裂开来。太多话想说,因而不知先说哪句好,最终只是以透明字幕的形式在呼吸间快速划过。电梯停住几秒,有人进来,又有人出去。最后竟只剩下我们。电梯门即将打开的一瞬,我迅速按住关门键,再按下 B2 层。

我总要做些什么来祝贺这场久别重逢。拉过她的手腕,我双手撑在电梯厢的扶手,将她圈进我为她设下的地界。胡依北的整个身躯往下滑,脑袋差点撞到我的下颌,不得不正面回应我:"喂,窦楠枝,这里是公司。"

我靠近她,终于展露笑容。"胡依北,"我俯过身凑近她的耳朵,"见到你,我很高兴。"

在英国的第三年,我渐渐与胡依北失了联系。当时我还太年轻,很多事情身不由己,远远隔着英吉利海峡和欧亚大陆,我能做的,只有不停地给她写明信片。明信片就是那种不咸不淡的东西,在寄出和收到的这段时间化作微小的期盼,通常能被写在明信片上的字句不会太过亲密,可是翻山越岭、辗转万里,"祝你万事如意"之类的过场话,无非只是去到了她的身边而已。她从未回复过只字片语。

原以为热情迟早淡却,昔日种种终将沉淀为青春罅隙里的短暂罗曼史,被迫离家,喜欢上年长六岁的女孩。然而这份感情真是野蛮,从不肯在心里退让半分。才学会爱,便已爱上一个人。

几年里,除了"胡依北"这个名字,她仿佛并不存在,这份爱却始终毫无头绪、心意坚决。几年里,我屡屡在脑海描摹她的轮廓:眉眼清炯,说起话来像在一口一口嚼苹果,声音爽脆。她脾气不好,大部分时候只关心自己,毫不在意周围发生的人或事,对待旁人确系一种例行公事的态度。社交关系冷淡,不主动同他人亲近,以免除不必要的情感浪费。她说话经常不怎么中听,实际心肠很软。六年不见,她比以前更利落,但也比以前更加敷衍。

我在公司门口等她下班,问:"胡依北,跟我一起吃晚饭吧。"

初伏天气,不一会儿下起雨。细想起来,人生的穷通变化,草蛇灰线,早已伏脉千里。大概工作疲惫,上了车,她便闭眼假寐。我们并未急着叙旧。

车窗外的雨越下越大,像回到六年前的那个雨天。我被一场大雨困住,遇到她,迫使她收留我。我进到她家中,早晨出门时忘关的灯一直亮着,洗衣篮快被脏衣服堆满,水池里都是没洗的碗筷,茶几上残留着前夜的饼干碎屑,冰箱里放着矿泉水、泡面、鸡蛋,过着撙节而单一的个人生活。好像是一种我不能想象的生活。胡依北明明大不了几岁,却总是故作老成,既嘴硬又倔强。

我看着她此刻坐在副驾驶座,刘海有些乱,她的右手撑着脑袋,胸脯有节奏地起伏着。在这个环境里我们面对彼此无处可逃,胡依北挑挑眉,并不睁开眼睛:"好好开车。"

我想找雨刮器,找了半天,一时没找到。我想找雾灯,还是没找到。雨珠在车窗打出沉闷的声响,我像作弊被抓包,表现得过于慌乱,"哦"了一声。

"车是你偷来的吗?"她所擅长的嘲讽口吻。

"跟我爸借的。"

餐厅里杯盘咣当,侍者轮番端上精致的食物。几杯香槟过后,她渐渐褪去平素的沉着,松弛下来。稠人广众,推杯换盏,我的目光越过人声喧嚷触及她。我原本有许多问题,诸如她为什么不接我的电话、不与我联系,诸如她过得怎么样,我最终省略所有无关紧要的闲话,问道:"胡依北,你现在有男朋友吗?"

胡依北沉默。

三十秒过后,我笑道:"你是不是在想,如果说没有,好像太没面子,如果说有,又怕让我误会。所以在考虑要怎么回答。"

"自作聪明。"她冷笑道,拿起香槟与我的白开水轻轻碰杯,算是庆祝,"你为什么回来?"

"我说我回来找你,你信吗?"

"不信。"

"我回来找你。"是的,我回来找你,我一直惦念着你。

"窦楠枝,我已经三十岁了。"

"所以呢?"我也再不是毫无担当的十八岁。

"这不是一个天真好骗的年纪。"她答。

我笑道:"少女,难道你以为自己二十四岁时,就很天真好骗吗?"

她仔细想想:"你说得也对。"

侍者端来餐后甜点,是牛奶布丁,胡依北极其自然地伸出手,说:"请把两份都给我吧。"

她的手悬置在半空,我点点头:"嗯,麻烦了。"

我们进入一种彼此心领神会的成年男女的正常交往。习惯会在悄然间露出破绽,比说出来的话更坦诚,我乳糖不耐受,她知道,还记得。胡依北一直以为我吃不了任何奶制品,实际我只是不能喝纯牛奶和冷藏鲜奶,她爱吃布丁,所以我每次都让给她。

车子开到她家楼下,我看着后视镜,右手搭上她的座椅靠背,单手转动方向盘。想到以前她也是这么向我炫耀停车技术的。她看出我的刻意表现,嗤笑一声。我问:"你不请我上去喝杯水吗?"

她解开安全带:"外边雨下得这么大,你张嘴就可以喝。用不着去我家。"

"胡依北,"我凑近她,"怎么,是我让你紧张了?"

"随你的便。"

如今的房子比原来的大了不少,睡沙发还可以翻个身,东西的归置依旧没有规律可循,书和碟片堆放各处,意思是可以对任何物品的消失无动于衷,没什么值得挂心的。她自顾自倒在沙发上,不再理会我。

"有点饿。"我边说边打开冰箱,里面的东西倒比以前多了,但是——"胡依北,你怎么能把生菜直接扔进冰箱?"

"不然还要怎么办?"

我叹口气,将叶菜类从冰箱中取出,重新装进保鲜袋,放进几张厨房纸。"你这样把东西丢在塑料袋里,冰箱这么潮,没两天都烂了。"

"窦楠枝,你很有长进啊。"怎么听上去不像是夸奖。

"番茄不要放冰箱,味道会变坏。"我继续说,"食材不少,但我看你这厨房也不像常开伙的样子。"

"煮泡面的时候,顺手加点料呗。"

清理完冰箱,我又顺手替她收拾房间各处的杂物,书和杂志一本一本分类,把碟片放回架子。她就靠在沙发上看着我,并不阻止,这让我突然对她放我上楼的动机产生怀疑。谁让我是苹果掉在箩筐里,任劳任怨,乐此不疲。置物架下方放着一个方形的纸盒,盒子不大,颇有些分量。我好奇打开,一沓厚厚的明信片。

依北,伦敦又下雨了。
你总是不接我的电话。你不接我电话,你不接我电话!!!
搬家好辛苦啊。
我去皮卡迪利广场当了一回街头艺人,唱的歌是 *Perfect Day*。
炸鱼薯条非常非常难吃。
圣诞快乐,以及我很想你。
祝你新年快乐。

英式下午茶很一般，可能是因为我压根儿不喜欢吃甜点。

我去苏格兰玩了，去了格拉斯哥，要是你也在就好了。

你过得好吗？

…………

情绪汹涌而至，我不知是激动、高兴还是生气，在那个隔开心脏和脾胃的地方，属于横膈膜的位置，变得硬硬的，呼吸不畅。我重新收好东西，她并不像表面那样冷漠淡定、对我毫不在意。

她从沙发上坐起身，对我说："你可以走了。啊，烦劳你顺手把门口的垃圾带走。"

我答道："好好好。"

"我明天早上来接你？"我看她，"你不是把车留在公司了？"一整天以令人眩晕的速度飞快过去，旧情都是不重要的，同样的失去不会再发生第二次，重逢的瞬间就已确定，同样的失去不会发生第二次，我没有变，她也还是她。我没有开口问"这些年你过得怎么样"，这也不重要了，我要的是现在。

"哦。"

"周末和我约会？"

等了会儿。她的两只脚夹起遥控器，放回手里，打开电视机。

"哦。"她说。

我感叹，真是一对璧人。年龄、出国念书，某种程度上是人生不可更改的既定顺序，他们的分开也是被动的，彼此从未三心二意、踌躇不决。我问："窦先生就职于同一家公司吗？"

窦楠枝盯着我看,

思索该许一个什么样的愿望。

他扬扬嘴角,

露出两颗小虎牙,

笑容渐渐沉入眸底,

我仿佛有不祥的预感。

果然,他凑近我:

"我希望,胡依北喜欢我。"

『圣诞快乐,以及我很想你。』

『你过得好吗?』

偶尔会有人取回寄存品，
舍不得、后悔寄存；
分手后寄存物品，复合了，又拿回去，
再次分手，又跑来寄存。
大家都是这样反反复复的。
不过，像你们这样的，确实没有过，

   失而复得是人生侥幸。

"没有,我目前做投资工作。"他答,"涉足传媒类公司,无非投石问路、碰碰运气,以前听她偶然提及过。我的运气很好。"

"还没正式恋爱,他先带我拜见父母。"依北挽着丈夫的胳膊。她的快乐这样瞩目,叫别人挪不开眼。"那我还能说什么?"

他低头看她:"说明我很慎重。"

"接下去什么打算?"真好,她重新有了"家",令我羡慕。

"我们搭后天下午的航班离开广州,先去度蜜月。"依北笑道,"有没有什么推荐?好吃的?"

"狮头牌猪脚饭、牛佬牛杂汤,北京路附近的超记煲仔饭、美荣粉店,德政中路的九爷鸡,文明路有两家甜品店……"念西数了几家店,"哎,好像吃不完。"

"等等,我记下来。"

"客人们拿了寄存单离开,有过取回寄存品的情况吗?"柏言将镜头对准我。

"有。偶尔会有人取回寄存品,舍不得、后悔寄存;分手后寄存物品,复合了,又拿回去,再次分手,又跑来寄存。大家都是这样反反复复的。不过,"我看着两位客人,"像你们这样的,确实没有过,失而复得是人生侥幸。祝二位幸福。"他们离开怀旧商店。

天气预报下周刮台风。到时没法出门,念西决定下午去书店挑几本书,她的翻译作业,急需一本大词典。柏言立即说同去。他们经过一家路边档牛杂店,念西拉着他要了两碗牛杂汤。尝过几口,放下勺子,才知道沈柏言不仅不吃胡萝卜,也不吃内脏。

"你不早说？""只是想试一试。""不要浪费，"她拿过他的碗，把剩余的牛杂拨进自己碗里，"我帮你吃。否则待会儿被老板看到了，会不高兴的。"见她吃得香，柏言伸筷子闹着抢来两口，奇怪，味道还不错。

如果心情不好，念西就会去逛书店。书店是唯一人多又安静的去处，不觉得孤单，也不会觉得吵闹。他们走进体育东路的二十四小时不打烊书店，分别去往不同书架。老同学拍拍肩膀，喊她的名字，念西后退两步，上下打量对方道："是你！你变得和小时候不一样了。"小学毕业再未见过面。他变得瘦瘦高高、说话斯文，眉宇略微能联系到那个顽皮小男孩。他说："你可一点都没有变。"

柏言走过几个书架，时不时回头留心念西的方位。他皱皱眉。她身边站着个男生，两个人交换一言一笑，亲昵非常。那人从服务生手里接过两杯饮品，一杯递给念西，另一杯拿在手上并不喝。沈柏言抽出一本《园丁集》，走向她，把书压在杯子上面。

那个男生见到柏言，调侃是不是男朋友，请她介绍。念西摆摆手道："不是不是，我兼职时的同事，沈柏言。"她转向柏言，"这是我的小学同学。"他几乎同时想起她上次提及的，那位总跟着她一起回家的男同学。

男生笑道："是，小时候经常抄念西的作业。"他喊的是"念西"，省略姓氏，颇让人不快。

这时有个女生走过来，拿走男生手里的另一杯咖啡："朋友吗？"

"嗯，"男生牵起女生，"我女朋友来了。先走一步，有空再聚聚。"

　　挑好几本书，他和念西也随即结账离开。

　　回到怀旧商店，柏言整理好寄存品档案、确认过第二天的预约、喂完猫，又在厨房倒了茶。"念西，我们在书店碰到的那个人，是你上次提过的，抄你作业、跟你回家的小学同学吗？"

　　"你们今天碰见了？"我问。

　　"是啊，变化好大，差点没认出来。"程念西停下动作，自言自语，"不过他叫什么名字呢……"

入库单

物品编号：06

打火机

备　　注　　我不羡慕她，我只能成为我自己。

寄存年限　　永久寄存

友谊的终结

八月台风天,暴雨淹没几条街,四处积水。我把预约全部往后顺延,这日好不容易晴朗。念西用笔帽戳戳下巴,琢磨翻译作业。那位女士走进怀旧商店,摘下宽檐编织草帽,问我:"您是老板娘吗?我没有预约,可以直接寄存吗?"

"前几天刮台风,我把预约都挪去下周了。"我给她倒茶,"今天刚好有空,您可以直接寄存。"

"那太好了。"她在沙发坐下,"抱歉,请问这里方便抽烟吗?"

她不愿意露脸,背对柏言的镜头,讲话的语调很迟缓。我注意她的表情,我很熟悉这样的表情,成熟表露在面部,那是对生活有所领悟和总结的表情。最终,在腾起的烟圈里,她缓缓洇开故事原委。她是她最好的朋友。

那天刮大台风,我赶到她家时衣服被淋湿大半。我们有好几年没见。我换上她的一条裙子,衣物上残留的洗衣液香气在鼻翼回荡,裙子是掐腰的,穿在我的身上,变得短而过分修身。我自认长得不好看,轮廓坚硬,五官是随意捏成的,毫无特点。黎春晓以前老爱说羡慕我这种高挑干瘦的身材,衣架子,什么衣服都能往上摆,她打心底钟爱这副骨相。再反观黎春晓,瓜子脸,小嘴,拥有东方审美青睐的柔软弧度的脸庞。即使我们已近中年,衰老似乎还不是岌岌可危的核心问题。

如此说来的话,我们就连审美都这样不同。如今成为好友超过二十年，像是一部电视剧的开头或是结尾，要用"年"为单位给故事打上字幕，接着以记忆为参照物来丈量从此刻到彼时的距离。

年少时父母失和，家里那档不光彩的事在小地方闹得尽人皆知，没少被人在背后嚼舌根。我那时候特叛逆，躲在女厕所抽烟、顶撞师长、与男生打架、剃光头，好在成绩不差。后来我曾反复重温这个时刻：坐在操场看台的阶梯上，黎春晓满不在乎地走到我面前说，不如，我们做好朋友吧？我瞥她一眼，挑衅似的点烟，吸了口，烟圈喷在她的脸上，将烟递给她。

"春晓，我还是第一次来你家。"

我原先只想与她喝杯下午茶，约外头见面，但她有孩子需要照料。难得打几分钟的电话，她断断续续与我说话，几句话后，我干脆专心听她哄孩子，软声细语如常。还有各种操心的事情。她又说要将丈夫介绍与我认识。一开始我的预想是单独见面，二人关系中插入另一位陌生异性，讲话不能如同期望的亲密无间，毫无必要，又好像代表对"友谊"的认可。为她方便，我直奔她的住处。她特意备大餐，隆重得好似我是远方贵客，暌违多年，被过分慎重对待，彼此突生客套感。我原先只想与她喝杯下午茶。

"新加坡离广州这么近，机票又便宜，可也不见你回来。"

客厅挂着奶白色的蕾丝花边窗帘，晴天时透光进来，会在屋子照出明媚舒适的况味。家里的布置也像她。可惜天气不佳，窗户和大风一起颤动起来，暴雨在玻璃上滑落成一道道丑陋痕迹，外面大片灰霾，尘土飞扬。窗帘后面重重垂着一层深蓝色天鹅绒，似要将她整个周全地罩在这座公寓。书架放着赫尔曼·黑塞、福克纳、夏目漱石、张爱玲等我们从前读过的那些作家的作品，还有各种育儿、养生宝典。

中央摆着低矮宽敞的朱绯真皮沙发，躺在上面，大概还可以翻身。前边的电视柜上面挂着他们的巨幅婚纱照，简直要与所有来客频频重温人生至关重要的时刻。若把"幸福"这种抽象名词变作具体实物，我想，就是照片中黎春晓趴在新郎背上，左手钩他的脖子，另一只手抓着粉色捧花大笑的样子吧。

她递过来一杯花茶："可惜你没来。"

我满怀歉意："真是对不起，我那时有要紧事。"

"看来我结婚对你来说也不算什么要紧事。"她半开玩笑的语气仍透着些许不快。

"不是这样。"再怎么亲密的朋友，也会有不能分享的心事，我不禁苦笑，转换话题，"你过得怎么样？"

"就这样呗。"我意识到我们开始接近冲突中心，又小心绕过去，选择避而不谈。她蹑手蹑脚，领我进房间，"嘘，你看他，好不容易睡着。"

小婴孩伸展开手脚，躺在摇篮里，他又黑又瘦的，鼻子有些塌，并不是个漂亮孩子。不过做母亲的人，向来对自己的孩子缺乏审美。我犹豫，考虑是否该说几句夸赞孩子的场面话，最后说："看着真乖巧。"

她的脸上充满疼惜："想想也是奇特，那么小小的一团，蜷在那里，竟是从自己的肚子里掉出来的。人结了婚，想着给他买什么牌子的奶粉，要给他找适合的幼儿园；闹腾不了多久就又是小学，考虑是不是该让他培养点特长；紧接着便是青春期，也不知道会被哪个女孩子率先骗去心。想到哪天，他终将不再属于我，我只能给他提供房子、车子，期待又失落地看着他与别人携手组建家庭。总之，我剩下的半生都将与这个孩子经由一条脐带连在一起。"

"春晓，你成为母亲，考虑的东西也多了。"

见到春晓之前，我已做好心理准备，我们这几年的经历大不相同。无论曾经是怎样的文艺女青年，只要她成为母亲，她的人生从此便基于"母亲"这个标签，降生仿佛是一场甜蜜的豪夺，夺取她的浪漫、务虚和幻想。我不能判断是好是坏，只是无法在这样的话题与她产生共振，家庭生活方面，我毫无经验可言。类似插不上话的情况，令我觉得自己被她远远抛在后面。

"做饭、洗碗、拖地，给孩子喂奶，晾个衣服，签收快递，没在脑子里留下什么印象，一天就这样过去。"她好像自言自语，"有时孩子哭闹半天，我感到生气，想着就把他丢在一边任他哭泣拉倒，等他什么时候哭够就好了。东南，你知道吗，我有时候也不知道他为什么要哭，仿佛他来自外星系，哭泣是他的语言，是他和别人沟通的方式，我因不能理解而生气。可我只是放任两秒，便忍不住过去安抚他、拥抱他，尝试用肢体与他对话，到底是饿了、冷了还是该换尿布了。"

我们之间总要有人说话的，需要找到话题，在老友之间营造一种热络的氛围，让彼此都假装没有跟对方生疏。

她见我不言语，自顾自说道："有的时候，我正忙着其他的事，忙着做饭、拖地或者将衣服丢进洗衣机，丈夫只是坐在一旁看电视或者大声喊我的名字。我说你就不能过去抱抱他吗？他就说，你快过来给他换尿布，我做不来。"

"男人大多对这些琐碎之事缺乏耐心。"我附和道。

我对她的话不怎么上心,但还是回想起婚纱照上那张男性的面孔,皮肤粗糙,鼻子不够挺,嘴巴也不好看。脸太圆,连腆起的肚腩也是,黎春晓最后嫁这样寻常的男人,她原先口中的理想生活在这个男人身上简直无迹可寻。我只见到她的生活变得像一团扯乱的毛线球,被拉出的线越来越长,几乎收不回去。

"半夜起来哄孩子的总是我,丈夫在这种时候完全使不上力,总觉得家庭主妇是个轻松的名头。照顾孩子、准备三餐、做家务、计划家庭开支,当一名家庭主妇并不比一名普通白领更轻松。我不得不成为家庭主妇,他的母亲身体不好,不能分担,当然,我其实也更愿意以科学的方式养育孩子。"

"或许你该抽空跟他沟通。"不像我一开始想象的她的生活,也许婚姻生活最初的美满,最后都会变得索然无味。日子像是穿过的旧袜子,总得洗一洗,晾晒过后才能再拿出来,我语气对她的丈夫略有责备,他并没有好好照顾她。"春晓,他应该多体谅你一些,承担家庭责任。"

"哎呀,东南你不知道,他就是那样的。"她转而维护他,维护丈夫像在维护自己的颜面,"我了解他,不是不愿替我分担家务。有孩子之后,家里开销变大。他工作又忙,从来不敢拒绝加班和出差,压力很大,回到家就想休息。我能理解。"

我忽然意识到自己错会她的意思。她假意埋怨自己的丈夫,只是想要找个人说说自己的生活而已,平庸乏味,但我拿不准,春晓是否对这种乏味的美满乐在其中。我在她的陈述里感到伤心,这种伤心,比我和她失去聊天的共同基础更甚。一早,我们便知彼此迥然不同，友谊的基础在于相同的趣味、三观和彼此尊重，然而现在，我发现她开始注重在我面前的表现，并谨慎地想要在我面前建立新的自我形象：尽管有不足之处，但她囿于当下这种微小的，平平无奇的幸福。从我突如其来的造访开始，到她决定接待我的方式，无不体现出一种表演性质，彼此不知何时戴上成人舞台的面具。

我恍然大悟，不该附和她对丈夫小小的指控，他们才是盟友。或许她表达些许不满，通过自行否定部分生活，指望换取我的认可，于是我说："你够幸福了，我常常羡慕你。"

幸福家庭出生的孩子，更容易得到幸福，我从不质疑这一点，她的人生稳妥顺遂，她清楚知晓自己将奔往何处。她过着普普通通、无灾无难、没有波澜的人生。我太颠簸，从来都是追随着苦痛的惯性，跌跌撞撞地往前走。然而这是一句恭维话，我并不真正羡慕她。

黎春晓从抽屉翻出一盒绿叶爆珠，墨绿色的金属打火机，道："东南，这个打火机你还记得吗？我第一次抽烟时，你就是用这个打火机点的火。"

"咦，它在你这里吗？"当然记得，甚至不用回想，我笑笑，"都怪我，当时教会你抽烟。"

"我丈夫知道我抽烟，但他从来没见过我抽烟的样子。"她递给我一根细烟，"我从来不在他人面前抽烟，除你以外。"

我摆摆手："戒了。"

"你戒烟了？"春晓露出诧异，"我先前怀孕的时候戒过一阵，孩子出生以后，有时候独自待在阳台，还是忍不住想抽一根。"

"嗯，有段时间抽得太凶，身体出了问题，医生严令禁止我再抽烟。"

"那现在呢，还好吗？"

"不严重。我们年纪不小了，到了该注意身体的时候，你也是。"

"戒了好。"春晓叹口气，"东南，你过得怎么样？"她终于向我提出这个问题，对昔日好友的恼怒，缓和几分。

"马马虎虎。"

"没结婚吗？"

"没有，"我想想补充道，"不过有稳定交往的男友，我们住在一起。"

"那快了吧，"她拉过我的手，在我的手背上拍了拍，"你们也抓紧。"

我一时震惊。她的表情太过真挚，我当然能够理解我们这个年纪的女人，随便聊聊天，能够找出来的话题无非就是丈夫、孩子、柴米油盐和居家不易，只觉得不结婚的中年老女人面目可憎。我自然不能要求黎春晓是例外，她需要一个切入点来适时表达对老友的关心，催婚也变得像日常问候。

"我们没有想得那么远，"平日里我不愿与人讨论这些，面对黎春晓，我觉得有必要表达自己的态度，"我也不想结婚。"

"看来，他还不是那个对的人。"她在烟灰缸上弹落一丝烟灰，不假思索。

她活在自己或者说是普罗大众的价值观里，以为每个人都应该过得一样。我觉得春晓的理解太过想当然，即使最好的好朋友，仍让我感到冒犯。我喝几口茶企图掩饰当下的不快:"你为什么这样觉得?"

"如果你足够爱一个人,你当然会想要和他共同生活,结婚,养育子女。我的意思是,如果你足够爱他的话。"

"我们对彼此来说很重要。"我解释道,"我很爱他,他也很爱我。我只是不想结婚,不是说不想和他结婚。"

"人总要在适当的年龄做适当的事,"现在就连黎春晓也学会长辈们那套腐朽的规劝口吻,"东南,难道你要一直不结婚,不生孩子吗?"

"春晓,这有什么不好的?"我强忍笑容里的嘲讽,"我连自己都活不过来,怎么还会有兴趣替别人活。"

"你的人生是不完整的。"

"很多人都这样告诫过我,"我感到恼怒,因为变得无所顾忌,"我以为你会有所不同。"

我的说法像在质疑我们多年的情谊,她扬扬语调:"我就是很多人中的一个,不如你这般潇洒。"

"为何非要将人生的完整度与是否结婚生子挂钩?也许是我的'完整度定义'与他人不同。春晓,你可以这样定义它,完整的人生就是:出生、童年、毕业、结婚生子、天伦之乐、死去。在这样的人生轨迹中与家人分担悲伤和快乐,你的存在逐渐泯然于家庭关系,家庭被当作唯一的整体,需要相互支撑着活下去。我不是,我的'完整度'在于完整的自我,我同样拥有爱情的甘甜与苦痛,但我将会并且会一直作为独立的个体来践行我的'完整度',我的完整人生便是我做过的每个选择。"

她首次对我进行价值判断："你的想法太理想，也太自私。"

"人只有这一辈子，如果还要想着替别人活，那就太辛苦了。"

"也可能会是幸福？"

"假如人到头来还是要结婚，要生小孩，无非就是不希望自己最后孤零零地死去，期望着病榻前能有那么一两个人握住你颤抖的手，在你离去后为你做作地垂泪、哀悼、缅怀。你回望一生，虽然没做成什么大事，没能力名垂青史也没机会遗臭万年，但即使是这样普通平凡的一生，还有人记得你，知道你曾存活于世。"我说道，"如此罢了。"

"东南，即使是无人送终，也不会令你感到恐惧，是吗？"

"是。"我点点头，"春晓，也许最终离开这个世界的时候，我不幸是孤单一人，但对我们所有人来说，结果都是相同的。骨头烧成灰，结不了舍利，上不了天堂下不了地狱，并没有来生，就只是死去。我想我会在集体墓园里提前挑过风水给自己买块好地，好过身陷孤冢，连认识个别的鬼的机会都没有。"

或许听我讲这些，就像是我听她讲起自己的孩子和丈夫，都不在彼此能够理解的范畴。我们进入不同的生活，同时在各自的生活，抛下对方。

"你不会觉得，这样对彼此的关系很不负责任吗？"

"我们对感情负责的态度与婚姻无关，"我看看她，"你知道的，婚姻并不能维系爱情。"

黎春晓沉默，深呼出一口烟，在烟灰缸用力掐灭剩下的烟蒂。她知道我这话里的含义，我无法迈过去。

"他和你是一样的想法吗？"

我点点头。我们好像都不愿再谈下去，不可能说服彼此，否则只会引发更热烈的争执。

相顾无言。直到被孩子尖锐的哭声打断，她回房间抱起孩子，不停来回走动，轻轻拍打他的背。

春晓说，替别人活也可能是一种幸福，羸弱的身体撑起孩子的重量，我确实被打动，只是无法在自己身上进行相同设想。

"孩子喂的母乳还是奶粉啊？"我随便岔开去，谈论孩子是安全的。

"之前是母乳，"她给孩子换尿布，"现在都断奶了。"

我并不懂这些。

钥匙在锁孔中扭转，门被打开，门又被关上。她的丈夫回来。春晓抱着孩子走出房门，她向他介绍我：我最好的朋友傅东南。他和我礼节性地握手，春晓的丈夫比照片里看上去更精神些，高个子，那点肚腩也就没那么显眼，其貌不扬的普通上班族，忠实规矩缺乏情趣。我们短暂对视，在这个对视过程中，我看得出来，他不怎么喜欢我。

作为春晓的丈夫，他当然对我丰富的过往有所耳闻。凑巧的是，黎春晓的每一位家人都不怎么喜欢我，好像我是黎春晓生活里的霉斑，将逐渐腐蚀她的人生。她从小就被叮嘱不要同我往来，近墨者黑。但我亦知，她看似安分守己的外表下高悬着怎样叛逆坚韧的心意，否则她又怎会抽上我递过去的烟，将我引为知己。我和黎春晓便是我和黎春晓，友谊的本质如同山石草木，天真而长久。从来都是她是她，我是我，我们并不曾因对方在性格上发生什么改变，她始终周正的人生，恰恰证明这一点。

我跟着春晓走去厨房，看是否有需要帮忙的地方。厨房的洗手台清洁而宽大，瓷砖上挂着各式器具，杯盘各自整齐摆放着。我看着她拉开冰箱门，小灯亮起，她拿出许多由塑料袋或保鲜膜裹着的食材。东西很多，把冰箱堆得很满，我一时觉得冰箱门就是这个家庭的外壳，它把生活的各色细节一点点丰沛成牛奶、鸡蛋、花椰菜和牛肉，黎春晓的日子就藏在这里头。

我们深知彼此不该傲慢地试图将自己的观点加于对方身上，年龄让我们丢开偏见放弃对峙，理解才是友谊的至高美德。我问她：“需要帮忙吗？”

"不用不用，你就在一边儿站着。"她推开我。

她利落地给肉类解冻，准备蔬菜和调料，我由衷钦佩她能够妥善地处理琐事。她抛开焦虑，彰显出掌控家庭生活的才能，她的领域。"你记得我爱吃这个。"

"那是自然。"她又说，"你常年不回来，平日里应该吃不到这些。"

"新加坡华人多，中餐馆也多，不过肯定不及你的手艺。"

从前我们东拉西扯无话不谈，不在身边，也始终亲密参与彼此的生活，这个过程里，对方就是生活里的一部分，我们分享好吃的食物、最近看过的电影、新结识的不错异性，有趣或无聊的小事，从来不需要特意找话题。顷刻，言辞的贫瘠再次令我意识到感情的转淡。

"你结婚的时候，我没来，"我说，"那时我在新加坡。"

"我知道。"话音未落，她打断我，"你和我失去联系的一整年都在新加坡，我知道，你告诉过我。"

"我父母离婚之后……你知道的,我父亲是入赘,人到中年,为另一个女人净身出户,呵,他都不屑承认曾爱过我的母亲。他们离婚之后,我母亲受到很大打击,身体每况愈下,脾气越来越暴躁。"我呼一口气,"她总会不紧不慢地对我说些尖酸话,说我和我父亲一样没良心,他想要抛弃她,去了新加坡就不会再回来。"

春晓切番茄的动作慢下来,咔嚓,咔嚓,悲伤的事经过一番咀嚼,听上去便不过尔尔。我欠缺信心,不敢倚仗别人,也不敢将幸福依托在一堆蔬菜、一条狗或是一个男人身上。我没有能力靠自身弥合,唯一的自知之明就是婚姻成不了我的方舟,我会拖着对方下沉,而不能指望对方拉着我起来。

"和你失去联系的那年,我说我在新加坡,是骗你的。"我说,"我妈被送进医院后,我休学回国,一直在照顾她,直到她过世。春晓,你知道吗,我根本没觉得多难过,反而松了口气。那时脑子里一堆的事,根本没有心力与你联系。等我回到新加坡,发现自己好像也出现问题。你告诉我要结婚时,我正定期接受心理咨询。"有些话说出来像是外头下雨的天气,徒呼荷荷。

"东南,为什么不告诉我?"

好不容易我从泥潭将自己打捞上来,深知人生终究没法靠别人突出重围,同舟共济已非易事。长久以来,我都不敢坦承心理困境。我叹气:"悲惨的人生是不能与人分享的。"

"我也不可以吗?所以你消失不见,让我怎样都找不到你吗?"

"你最幸福的时候恰是我最悲惨的时候。那时候的你太幸福,我不觉得妒忌,可我既不希望你同情我,也不希望你因为自己太幸福而对我感到内疚。我害怕自己会损害你的幸福。你不知道我当时变得有多讨人厌。"

在想要说些什么的时候找不到对方，渐渐地，习惯不再找当初最要好的那个朋友。那个人，变得可有可无，不再是碰上事情第一时间想到的人。这段关系中途漏掉的时光，似列车中途被摘掉某节车厢仍继续向前。她不知道我正在发生什么，我也不认得她的丈夫，她开始在意新闻和物价，而我仍在关心诗歌和电影，生活路径不同，我们之间失去语言。

上了岁数，就会觉得倾诉这件事太过麻烦别人，生命力不断衰退，每个人都疲于应付局促的生活，光阴短暂，越发不愿意浪费在他人身上。我和她开始自断裂处去往不同的方向，以前的共同经历再无法承接起接下去的人生。

我们依次将饭菜端上餐桌，我看着她坐到丈夫的身边，与我面对面。我们总会在交际范畴挑选新的共享者和酒肉朋友。旧雨新知，人情多变。纵使无法再和老朋友就新生活展开多层面的深刻探讨，酒食征逐，也难以与新朋友从头坦承完整人生，没关系的。我看着她的丈夫和孩子，从此她身处的宇宙将是她的丈夫和孩子，与她最亲密的人变成她的丈夫，他们将共同分担所有寻常琐事、喜悦、苦痛和偶尔的孤单，生命种种。

"春晓总跟我说，你是她最好的朋友。"她的丈夫这么说。

"春晓也是我最好的朋友。"

"这一杯我敬你，谢谢你从前对春晓的照顾。"

她在这顿晚饭之前告诉他，明天我将招待一个朋友。他变成她的代理人，他在强调自己的占有，他在她和我之间切开严厉分野。

"你太客气。"

我想起，很多年以前，我们给门卫递烟，逃出学校。我们相互给对方染头发，躺在一个被窝看书。春晓给我念："我们吃得不错而且便宜，我们喝得不错而且便宜，我们睡得很好而且睡在一起很温暖，相亲相爱。"哦，连海明威也要和别人相亲相爱。

她现在即过着内心期许的，与人相亲相爱的生活。

我给她念："因为我最痛恨、最厌恶的首先正是这些——市民的满足、健康、舒适、精心培养的乐观态度，悉心培育的、平庸不堪的芸芸众生的活动。"她若有所思地对我说，太颓丧，你不要这样。

我们抽着烟意气风发地讨论老去，互喊对方"亲爱的"。我们也会变老，想一想真生气啊。我们说好等我们老了，就携手开个朋克十足的养老院，早起化妆，手挽手出门散步，开敞篷车四处兜风，在养老院的大厅装一个会闪耀五颜六色的魔球灯，唱我们那个年代最老的歌，跳最落伍的广场舞。

缄默是对往事的最高礼仪，其他当然早已没有重提的必要，我们都已做出选择，时间是不会回头的。"你找好住处了？"或许不方便，她没有邀我在客房住下的意思，我们不能再像从前那样，躺在一张床上聊至深夜。"嗯，走了，有时间到新加坡玩。"我们在台风天里告别，她最后拥抱我："如果你觉得幸福，不结婚也没什么。"

不会再是那种非联络不可的好友，默认彼此从"好朋友"退回到"普通朋友"，友谊像是擅自涨过来的潮水又黯然退去，像一口气半途而废。我明白，无论我们之间谁有需要，对方仍旧会义无反顾挺身而出,她将永远名列"我最好的朋友"这个名单的第一位,这是凭着时间和记忆所享有的我赐予她的特殊荣耀,她并不会知晓这点。

"我要寄存这个打火机。"黎小姐坐在我面前,实际不过一根烟的时间,"那时候东南被举报躲在女厕所抽烟,我听到以后,偷偷把打火机和烟都藏起来了。忘记还给她。"

"黎小姐,您之前不在别人面前抽烟吗?"我把寄存单递给她。编号是 2015080801,黎小姐签了字。

"是。"她笑笑,"我记得抽的第一根烟是咖啡爆珠,不小心迷恋上那种恍恍惚惚的、醉烟的感觉。我决定戒烟了,想点烟时,就换成点橘子皮。我以前喜欢把开心、不开心的事情都和朋友分享,现在不会了。因为很累。"

"父母、朋友、结发夫妻、子女,同路人迟早都将与我们告别,时间教会我们平静接受。"

她结婚生子,东南同样有自己的事业、伴侣和生活。春晓感受她的感受。两边没有时差,狮城不过是座城,住着不少华人,过春节、天气炎热。想想看,她坐扶手电梯习惯左行右立,她在别的规则习惯靠左;亚热带夏季黏糊糊的,她置身热带,真的没有四季。说到底是不同城市不同国度。友谊的终结符合她们的预想,没有摔碎东西似的决裂与永别,不多言语的拥抱和宽慰,顺其自然说了再见。

春晓多希望东南能够和她一样,活在世俗,体悟并拥有与她此刻同等的幸福。她心甘于庸常人生,东南独身蹚过苦海,骨骼和阅历足以让她坚如磐石,在不幸的潮水里兀自屹立。她与她之间,友谊的失去是必然过程。

"您是否也觉得,我此前的态度过于执拗?"她问我。

"我从不认为不婚主义多么惊世骇俗,正如我不认为结婚生子是件多俗气的事。我想,没有哪种生活是必然正确的,旁人没办法贸然提出意见。对朋友而言,祝福更重要。"

"嗯,现在这样就很好。"她强调,"疏远是无可避免的,不是说绝交了。这样就很好。"

"您觉得,你们是同一种人吗?"

"她问过我,当时究竟为什么接她递来的那根烟,和她成为朋友。这么说吧,我觉得我们像从同一块石头敲下来的石砾,一根枝杈上朝向不同方位的两片叶子。她是那个我想要成为,却没能成为的我。她永远坚持自己的方向,我喜欢她身上的绝望和天真、勘破自在。十几岁时,我看到她一边抽烟,一边读《荒原狼》:'好像从月亮上掉下来似的,你身上还真有点兽性,我喜欢的正是这点兽性。'只是我并不羡慕她,我只能成为我自己。"黎小姐是这日唯一的客人。

台风过境,炎夏像一条拴不住的恶犬,守在门口狂吠,令人不敢迈出寸步。半夜,暴雨金鼓轰鸣。柏言惊醒,起来倒水,见对面底部门缝透出一道金线。他发短信给念西:睡了吗?她回:还没有。柏言还未回复,信息又过来,问:饿不饿,吃消夜吗?她开门跟柏言打招呼,他摸摸肚子:"饿了。"念西拉开冰箱,找到鸡蛋、海苔、黑胡椒粉,按照上次窦先生说的法子煮方便面。

他依次把两个碗端上桌,两人挨坐着吃消夜,东拉西扯。

雨水如注,柏言揉眼睛,好像是一根睫毛掉进眼睛里了。他扯她的衣角:"念西,你帮我看下,是不是有根睫毛掉进眼睛啦?"

她凑过头:"我看不清。"凑近些,往眼睛吹气,"好像是的。"她捧过他的脑袋轻轻吹气,睫毛沾在眼球上面,心里上下扑棱,想起白天翻译作业里的一行诗:My heart, the bird of the wilderness, found its sky in your eyes.

我下楼倒酒,发现似乎不是时候。筷子横放在碗上,忽地被胳膊肘撞到地面,两个人慌乱间分开了。

"如卿姐,不是你想的那样,柏言的眼睛里掉进了一根睫毛⋯⋯"她解释,"你要吃消夜吗?"柏言却不说话。

"哦,我不吃消夜,你们继续。"我揶揄道,倒了一杯红酒。

念西有些窘迫:"不行,没有用。你要不哭一哭,流眼泪,睫毛就会掉出来了。"

"我做不到。"他说。

上楼前,我回过头:"试试眼药水?"

入库单

物品编号：07

旧磁带

备　注　　对我来说，你一点都不普通。

寄存年限　　　永久寄存

旷野的鸟

他喜欢捧她的胳膊睡觉，两手交握，贴着他的脸。他双目闭着，嘴角翘起。她这样望他，忽然动容。仿佛独身跪拜在神殿祈愿，罗汉狰狞，暮地耳闻一阵梵呗吟咏，抬眼宝相庄严、观音慈目，嘴角正是一抹隐约笑意，宽慰着她。周遭再怎么凶狠、艰险，都不再害怕了。

一看，她又占据大半张床，丈夫被挤去边沿，翻身就要滚下去。南薇抱紧他，腰一寸一寸往里移。丈夫睡梦中抓过她的手腕。她拍拍他的手背："十一点了，妮娜该醒了。"

妮娜早就学会穿衣服，醒来也不闹腾，从床底拖出她的百宝箱，拣几样玩具。地板咚咚作响，她肯定像刚落地的麻雀，光脚，跳来跳去。客厅的响动停止了。又听一阵，门把转动，南薇仰起头，女儿踮着脚偷偷靠近。她做个嘘声手势，妮娜跟着把食指放到唇边——"嘘"，走近几步，飞扑进她爸爸的怀里。"啊呀！"家平故意惊叫道："闺女醒啦。"他手脚并用，抬起女儿又放下，挠她的胳肢窝，咯咯咯笑作一团。

南薇任由一大一小闹腾，起床做早餐。小黄米放入锅中，奶油兑水倒进去，煮成饭，到时候拌苹果酱吃。她平时五六点起床，先写几千字，然后准备早餐。她变着花样儿给爷儿俩做早餐。蒋南薇按动两边肩胛骨，左右扭转脖子，一截一截发出咔咔声。薛家平过来按她的肩，问道："痛吗？"

"嗯，有点痒。"蒋南薇握住肩上的手，"两侧是不是起疹子了？"

他拨开妻子的头发，揭开睡衣的薄布料，手掌在她的肩胛骨附近摩挲。"看不出来，摸着有些粗糙，"家平蹙眉，"是不是过敏了？这两天膏药贴得太久、不透气。下次还是做理疗吧。"

薛家平从背后环她的腰，脑袋枕在她的肩头，闭眼打瞌睡。发梢蹭得脖子发痒，被南薇使劲揉了揉，更乱了。双方父母皆已退休，前两年，母亲想帮她带小孩，南薇一口回绝了。一方面，她在家写作，时间自由；另一个原因却没有说。妮娜刚出生那段时间，她终日奔忙，创作几乎停滞，注目女儿长大，南薇诚觉一切都是值得的，转眼，妮娜进了幼儿园。

她喊道："妮娜，你的玩具收好了吗？"

"呀！"妮娜摇摇头，拉过一辆小木推车，奔到沙发前，捡起玩具，一样样放进去。南薇耸耸肩，丈夫总算移开脑袋，又指挥他洗两个苹果。她走去帮妮娜的忙，意外地，在地上找到一盘旧磁带，塑料外壳有细微划痕，封面褪色了。她喜欢过很多年的女歌手。舞台服穿在身上，把她变成一只彩色的鸟，妆容如今看来多少有些浮夸。中学时，她经常不吃午饭，省生活费，就为买她的专辑。父母搬新家，翻出她少女时期的珍藏，让家平搬了回来。

妮娜拉开碗柜，拿了两个大碗和一个小碗，放到桌上，又跑去拿三个勺子。蒋南薇笑笑，一时不知将磁带放回哪里，顺手塞进沙发上的帆布袋，喊女儿洗手。

丹青打电话问她："出发了没？"

"我还在吃早餐呢。"她一手支颐，侧过头，丈夫在给女儿系围兜。他在妮娜的身后打成蝴蝶结，又给她在碗里舀了几勺苹果酱。妮娜四岁，早就拿勺子自己吃饭，虽然吃得满嘴都是、满桌都是、满地都是。妮娜叫道："爸爸，我想吃苹果。"

家平拿过苹果，左右一掰，顿时裂成均匀的两半。他大笑："爸爸厉不厉害！"妮娜瞪大眼睛，小手贴在脸颊两侧，嘴巴张成"O"形，她一动不动，不发出丁点儿声音，对她爸爸的表演十分捧场。薛家平晃晃手："你在跟爸爸玩'1、2、3，木头人'吗？"她咯咯咯笑了。他几刀切掉芯子，两瓣苹果放进妮娜的碗里，另两瓣递给她，自己单把果芯啃干净了。

"亲爱的，日上三竿，您还在吃早饭。"丹青取笑她，"你早点过来，我们对一下节目流程。"

蒋南薇的新书出版，黄丹青是她的责编。为了宣传，丹青帮她约到一档知名网络电台的节目。原本说好只需要回答几个问题，介绍新书内容，两头分别录制再重新剪辑。对方觉得效果太干涩，建议她做声音直播。南薇本来敬谢不敏。这些年来，她有意与读者保持距离，沟通全赖印出来的铅字和一个邮箱，试图将作品与私生活切割，从未参加过什么签售、讲座之类，仿佛躲在笔名后面才是安全的。作品就是作品，作品本身可以阐释自己，何必通过作者的眼睛、嘴巴、耳朵，再次分解和组合？

"不必露脸，你不要有心理压力。"丹青是她的编辑，也是好友。

她怕人多，怕在公众场合表达，小时候被老师点名到黑板前做题，答案在大脑皮层展开折叠，皱成一团死结，也有这种不舒适的感觉，好像艳阳天不小心错穿了雨靴。"可是南薇，书卖不出去怎么办？"黄丹青笑道，"这是工作。"

"伞在哪里？待会儿可能下雨。"

"没关系，我去接你。"他说。

短发蜷在肩头，她的上身穿一件蓝绿格子衬衫，搭件白背心，七分裤是普通式样，帆布鞋，外加米色帆布袋。蒋南薇衣着向来随性，电台节目不露脸，自然省了化妆。相貌乏善可陈。可能从小学习就没有很好吧，蒋南薇不戴眼镜。

她坐进录音室，戴上耳机，女主持人的声音像海浪，轻轻卷过来，退远了。蒋南薇写了一个童话，说的是怪博士发明了一只叫艾莉森的机器鸟，想作为礼物送给孙女，还没来得及装上翅膀，他就去世了。艾莉森被丢进垃圾桶，流连医院、幼儿园、旧货商店，玩具们笑她怪模怪样，鸟儿笑她没有翅膀。一路，艾莉森变得自卑，后来她被收废品的老奶奶捡回家。她把艾莉森擦干净，用木头和胶水做翅膀，把羽毛涂成彩色。晚上，艾莉森做梦，梦见自己飞起来了，穿过月光，翅膀接住露水，与萤火虫起舞。醒过来，艾莉森躺在床上，原来是小女孩做的梦，梦见自己变成不会飞的鸟。——给妮娜的礼物，像给她自己。所以当有人给节目留言，问她"小时候的你是什么样的"时，好几秒钟，那只鸟像飞到海面上去了，找不到落脚之地。

"我吗？"她陷入深思，"就是'普通'两个字，很平凡、很无趣。"

小时候，父母在外地工作，蒋南薇和爷爷奶奶生活。他们打电话，不会每次都要她接听，好像只要从他人口中得知她的消息，身体好不好、学习是否努力、成绩怎么样就够了。除了他们偶尔回家，通常都是南薇趁着寒暑假，独自坐车去另一城市。她没提起过,他们不知道她有过强烈的被抛弃的感受。

不记得几岁时,奶奶躺在门口的藤椅打盹,周围几个大人,骗她说奶奶死了。南薇顿时号啕大哭,把奶奶吵醒了。没有学会分辨季节,她曾在夏天穿一件很厚的灯芯绒裤子去上学,被人笑话。十三岁那年,她迎来初潮,没有告诉任何人,开始手洗袜子和内裤。她曾在放学路上碰见暴露狂,面不改色走过去,回家心有余悸。十四岁的蒋南薇,备考高中,父母把她接到身边。或许太迟了,他们跳过她的童年,挤进青春期,错过了她的成长。

和父母同住并不习惯,平白多两个人插手她的既定常规,常起争执。开学前几天,父母带南薇参加饭局,宴请她的新班主任。男老师教数学,发际线稀疏,一双小眼睛在镜片后面闪精光,polo衫底下泛动起伏的肚腩。她攥紧筷子,拨弄碗里食物,心中嫌恶顿生。

父亲喊她为老师斟茶,南薇扭头,递了茶壶过去。男老师摆手:"没事没事,太客气了,我自己来就好。"母亲添水打圆场,话里话外都是孩子小、不懂礼貌,请老师以后好好管教。

她记得那间包厢不宽敞,父亲给老师递中华牌香烟,空气越发污浊。送礼、吃饭、虚与委蛇,她不接话,沉默意味着抗争,还是被世俗社会投掷了一身泥浆。这顿饭真难吃。回家路上,父亲喊她,她不理,一怒之下,他揪过她的后衣领,南薇不得不后退。"怎么生出你这么一个不懂事的孩子,没礼貌!我和你妈做的这些都是为了谁?为我们自己吗?"

"我没有要你们这么做!"

她看不惯班主任的做派,数学成绩尤其糟糕。那顿饭起了反作用。每次考试，卷子要求家长签字，有一回南薇的数学成绩没及格，挨了通训。次日，班主任换上一种奚落的腔调，当着全班同学的面，指责她抄作业，还说她卷子上的签名是仿的。诸如此类，好像也都不是什么大事。

这个年纪能有什么大事？无非成绩不理想、被老师批评、和父母吵架、和同学闹矛盾。许多人连一个暗恋的对象都没有，蒋南薇就是。苦闷是真的。那点自尊心就像经过咀嚼的槟榔，吐到地上，还沾着发臭的唾沫，她立在原地，盯着对方嘴巴的开合。

蒋南薇中午在食堂吃饭，点砂锅煲，倒醋，加许多辣椒。热气涌进眼睛，南薇想起与父母的争执，想起课上她被点名到黑板前做题，对着数字发愣，公式想不起来了。班主任的话像一把标枪，直直刺进耳朵："光语文好，就考得上高中吗？"她埋头吃东西，鼻子一吸一吸的，没有留意对座男生什么时候来的。从南薇的角度，瞥见他的校服衣袖、腕上电子表、他的手，男生从口袋拿纸巾，抽一张擦嘴。紧接着，男生把剩下的整包纸巾放在桌上，用两根手指，往她的方向推了推。他什么都没说，拿起托盘离开了。

班主任给家里打过电话，父亲替她解释。他们让她去上补习班。南薇不愿意。父亲手里的筷子啪地往桌面拍去，仿佛一记响亮耳光："其他功课不是挺好的，怎么数学这个样子？你不想读高中了，是吧？"

"烦死了，我就是不想学。"

"我让你犟嘴。"父亲将她从椅子上拖出来，椅子摔倒了，筷子滚到地面，"饭别吃了，书干脆也别念了！我辛辛苦苦挣钱，养你长大，供你念书，就换来这个态度？我养你还不如养条狗，狗起码知道摇摇尾巴。"

父亲拖她回房间。她整个身体被甩进床,被子挡住脸,朝下趴着。她趴着不动。等父亲离开,她才蒙住脑袋抽泣,他们总以为"辛苦挣钱"直接等同于"为家庭付出很多"。哭过一会儿,蒋南薇爬起来锁门,坐回书桌前。抽屉原先有锁,被父亲撬开了,他认定这种"剥夺"正当合理。要什么隐私?有什么见不得人的东西?他们烧掉她摘抄的歌词本,不允许她有某个上锁的抽屉。锁扣坏了,她拉开抽屉拿随身听和磁带,金属薄片从手背划过去,一道血痕。

十几岁时最易生出不端正的念头,和父母吵架,像天塌了。皮外伤分去她的注意力,心里一时不那么滞郁了。蒋南薇在手腕狠狠咬出一排齿印,告诫自己不许再哭。她戴了耳机,摊开四肢,仰面倒在床上听歌。

主持人拿笔戳戳她的胳膊。哦,请她推荐一首歌。还在录节目,南薇回过神,想起女儿今早翻出的旧磁带。她中学时期喜欢的女歌手,蒋南薇买过许多女歌手的磁带、海报、贴纸,如今已然过气,很久没有听见女歌手的消息。前几天,南薇看新闻,讲的是音像店的消失,似乎作为历史进程里的某个环节,她、她喜欢过的女歌手、磁带,连同她凄惶的少女岁月,失去了容器。她也曾耀眼地存在过啊。

为什么喜欢她?蒋南薇心想,偶像也好,影视或文学作品的虚构人物也好,最初吸引她的恐怕是脾性中的相似。她我行我素,早年不被理解地唱了许多年的歌,在酒吧、在广场、在各处地下通道和天桥,出道之后一炮而红;又过几年,她在巅峰期,选择出国深造，好像永远清楚下一步要做什么。就像一种投射，她在对方身上照见理想的自己，平凡执拗、横冲直撞。

蒋南薇走出录音室，丹青向她招手，说节目效果好过预期。两人下电梯，约好改天喝咖啡。出大厦，外面果真在下雨。她发信息给丈夫：搞定，录制完毕。薛家平回复：我们来接你。

黄丹青笑她："真好，真让人羡慕。"

南薇不由得道："丹青，你还好吗？"

不等回答，出租车停在面前，丹青赶紧收伞坐进去，移下车窗，和她说再见："下次再和妮娜玩！"

她等在大厦门口，观察一个又一个行人，旋转门进进出出。就像所有等在雨中的路人一样，大雨总是不停，她等的人怎么还不来。帆布鞋微微发潮。恍惚萌生一种错觉，她回到十几岁，也像这样的雨天，南薇在路边等校车。她戴着耳机，脚尖踩出节拍，哼起调子。南薇不知道自己音量多大，身边男生转头冲她笑，口型讲出歌名。她立即闭嘴，像毛衣钩了线，不知道该怎么掩饰。街上人车喧阗，雨势渐收，南薇听见女儿的声音。

老远就看见妮娜，套着件明黄色雨衣，一脚，踩进一个水坑。她朝南薇奔过来，雨衣的帽子被风吹得翻了过去。唉哟！妮娜撞进怀里，南薇伸手擦女儿发丝上的水珠。她想牵女儿的手，被妮娜先一步拉起衬衫衣角，躲开了。

"她刚刚玩了水，手冷，怕冷到你。"薛家平撑伞走向她。妮娜拿妈妈的衬衫挡住脸，又咯咯笑，探出脑袋。女儿不到五岁，已懂得体贴人。

他穿件薄菱形格针织开衫，她挑的，牛仔裤在脚踝处卷起一寸,鞋尖变灰了。真莫名啊,认识他时,家平脸上还不时冒着几颗青春痘,随便套件运动服,依旧觉得这个人好看。面如朗月,那一点点清辉漫开去,遮掩了她。他牵起妻子的手:"饿不饿?"

他不问录得怎么样,南薇知道,丈夫肯定听完了整期节目。她回答:"还不饿。"

妮娜跑过去,张开两个手臂:"爸爸抱。"

薛家平蹲下,问女儿:"累吗?"

妮娜点点头。他脱下她的雨衣,叠好,裹进塑料袋。南薇把衣服连同塑料袋塞进帆布包,接过他手里的伞。妮娜趴在肩头,闭上眼睛,南薇为他俩撑伞。她问道:"怎么走路过来了?"

"喏,"他努努嘴,拍拍妮娜的背脊,"这个宝贝想坐地铁。"

两人并肩走着,薛家平停住,转头道:"对我来说,你一点都不普通。"

蒋南薇坐在书桌前,两条腿蜷进椅子,小说是学校老师推荐的课外读物。树影跟着风跳进来,背上汗津津的。耳机被扯掉,随身听差点摔到地上,父亲夺过她手里的书,看一眼封面。南薇问他怎么不敲门。他说敲过了,她没听见。她不再说话。他们不允许她锁门。

"作业写完了?"

"写完了。"

"写完就可以看闲书了？看这些书能让你考好吗？"他把书哗啦往桌上一丢，"还真以为自己能当作家了？"

"你能不能出去？"她站起来。

"好，我出去、我出去。"他低声嘟囔，"不好好念书，成天不着调，能当个语文老师就不错了。"

如果早点对话，他们的关系不会那么僵硬。父亲试图关心她，偏偏喜欢拿捏不容置疑的暴君权威，嘲笑她、打击她。两个人之间的沟通从未在同一个水平面上。不对，不能称其为"沟通"，父亲从不认真听她说话，不把她的态度当回事，她只需乖、顺从。他们不可能理解她，因为懒得理解，抵牾统统归咎于女儿的叛逆期。久而久之，南薇放弃了，在任何长辈在场的社交场合沉默应付。

她明明是那种会为山河落泪的人。语文老师夸南薇的作文写得漂亮，复印她的周记，贴到其他班的墙上。她早早立志成为作家，这件事对蒋南薇来说很重要，太重要了，似寂寂长夜的一点点灯火，引她从梦魇中转醒，等来天明。

最终还是决定上补习。她要考高中，数学总不及格可不是办法。南薇没有去班主任那里，找了其他班的数学老师。每周五，晚上六点到八点，雷打不动。

她坐在薛家平旁边，草稿纸划下杂乱无章的横竖线，默写泰戈尔的诗句，"我的心是旷野的鸟"，又走神了。屋子环境敝旧，放下大圆桌和一群学生，拥挤无比。她提出上洗手间。老师在讲题，隔着木门，动静清晰可闻，拉屎撒尿不得不拘谨起来。蒋南薇往抽水马桶扔了张纸巾，这样一来，就不会发出生动的嘘声了。她善于总结古怪的生活经验。水箱坏了,蒋南薇用旁边的塑料桶接水，再冲掉，总觉得难为情。

还有次做题时，"噗"，她不小心放了屁。声音不大，南薇慌忙抬头，想知道周围有没有人注意到。薛家平看向她。她有点窘迫，口型询问他："什么声音？"男孩子瘪瘪嘴，答："牛仔裤和椅子摩擦的声音。""哦。"安心了。暮夏黄昏，光线照在笔杆上端的金属夹子上，折射过来，眼睛框住了光亮。

夜晚步行回家。路灯昏黄，蚊虫撞上她的脸。偶尔，南薇会买一杯珍珠奶茶，奶茶还是粉末泡的那种，各种颜色，以前不觉得难喝。肚子饿，便在路边小摊买些吃的，馄饨、炒年糕之类。她一个人走回家，总是如此。小区的狗还不睡，稍有动静便狂吠不止。蒋南薇抱紧书包，生怕它从暗处窜出来，疾走几步。黑暗中，她看见一个人影对着路边草丛撒尿。她低头继续往前走，狗还在叫，声音渐渐远了。爸妈早已睡下，呼噜声在屋子里来回滚动。她摸回房间，窗帘没有拉，月光将影子投上白墙、天花板。

她那阵子身体不好，月经不调，不规则出血持续一两个月了。蒋南薇没和母亲提过。后来还发生一件事。学校运动会，她参加女子接力赛，他们班本来领先，轮到她，紧要关头摔了一跤，接力棒飞出老远。噫！跺脚、哀叹、指责，不加修饰一并戳到脸上，班里几个女生经过，故意大声说话："咱们班本来第一！""还不是有的人拖后腿！"

那时候的跑道是煤渣铺的，不是塑胶那种，蒋南薇磕破膝盖，一拐一瘸往场外走，脑袋发晕，似乎背后有人喊她。"喂！"薛家平的额头绑着运动发带，发梢在空气里一颤一颤的，向她小跑过来。他手里拿着矿泉水，在南薇面前站定，弯腰观察她的伤口。

"你的膝盖流血了。"他拧开瓶盖,"先蹲下吧。"

她果真蹲下来,矿泉水冲过膝盖,他问道:"手擦伤了吗?"

"没什么。"

水流过掌心,在地面迅速蒸发,留下一摊深色痕迹。他们一起等过车,她哼歌时,他张嘴悄悄讲出歌名。他们在同一个数学老师那里补习,没怎么说过话。南薇看男生的脸,凛凛弯眉,眼角迤斜,好像总是笑着。她赫然发现他的手腕戴着一块电子表,真眼熟。

"我待会儿还有比赛,你可以走路吗?可以自己去医务室消毒吗?"南薇点点头。他认真笑起来时会露出上排牙齿,"嗯,那我先走了,你要去医务室哦。"

蒋南薇对母亲说起身体状况。去医院,挂妇科,诊断是"排卵障碍性异常子宫出血",少女常见的毛病。医生问母亲:"怎么才来医院?"

"这孩子也不说。"母亲看看她,"下次你得告诉我,知道吗?"

不巧被哪个同学撞见,撞见她挂妇科门诊。此后一段时间,流言蜚语半真半假砸向她,说她看妇科,生活不检点,说蒋南薇和校外的男生不清不楚,发展到造谣她怀孕、流产。吃的药恰好是口服孕激素制剂,好像变相成为佐证。从厕所回来,书包摊在桌面,东西滚到地上,椅子旁还躺着一片卫生巾。她赶紧捡起东西,耳边阵阵窃笑,有看热闹的、不怀好意的,不存在仗义执言。

她想跟母亲说一说,刚开个头,"你做了什么事?"母亲问。是啊,她做了什么事?一切都是从运动会之后开始的吧?或许也不是,毕竟在运动会的比赛上摔一跤算多大的事?

被欺负、被散播谣言，他们首先奉劝从自身过滤原因。肯定有理由的，不然他们为什么不去欺负别人，非得欺负你？丑、太穷，或者太有钱。名字难听。听不懂方言，普通话有股外地口音。成绩差，被老师点名。太胖了。暗恋同一个人。天哪，她的脸上长满青春痘。发育早，你瞧她跑步的样子，胸脯两坨肉颠来晃去、颠来晃去。打扮得不男不女。娃娃音，娃娃音是装的吧。不，我们没有排挤她，是她不合群。

这些真的可以当作被欺侮的理由吗？南薇不明白。

"蒋南薇，请我喝奶茶吧。"薛家平在一次补习结束后喊住她，见她没反应，"你还没谢谢我呢。"

"好吧。"

薛家平推着车，将她的书袋挂上车把，两人隔一辆单车。影子从后边跑到前面，南薇看着鞋尖，想踩住它。他突然说："蒋南薇，你不要被谣言影响。"

"你都听说了？"蒋南薇心想，运动会没有摔跤就好了，没有去医院或者换一天去医院就好了，不由得又一阵沮丧，"搞不懂为什么会有人乱讲。"

"他们无聊呗。"他说，"你别想着自己做错了什么事。如果那个造谣者站到你面前，你问他为什么编瞎话，对方也许会说，因为好玩。你问以前关系不错的同学，怎么不相信你？她们会告诉你，大家都是这么说的。等你再问问某个讨厌你的人，你到底做过什么事，为什么讨厌你。结果他的理由或许是，没什么，单纯看你不顺眼而已。"

"所以，我就毫无理由地被造谣、被讨厌吗？"蒋南薇踢开一块小石子。

"任何理由都不可以是造谣、欺凌别人的理由啊。"薛家平停好单车,他们走进店铺,点两杯奶茶。他说道:"我的意思是,造谣是别人做的坏事,不是你的错;你再好,也会有人不喜欢,这也不是你的错。"

"谢谢你。"人与人之间,恶意从来无端而生,何必急着挑自个儿的错处。数年后参加同学会,她不经意提及当年事,只是换来一句"你怎么就记得这些啊,大家早忘了",如此而已。蒋南薇豁然开朗,她接过薛家平递来的热奶茶,看到腕上电子表,切换话题:"我们之前认识吗?我的意思是,运动会以前、上补习班以前,你认识我吗?"

"认识,你的作文贴在我们班的墙上。"他歪头看她,笑道,"语文老师说,你以后想当作家。"

"嗯。"南薇心想,人有梦想是好事,也许她不该随便公开决心,以至于谁都可以不假思索谈起这个话题。她向来磊落:"你要笑话我吗?"

"怎么会。"他说,"我会做你的读者。"

"很早你就知道以后要做什么,不是很了不起吗?"他说做她的读者,那幅场景、对白,如同跫跫足音在心头回响。车灯交错,水坑映着霓虹,丈夫紧挨着她。"你之所以成为你,总有些原因的。"

蒋南薇成绩中等、相貌平平,她之所以成为她,这些年,唯两件事坚持到底,一是写作;再有就是爱他。她不知道他什么时候在心里窝藏了她,他总是适时出现、适时爱她。薛家平爱她的明确、心志笃专。

他们走进地铁站,南薇收伞,妮娜趴在他的肩头不动弹。薛家平悄声问:"睡着了?"

"睡着了,待会儿流你一肩膀的口水。"

薛家平捧过女儿的后脑勺,靠在肩上,笑道:"马上会醒的。"

他们刚找位置坐下,妮娜立马转醒。不是高峰期,这一站的人不多,妮娜揉揉眼睛,跪在塑料长椅上,背对走道,玻璃倒映人影憧憧,她拉爸爸的衣袖:"耶!开动了。"

南薇扶住女儿:"地铁要开了,小心哦。"

妮娜转过身喊爸爸。薛家平轻握南薇的手:"现在审视那时候的自己会不会觉得,欸,挺傻的!任性、偏激、与世界为敌,看什么事情都不顺眼。诗人不是说'少年不识愁滋味'吗,但是对于学习、父母、人际关系,等等,我明白,那个年纪的苦闷也很认真。如今想起来轻飘飘的事,当时确实很重大啊。如果回去那些年,就像面对妮娜的成长一样,我希望有人可以理解她,鼓励她,教她怎么往前走、怎么挺过去、怎么坚持到底。"妮娜又喊妈妈、妈妈。南薇拍了拍女儿的手背,丈夫笑着看向她,她说:"谢谢你。"薛家平诧异,立时领会妻子的感性:"也谢谢你。"

妮娜的双手往座位两边一甩,气鼓鼓地,伸出食指:"爸爸妈妈,我可不可以说句话?"注意力终于回到妮娜身上。他说:"你说吧。"妮娜问:"爸爸,我可不可以坐到地上?"

"地上很脏。"南薇说道。

"没关系,爸爸帮你擦一擦。"南薇看着丈夫从口袋里拿出一包纸巾,擦了擦扶手旁边的空地,妮娜坐下来,握紧栏杆,嘴里发出呜呜呜的声音。

地铁停下来，门开，挤上来一群叽叽喳喳的中学生，个个穿着校服。薛家平看向那侧，一个短发女生倚在门边，戴着耳机。旁边站着的男孩，摘下她的耳机，说出歌名。女生抬头，两人望望彼此，不再说话。又到一年开学季。

"我们去哪里？"南薇问他。

年少时的好感不至于发酵成长久的迷恋，中考之后，他们去不同学校。直到几年后在大学城的音像店碰见，薛家平看了她半天，南薇也看着他，两人就这么站着。薛家平走到她面前："蒋南薇？"她笑道："薛家平，你记得我。"岁月淹久，她说的事情，他全都记得。

"帮你约了六点的理疗，晚上到爸妈家吃饭。"他和她的父母相处不错。薛家平站起身，她帮他整理皱起的衣角。他们下车，地铁再次运行，车厢里的年轻人被远远甩在身后。他们牵着妮娜出站，雨停了。薛家平看表："还有时间。"

"欸，这一带我认识。"她掉头看了看站牌，"附近有个地方叫作怀旧商店，我一直想去看看，就是抽不出时间。我们过去吗？"

黑猫窜过，我看见小女孩在门口跌了一跤，准备扶她起来。身后那对年轻父母全然没当回事，我想我过于紧张了，对于照顾孩子缺乏经验。黑猫在原地愣住不动。小朋友拍拍屁股，爬起身，抱起它，黑猫竟没有不情愿。柏言签收包裹，寄件人是孟嘉欣，光听名字就知道是一位漂亮的人，他拆开，里面有三张下月十二日的舞台剧票。见到三位客人，他说："欢迎光临怀旧商店。"

"今天寄存我的少年时代。"她递磁带给柏言，签字，编号是 2015083109，"我结婚以后，试过平心静气地和父母沟通，不是翻旧账，不是埋怨、控诉，只是告诉他们我过去受伤的感受。父亲很恼怒，冲我喊，我们哪里对不起你？让你觉得不幸福？你怎么可以这样想？我可能永远没办法解释，为什么这样想。最终我选择将这个话题按下不谈。"薛先生往妻子的杯中续水，她笑着说谢谢。

"长大过程的负面影响，只能自己克服。这很遗憾。"我说。

她沉默半晌："起码我现在是幸福的。那些不好的影响，不会跟随一生。"

她喜欢的女歌手结婚，半退隐，隔几年出一首新歌。蒋南薇向来不是狂热的追星族，渐渐不关注了，好像不再需要她。妮娜从他们身边跑开，跑到柏言身边："哥哥，你在看什么？"他的镜头从念西身上移开，他低头看见小女孩，搬过椅子，抱她站上去。她看看取景器里的爸爸妈妈，扶住柏言两边的胳膊，跳回地面，仰头："哥哥，你有没有女朋友？"

柏言蹲下来，笑道："还没有。"

"等我长大以后做你的女朋友，好不好？"

"啊？"柏言摸摸她的脑袋，告诉妮娜，"不可以哦。"

"为什么不可以？"

"因为哥哥有喜欢的人了呀。"沈柏言哄小朋友的语气，真是温柔，仿佛手指蘸了奶油，轻轻涂到脸上，舌头再一舔，甜甜的。念西看向他。

"那好吧。"妮娜拍拍柏言的脑袋，她变回小麻雀，跳到沙发，趴倒在爸爸的腿上。每个人都是由他过去的人生构成的，好的、坏的，最终成为他自己。蒋女士看向丈夫和女儿。她不单单依靠他的爱，同样依靠自己对他的爱、对妮娜的爱弥合伤口，好好生活着。卷积云铺在天空，小手左右拉着大手，他们离开怀旧商店。

入库单

物品编号：08

移动硬盘里的影像

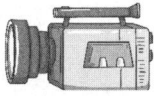

备注　　我差点忘记，他也曾认真爱我。

寄存年限　　永久寄存

让她降落

乌云和乌云之间,撕开缝隙,漏下一道道光柱。九月开学,念西升入大二,不时往返学校和怀旧商店,柏言每天榨胡萝卜汁,黑猫不定时出现在怀旧商店。日子并无不同。

黄小姐准时到达,我接过她递来的移动硬盘,文件夹按时间顺序排布。影像真是残忍,冷静鲜明地记录一切,最终变成比记忆更持久的历史。我问黄小姐要不要重温一遍,毕竟这部分的人生将从此封缄,再无回放时候。她犹豫过后,最终点点头。

画面里一个狭窄的客厅,六七人围坐,地板铺满报纸,中间摆着电磁炉。锅中浮着一层厚红油与零星辣椒,旁边的碟子还剩着些蔬菜,四周凌乱,啤酒瓶纷纷滚落在地。酒足饭饱,镜头在男男女女的脸庞快速滑过,停留在两张涂着蛋糕的脸上。他们脑袋贴着脑袋。黄丹青的眉毛又浓又细,深目明眸,嘴唇微微上翘。那时还是短发,微微蜷曲,拢在耳后展现出脸庞轮廓,这是一张柔和、喜乐鲜明的脸。

她穿细吊带和牛仔短裤,盘腿坐在地板,精神奕奕。他紧搂她的肩膀,并不在旁人面前避讳亲密。他们搬进一栋旧筒子楼。房间二三十平方米,不大,刚好容下两个人。设施陈旧,没有电梯,但是离工作的地方近、房租便宜,权衡再三还是租下来。两人住九楼,楼梯间擦身而过的多半是行动迟缓的退休老人。他们成为其中一员,站在阳台能听到邻里吵闹,鸡犬相闻,每天路过别人晾在走廊的衣物，打仗似的，他们急匆匆上下楼，在垂垂老矣的迟暮氛围中捻出几缕大城市沉浮的挣扎意气。

多少有搭伙过日子的意思，她将这视作一种练习，有关共同生活的练习。丹青和许律去商场挑选床垫、地毯还有书架等杂物。靠在样板房的沙发上，许律的身体向后仰去，拍拍身旁的位置，喊她"媳妇"，装作在自家客厅。她便配合地坐过去，伏倒在他身上大笑。贫穷是种天然的浪漫主义，那时他们在疲惫的日常面前相互照拂，每日计算花销，同舟共济，将彼此视作唯一慰藉。

丹青扯过纸巾小心擦拭他头发和脸上的蛋糕。他抓过她的手，镜头又对准他的脸。他问，开始了？另一位朋友回答，我一直录着。许律轻咳两声，调整口吻，首先，我祝媳妇新年快乐。说完他立即反应过来，错了错了，是生日快乐！画面剧烈抖动，嘈杂的哄笑中，镜头由天花板切换成满地狼藉，又变成众人模糊的脸。许律看着镜头，或者说是看着镜头后面的丹青，眼神灼热，那是爱一个人的目光不会有错。他说，媳妇生日快乐，今后你的每个生日，我都会陪你一起过。他略觉羞赧地环顾周围好友，补充炙热告白：我爱你。

热闹的余音还未散去，当初的甜蜜沦为皮肤上的赘疣，曾经的美好变成硬盘里一堆无意义数据，科技的发展令感情的破裂变得分外唐突，往事漫漶如扫尘，被迫重新上色、增补细节，人事已非落寞无穷。黄小姐脸上露出凄然神色，她率先开口："我差点忘记，他也曾认真爱我。"

许律先是在书展的茫茫人海中认出她，他说他见过她的照片。许律是丹青的一个合作方，两人工作上有些往来，从未见过面。简单的招呼，她从中听出恭维，意思是丹青给他留下印象。她去上海出差，没想到在书展碰到许律。

　　他与想象中不太一样，眉清目秀，身材硬朗，是个容易博得好感的人。两人客套几句，交换名片。丹青在出版单位工作，她走后，许律拿着丹青的名片冒充她混进书展专业区。这件事的缘故，他说要请丹青吃饭，略尽地主之谊。丹青心想，专业区的门票才多少钱，为此请我吃饭岂非得不偿失，便拒绝了。

　　再见面是半年后，丹青在一个 Live House 弹钢琴。没有乐队表演时，这里的钢琴对公众开放，谁都可以前去弹奏几曲，她弹李斯特的《唐璜的回忆》，接着弹圣－桑的《天鹅》。曲终，手从钢琴上抬起的瞬间，丹青不知怎的想起许律这个人。能够想象吗？就是灵光乍现，福至心灵，她站起身，猛然间看到许律冲她招手。丹青误以为出现幻觉，膝盖撞上琴凳，一阵酸麻。他换了工作，开始干互联网这行，搬到广州。太过巧合，几乎令她怀疑是命中注定。她请他吃红丝绒蛋糕。许律说他喜欢她弹的李斯特，圣－桑有些忧郁了，接着聊起肖邦和霍洛维茨。他直接，对她的倾慕不加掩饰，他说你的钢琴弹得这样动人。

　　她将胳膊肘撑在吧台，歪着脑袋看他，聊起小时候。被父母逼着学钢琴，考到九级，等到真正爱上音乐却又被迫做出更为务实的选择。许律了然，艺术不足以营生，父母普遍更青睐会计、银行职员、老师、公务员等相对拥有稳定收入的职业，而她成为一名国企编辑。丹青答，是啊。他说没关系，它已经成为你的一部分。

　　将这部分的自己遮掩得那样好，身边同事都不知道她还会弹钢琴。这部分的丹青是羞涩的、隐秘的，顷刻间在许律面前全然释放。她兴高采烈，如同燃起的火柴，刺地在心尖划过，照出他明亮的脸孔。她从未跟人聊及这些。工作之后，朋友间交际浅淡，很少和别人讨论工作以外的事情，私生活、感情、兴趣，更别说音乐。她坐在他对面，发现彼此竟有许多话可以说。

许律约黄丹青去逛动物园，童心未泯，见面递给她一个超大的粉红色棉花糖，像摘了朵傍晚的云捧进她的手心。他带她看河马、长颈鹿、火烈鸟，还有大熊猫，大熊猫背对着他们啃竹子，憨态可爱。她问他："为什么带我来动物园？"许律答："我想，把我喜欢的东西分享给你。"丹青仰头看他，只觉得喜欢动物的人温柔细致。她扯他的衣袖："哎！你看大熊猫好可爱。"

他低头看一眼丹青，恍恍神，转过头却又顾自伸出手，把那只抓在衣尾的手牢牢握住，她的手掌那么小，握成拳头，被他的手掌覆盖住。这个过程，丹青目不转睛地盯着大熊猫的背影，心怦怦跳，面上装作什么事也没有发生。许律同样不去看她，嘴里答，确实很可爱。拳头在他的指间一根一根分开，最终，与她十指交扣。她头晕目眩，手掌在汗珠浸润下变得黏糊糊的。倘若他转头看她，大概会留意到她胸口骤然的起伏与停顿。

他送丹青回家，陪她坐地铁，又陪她从地铁站走回家。牵手的过程极其自然，可一旦谁开口提起，就好像被迫注意这个细节，他们将立刻陷入尴尬境地。空气中透着心意未明的焦灼，许律进退维谷，他先说："今天的天气很好啊。"丹青"嗯"一声，决意省去男女间无谓的角力。

他说这句话时耳朵烧得通红："做我的女朋友好不好？"她回答："嗯。"他又问："嗯？"她答应得过于爽快，他差点没有听清楚。丹青重新回答道："嗯！"他将丹青送回家，丹青又提出陪他走去地铁站，如此来回两趟总算确立关系。他拨开刘海先吻她的额头。

许律这样告诉她，不清楚在哪个具体时刻动心。初见她的照片，单纯觉得这个女孩子真好看；等见到人他仍这样觉得。一见钟情？他从未对别的女孩产生类似好感。丹青坐在那里弹钢琴，目光沉静，手指翻跹，聚集整个酒吧的闪烁霓虹。这样凛然独立，他的确在她弹钢琴那刻迷恋上她。

热恋时，他会在星期天的下午，拉着她偷偷翻进隔壁艺术中学的琴房。他坐在一旁看她，给琴谱翻页，尘埃从琴键上翻腾起来，飘浮在光柱中。她的眉毛、她的手指、他的头发、他的目光，在戛然而止的琴声里熠熠闪耀，她犹记得那个吻深情绵长。他带她找遍每一处的公共钢琴，学校大楼、私人医院、咖啡厅，此外，他们热衷对彼此倾诉各种小事，虚度光阴。

她是那种敏感、待人冷淡的人，亲近的朋友不多，除钢琴以外，从不寄望钟情于谁。大学倒也恋爱过，对方变了心，也没怎么难过。记不得了。许律与她截然不同，他一贯坦率、毫不忸怩，直击球门，因此俘获她。他也许是爱她的皮相、才华、性情适度，谁知道。他这般耀眼自信、奇思妙想，丹青想，她怎么会拥有他呢？他是这样的好。或许世事本就经不住推敲，譬如爱，所以她不去推敲，选择纯粹相信。"我爱你"，如同辣椒籽在舌尖翻转，一阵一阵涌过热烈的余味，"我爱你"，言语通过胸腔、喉咙和耳膜在心底激荡出沉重的回音。他的爱就如早上淋过的大雨，哗啦啦地落在她的发丝、胳膊、单薄的衣物和心脏，她在他的身上闻到炎夏。丹青明白，陷入就再也逃不出去。恋爱第二年，他们住到一起。

蛰居在这城市的小小一隅，与邻居的往来仅仅通过厨房的油烟，揣测隔壁今晚炒的是青椒肉丝还是糖醋排骨。她在网上搜罗各种各样的菜谱，热衷于研究配方，精准地为调料称重，她的练习逐渐步入生活常规，一蔬一饭，柴米油盐。城市秩序疏离漠然，唯爱情仍拥有最浪漫的细节。

卧室挨着卫生间，防水出现问题，墙面都发霉了；空调漏水，他们就用脸盆接水；还有一次，老鼠钻进了抽油烟机管道，半夜乒乒乓乓窜动。他们还是快乐的。夏季，丹青拿勺子挖西瓜，挖一大块塞进许律嘴里。许律枕着她的大腿看书，她的手指在他的胳膊、起伏的肚子弹钢琴。她用指尖触碰他的眉毛却被抓住手腕，她摔倒在他的身上，两人挤在沙发黏黏腻腻地接吻，在身上堆积彼此，耳鬓厮磨，肌肤相亲。

她生病，又吐又发烧，他在半夜陪她去医院，吊完点滴又照顾她整晚，不知所措地给母亲打电话问怎么照顾病人。他为她熬了好几天的粥，叮嘱她吃药。那时候就连吵架也仿佛只是为这份美好与庸常添加一点点适度的作料。许律临时加班，不得不取消计划中的旅行，两人站在路边各执一词。吵过大半天，丹青突然停住，你等下。说罢她在马路边蹲下抱住膝盖，仰起头说，我腿酸。许律笑出声，蹲下身，目光与她平视，伸出双手抱住大腿外侧将她整个捧起来又轻轻放下，他替她捏捏小腿，柔声道："好了，好了，都是我的错，我的傻媳妇儿哟。"她凑过去在他的唇上快速舔了下，和解。

"您相信命中注定吗?"黄小姐问我。

我迟疑两秒:"我信缘分。"

"我当初真的相信世上大概不存在比我们更契合的人,我们就像命中注定般。我们在不同城市偶遇,相同的爱好,对音乐有一致的品味,口味都差不多。我以为那是触手可及的命运。"

"所谓巧合、缘分、命中注定,三者太过相似,大家都在凭直觉做判断。"

"我太自以为是,判断失误。"

我打开另一段视频。他们搬家,换了座更干净的公寓。

依窗而立,远处高楼的灯柱与广告牌流光溢彩,与对楼的陌生人隔着阳台与窗帘,游移间影影绰绰,看不真切。许律趴在地毯上,镜头对准他的脸,他喝醉,领带在脖颈绕成圈,衬衫纽扣解开了好几个。丹青拿毛巾给他擦脸,许律爬起来,大概抱住了丹青,画面只剩天花板垂下的明晃晃的吊灯,依稀听到他们在说话。他不停喊她的名字,口齿含混。她柔声拍他的背,口吻怀着母性的怜悯,揉他的头发,如同为一条温驯的大狗顺毛,她对着那张通红的脸说要录下他的傻相。

许律与人合伙创业,加班和出差的次数变多。生计尚且无着,遑论享乐,丹青很久没有弹钢琴。丹青成为一名不称职的主妇,生活从新奇变成适应,紧接着变为习惯。她在许律身上构筑有关理想的幻觉，全情投入其中。例如她总会挑天气好的周末，仔细熨烫他的衬衫，折叠袜子和衣裤，将物品归置妥善、井井有条。两个牙刷靠在一块儿，他的棕色皮鞋旁边放着她的高跟鞋，梳妆台上放她的化妆品，他的剃须刀。她已学会辨别生鲜好坏，熟悉菜场物价，甚至拉下脸皮与小摊主议价。他们遵循每天一起吃早餐的约定。丹青提前半小时起床，为他准备粥与豆浆，也可能是火腿三明治和牛奶或者别的什么，贤惠得连自己都讶异。她在建立秩序的过程中获得安全感。

他也会为她做饭，很久以前，他会感谢她洗晾衣服并且将它们叠得整齐漂亮。时间一久，这都成为她的"理所应当"，若要说感激反而做作。她偶尔偷懒，推推许律的胳膊，命他去洗碗——他果然洗了碗，并且只洗了碗。砧板、刀具胡乱堆在那儿，水池被菜屑残渣堵塞，洗手台四处湿答答的，滴着水。女人所说的"洗碗"，包括洗碗洗筷洗碟子、清理水槽、擦干桌面；男人的洗碗，就只有洗碗。好比算盘珠子，她得拨一下，他才勉为其难动一下。

他们失去对话的力气，不再积极与对方分享日常。分享这件事，仅在对方接受分享的那刻才具有意义。他不说话，不再认真听她说话。他的疲惫全写在脸上，对此她付出全部的谅解。每天回到公寓许律依旧忙于工作，做商业BP，跟投资人打电话，给下属交代任务。项目运转不顺利，整个晚上，他坐在客厅抽完两包烟。创业当然不如想象中容易，个中艰辛却是不便对丹青说的。

有一次失眠，许律在凌晨四点半推醒她。她问他，怎么了？他没说话。丹青在黑暗中凝视他，伸出手指在空气中描摹他的轮廓、眉毛、鼻子和嘴巴。她忽然向他确认："你爱我吗？"他笑着亲吻她的眼角，回答："我爱你，从头到脚。"他是真诚的，丹青没来由地一阵酸涩，回想这两年相处过程中所有倍感孤独的时刻，她总在等他，等他回家将沙发上的她抱回房间，等他忙完这阵子和那阵子，等眼睛闭上又重新睁开后阳光照射进房间而万物回归崭新的模样。他说："我们出门散散步吧？"

他们在清晨五点半牵手穿过街巷，拐角的早餐店很早开门，蒸笼泛起腾腾雾气，烟火气令她感动，他们点了红糖馒头、番茄牛肉肠粉、花生豆浆，还有两碗艇仔粥。似乎仅仅是一起走去隔壁街吃早餐都令她心满意足。他替她拿勺子，将筷子掰成两根，替她撩过嘴里的头发。在那个时候，她想象他们已经分开，她将自己的衣物、书籍、毛巾和牙刷统统装入行李箱，他则站在一旁无动于衷，她的想象力这样丰富，就连最后电梯门合上的声音都真实活现。

他问她："媳妇，想什么呢？"

丹青回过神，兀自喝一口热粥，摇摇头。但是，如果他们最后不得不分开，那么所有碎裂产生的憎恶、怨恨、伤害，都应当为此刻统统原谅。她要自己记得，在彼此相爱的那些年里，他同样以温柔回报着她全部虔敬的爱意。

"渐渐，我们变得没有那么多话要说。"

"哪有人永远有说不完的话。"我说。

"是啊，工作需要不停应付麻烦的人和事，交流耗尽身心，下班后当然什么话也不想说。他很累，我也很累，有时候我们就是躺在一起，不说话，也有的时候他忙他的事、我忙我的事。"

她深呼一口气,"我们的确日渐无话可说。"

恋爱的第五年。生活缝隙全被琐事占据,丹青不断从这里走到那里,做饭、洗碗、拖地、晾衣服,来来回回,人生蹒跚,都是不得不做的事。明明生活在一起却像是独居,丹青时常觉得孤独,最终又在自我告解中将它消化。她与他仿佛隔着层保护彼此的气泡膜,她稍稍想要靠近,就被气泡破裂的警示惊得退回几步。她与他的爱之间隔着别的事务。

纪念日那天,丹青路过花店顺手买了束百合,回到公寓,将插好的花瓶放置在客厅茶几。没有李斯特和肖邦的日子,花是用来改善生活的。那天许律回到家脱下外套坐进沙发,和往日并无不同,他坐在那里翻阅文件,显然忘记今天是什么日子。喝水间隙,他发现袖子沾染了大片黄色的花粉,大概不注意时碰到了百合花蕊。许律忽然烦躁,皱着眉冲丹青大喊:"你能不能把这花拿开?"

他没有留意到丹青在做什么,他很久没有把注意力从工作和自身挪开了,他没有注意到桌上的百合花,没有注意到光洁干净的地板,没有注意到新换的被单,当然也不会注意到丹青系着围裙从厨房中走出来,鼻翼冒汗,手上残留的血渍和鱼腥气。当时她正拿刀给鱼去鳞。几年前,她断然不敢想象自己会亲自给一条鱼刮鳞剖腹、剐去内脏。可他只会用不耐烦的口吻冲她大喊:"你能不能把这花拿开?"

这种口吻的杀伤力几乎穿透她。她试图用一束花、一餐饭来表达爱意，他却只会抱怨她忘记剪掉花蕊，导致他弄脏衣服。她的情绪难道就不重要吗，就不值得被在意吗？难道她只是一个会替他将花从这个桌子拿到那个桌子的人吗？

像洗洁精旁边摆着的那个玻璃瓶，里面养着细葱，头部无可挽回地发蔫、变黄。她以前种花。她对他们的爱情日渐悲观。丹青想起白天为某本引进书与译者沟通，费尽口舌劝对方不要生造词汇，捋清楚句子逻辑。她双手在袖套来回抹干——甚至用截图教人怎么用"修订模式"改稿，满屏红字。有哪份工作钱多事少无压力的？还有个作者，出版合同签完两三年，稿子至今拖着，眼见身边同事结婚、怀孕，连娃都生好了。能怎么办？从来都是她催别人的稿子，别人催她的稿费，稿费明明早开过单，回头一查，在财务那儿压着。能怎么办？磨得一点脾气也无，没有爱怎么坚持得下去。她以沉默回应他无名的怒气，吵架是需要精力的。十几秒后，她淡淡回答："抱歉。"

所谓仪式感，不过是假托节日的名义令双方重新端正对关系的态度。庆祝当然是可有可无的，桌布是可有可无的，香槟和啤酒是可有可无的，鲜花当然也是可有可无的，最终哪样东西不是可有可无的？他早就厌倦故作浪漫的把戏，她那些不切实际的需求，他对她的殷勤感到压力重重。丹青顿悟，她的忍耐只不过换来他对她感情的再三漠视。再后来，他为自己的言行道歉，他拥抱她，说他很爱她并且在意她。他真的还爱她吗？

情况不知道究竟在哪一刻骤然下颓。他们日渐无话可说，不像以前那样玩闹似的争执，他的解释、道歉、敷衍，最终统统变成沉默,仿佛单属知识分子的暴政,绝不像泼妇似的恶言相向,他们彬彬有礼,以冷淡回应冷淡。

她竟也不能免俗,提出这样愚蠢且有失颜面的问题。她问:"你是不是不爱我了?"

许律说:"不要胡思乱想。"

没有正面肯定或否定。这段关系中令人内心灵敏的部分消失不见,"我爱你"这三个字也是稀薄的,是礼节,是三餐,是宽慰,是家庭作业和习惯,比"吃了吗、在忙吗、在吗"更无实际意义。关系一旦出现毛病,女人反复质疑"爱不爱"这样愚蠢的问题,他觉得这根本不是"爱不爱"的问题。"我爱你"变成一出当代家庭伦理剧的无用台词,在需要时被丢出口,缓解她的不安、怯懦和胆战心惊,这三个字说出来的意义只是为了安抚她,这不是他想要说的,但这是她想听的,最无力的时候,他只能用话语来证明爱。

"我们之间出了问题。我反复斟酌自己在这段关系中哪里做得不够好,几时太作,几时又或许太矫情。唯一记不得的,就是受过的委屈和每次涕泗横流时的心情。"她像在沙发坐得太久了,突然站起来。黄小姐在怀旧商店四处走动,看见柏言的信件:"你在找人吗?我可以拜托做媒体工作的朋友帮忙打听打听。""谢谢,那就有劳了。"我回答。她拍好照片,接上之前的话题:"最难受时他到外地出差,我摸着身旁空落落的半张床铺,睡不着觉,半夜起来洗鞋子。我调高肥皂剧的音量,跑去厨房烧热水,在阳台用力刷我的旧球鞋。好像必须弄出点动静才心安。"

失去的过程都叫人唏嘘。我问她:"后来呢?"

  他们的相处变得小心谨慎。许律努力不让丹青不开心,丹青则努力让自己不要因为一点点小事就不开心。表面的和平维系得太过倦怠,难免察觉到彼此的力不从心。她揣测许律肯定在某个瞬间考虑过:要不分手吧。他始终缺乏一个"决定性瞬间"来肯定这件事确实非这样处理不可,再没有别的办法,不然呢?就不能再忍忍吗?

  激情经过时间的啃咬还剩下什么,爱情迟早会结束。这个时候,双方父母再次敦促两人买房结婚。许律不是本地户口,言下之意,房产中介建议两人先领证。她有些迟疑。他的母亲说,都跟你同居五年了,她还想怎么样?如果婚姻是一场谈判,他人眼中,她恐怕早已 show hand。或许彼此都需要安全感,或许他们太过理解对方的处境,想要抓住婚姻这根救命稻草。听上去多么可笑,婚姻怎么会成为救命稻草?

  许律说:"我们领证吧。"

  她说:"好啊。"

  两人默契,没有向朋友们宣布这个喜讯。她有时候会想,是什么让许律做出这个决定。为了买房?出于责任?这里面爱能占几分?也许是他不想成为一个浑蛋,还是许律比她想象中更务实,丹青并不真正懂他。结婚以后,许律的公司渐渐步入正轨,他终于愿意将时间匀出给丹青。像回到热恋,两人牵手看电影、听音乐会,去纽约度假,事情似乎都在向好的方向重新黏合。

蜜饯夹杂着硌牙的核，甜蜜是虚伪的、费力的对爱的美化。有天晚上，许律去赴某场重要饭局，那位姓窦的投资人年纪轻轻，不好对付。丹青独自在家。她突然腹部绞痛，沁着冷汗，打电话说身体不舒服。许律答她："你先自己打车去医院，我忙完立刻过去。"他的确变了。以前他下班就会给她发信息"我下班了"；现在，他在外出差，她偶尔给他发信息，他会立即回电话问她什么事，她说"想你了"，他就说"没事我先挂了，在忙"。他变得稳重，非常善于判断事情的轻重缓急。

丹青被救护车抬进医院，昏昏沉沉，思考起这两年的人生。急救电话都是自己打的。几经蹉跎，他们都不再年轻，睁开眼睛，他握住她的手只叫她觉得分外冰凉，立即背过身。房子还没有装修完，婚姻已经宣告终结，关系沦为关于夫妻的角色扮演。他变了，她又何尝不是？谁不变呢？

"我们都有各自的苦衷，他肩负他人生计，而我计较着他能否回馈我同等的感情。我们也曾努力，彼此忍让。我累了。"刮痕不会因为不去看，就消失不见。她走到念西面前，"您好，可以再帮我倒杯茶吗？"

他累了。疲惫不是睡觉前必须说晚安，在节假日为她悉心准备礼物，时刻照顾她的情绪，不是这些细节。她累了。疲惫不是因为家务和日常生活，不是从这里走到那里所耗费的精力与生命，所有疲惫都源自关系本身，"关系"意味着责任，承担"爱人"这个名词里所包含的一切意义。如果将爱人当作客户，确认需求、彼此配合，想必生活会经济实惠许多。可是做不到。可惜做不到。

"人们常常为了维持某段关系习惯性忍让，做出无原则妥协。"我说，"有时候，太爱一个人也是失去他的理由。"会行为荒唐、伤及自尊。

他们没有分居，离婚前晚，他突然在睡梦中握紧她的手。她心里一软。丹青起来吃了粒褪黑素，贴着他会睡不着，原来她竟习惯占据整张大床，四仰八叉、无所拘束。

"爱情到最后或许大多如此，我不愿继续配合。他问我能不能不分开，舍不得又怎样，没办法继续走下去了。越小心翼翼，越容易失去。这种感觉很像小时候好不容易讨到两颗糖果，想省着点吃，藏在柜子里，第二天却发现被老鼠咬破了包装纸。"黄小姐走到陈列架前，上头放着一沓装订成册的书的腰封，"马尔克斯、杜拉斯、北野武……这位寄存者读过不少书啊。"

我说："是啊，那是另外的故事。"

她第三次截断自己的叙述，切入不相干话题，仿佛先前谈话无足轻重，不值得过分在意，又或者她下意识想拉开自己与这种倾诉情绪的距离。"办离婚时，他问工作人员结婚证会不会收回去，他想留个纪念。我一下没忍住眼泪。"雨歇云收，好在并非最不堪的收场，吃完散伙饭，他们各自去往相反的方向。

我说："希望你们都能豁达。"

"我也期望如此。"

"还会想拥有爱情吗？"

"当然，"黄小姐看向镜头，"我拥有随时投入爱情的决心。"

生活才是真正的第三者，曾经闪闪发光的爱人，也许有天就会变得乏味、无趣、不堪忍受，无论当初怎么说"不行，我不能没有他，我没有他会死，我爱他，很爱很爱"，实际上转个身，大家都活得好好的，不能更好了。

离婚一段时间，她手里拎着蔬菜路过某个琴行，听到有人在弹李斯特。她停住脚步。人们所能占有的只有那些过去的时间，被机器留下的影像以及日渐模糊的对那个时候的记忆。哈，终究是惆怅旧欢如梦，觉来无处追寻。当时的爱不是假话，后来的冷却也是真心，无非就是此一时彼一时吧？

我回头看到视频卡在甜净的笑容里，所谓眉目传情，注视彼此的目光里涌动着热望，曾经的快乐忍不住想与全世界分享，想受到全世界的祝福。然而过去拥有的一切终将偕同时间烟消云散。编号为2015091204，柏言将硬盘放上陈列架。

那天我们去看舞台剧，剧场前碰见费小姐。她是怀旧商店的客人，去年寄存过一张"死神"塔罗牌，我才知道，她正在做和残疾人相关的公益项目，那场舞台剧是其中之一。演员们大部分是唐氏综合征患者，台词说得磕磕绊绊，费小姐站在剧场前边提词。我不由动容，她致力的事业在他人看来多少有些执拗、特立独行，不旨在经济回报，单单出于人道主义理想。我拿了些有关"唐氏综合征"的宣传资料，准备放到怀旧商店。

舞台剧的门票是孟嘉欣寄来的，她是柏言的朋友、高中同学。见到她，我和念西不免惊奇，孟小姐是那出舞台剧为数不多的正式演员，融入先天愚型病人的表演，竟全然辨别不出。她现下这般优雅伶俐，见柏言手捧向日葵，道："谢谢！你还记得我喜欢向日葵。""祝贺你。"孟小姐是这出舞台剧的演员兼制作人，便是她和费思烨促成了两地合作。聊过几句，她说还将在广州待一阵,届时再拜访传说中的"怀旧商店"。

  我想起柏言说过的那位高中女生,再看向念西。沈柏言的高中女生?他的暗恋对象?想起他回答妮娜"不可以哦,因为哥哥有喜欢的人了"。她真好啊,不愧是柏言喜欢的人,那天晚上,念西望着天花板映着的台灯影子,失眠了。

入库单

物品编号：09

啤酒罐拉环
和一沓腰封

备 注　人生在世，难免会被陌生人问个路。

寄存年限　　永久寄存

流动的陌生人

舞台剧过后,她和柏言似乎疏远了,倒不是不搭理他,只是不愿意主动搭理他。柏言跟她讲话,念西便以"嗯、好、可以、没关系"简短作答,说不清地别扭。国庆节,念西回了趟家,好几天没有出现在怀旧商店。柏言照旧确认预约、登记寄存品、拍摄素材,并无不同。假期最后一日,念西终于回到怀旧商店,她不在的日子,我尤为想念她做的菜。柏言说他都瘦了,我取笑他"为伊消得人憔悴"。宋小姐推门进来:"请问,这是什么店?"

"欢迎光临怀旧商店。"他们异口同声,转头看看彼此。她没有反应,柏言把目光移开了,念西才低下头,嘴角拉起一丝不易察觉的弧度。

"怀旧商店专门寄存旧物,贩卖旧物。"我解释道,"这里的每件物品都有自己的故事。"

"我没有什么要寄存的。"她穿着白衬衫,戴一顶红色贝雷帽,明明是初次见面,我莫名觉得她像某个人,偏偏想不起来像谁。宋小姐各处转了转,双手插进牛仔裤口袋,突然摸到什么东西似的,她掏出一个金属拉环。拉环上面沾着裤子线头,普普通通,像脱落自随便哪个易拉罐,笑道:"不过我倒是想到一件事,想找人说说,不知道您是否愿意一听?"

宋双宜是在便利店见到他的。和朋友喝酒那天,极其难得,在场有异性主动提出送她回家。她没有拒绝。临上楼前,她决定

去便利店买包烟，就在那个时候，宋双宜见到他。该怎么描述那个陌生男人？第一眼符合审美的男人。年纪多半与她相仿，个子高，剪寸头。很少有男生适合寸头，头发恰恰在他身上做出适度的减法，衬托出一张清俊的脸。男人将手插在兜里，弯腰，冷藏柜前感应到她的注目礼，她如此直白、旁若无人。

他穿白色圆领 T 恤，她也是；他穿灰黑色牛仔裤，她也是。更重要的是，手表也是相同的小众品牌。一瞬间，他们心领神会。男人冲她笑笑，回身，食指轻轻移开柜门取走酸奶。于是宋双宜走到冷柜前，拿走和他手里那瓶相同的酸奶。只一眼，可以确信他们在几十秒内对彼此颇具好感，不过这并非完美的、适合搭讪的时机，她身边有别的异性。朋友问她怎么没买烟，宋双宜答，酸奶解酒。

如果身边没有别人就好了，总不能当着一个男生的面向另外一个男生搭讪。她有意跟在他的身后走出便利店。三个人相距五六米，影子歪歪斜斜，各种纷乱念头跟随酒精蒸发，她应该上前同他搭话。

"我送你上楼吗？"朋友问道。

"什么？"宋双宜设想着她的开场白与那个男人的声音、他的回应，差点忘记旁人。

她的目光牢牢贴着他的背脊、他的肩膀、他的全部轮廓，原来他住在对面那栋楼。她怎么以前从来没有见过他？她在看他，他也知道她在看他，因为就在这时，男人停下脚步，在楼梯前回身，与她隔着宽阔马路在黑黢黢的深夜四目对望。他看向她，仿佛空气中突发一场冷静的小型爆炸，她闻见硝石气味。男人倒退着走路，他倒退着,在与她的对视中一步一步迈上台阶。

"我送你上楼吗?"身边的异性再次重复问句,看出她的心不在焉,"你怎么了?"

"没什么,有些累了。"她霎时兴味索然,不该接受一个不感兴趣的男人的殷勤。宋双宜咬住吸管,将酸奶吸得呼呼作响,"谢谢你送我回家。"

她没有脱鞋,没有回卧室,宋双宜俯面扑进沙发。要不要再下楼?他还会在吗?她翻过身问自己,想起他——刚刚碰见的一个陌生男人,长相与品味都极符合她的审美。她此前从未有过这样电光石火的悸动,认定他们本该发生故事。

下楼吧。她看着天花板,在心里对自己说。"我就算下楼也不会再碰到他,"宋双宜长吁口气,无意间将心里话说出声,"概率太小。"

那又怎么样?她心想,我可以下楼买烟、买啤酒、买鱼蛋,随便什么,他已经回家,遇不见才是正常的,我只是去买烟、买啤酒、买鱼蛋。迟疑十几秒,宋双宜说服自己提着两袋垃圾下楼,从便利店出来,她单臂抱胸站在路边抽烟,另一条胳膊叠在手背上,姿势娴熟,缓缓从嘴里吐出一朵云。果真没有碰见那个男人。之后许多天,她每天都会在这个点出现在便利店,海带、魔芋丝结、豆腐皮,把关东煮尝了个遍。

半个月后,宋双宜下楼买啤酒,隐约觉得就餐区的背影像那个人。她不确定究竟该不该上前搭话,恐怕他根本不记得她,他们连话都没有说过一句。结账出门,她往便利店的方向望过去,是他,他正坐在窗边,对着马路吃车仔面。她往家的方向走几步路,又快步退回来，走到那边敲了敲他面前的大玻璃。

那个年轻男人抬头，扬起的嘴角弧度中除却惊诧还有一丝喜悦。她向他勾勾食指，嘴型是两个字——出来。

他指指自己："我？"

宋双宜点点头。

他走过便利店自动门，电子女声在重复那句"欢迎光临"。他们看着彼此，还未说话，笑声率先泼洒到对方身上。男人看着她，等她先开口，好了，现在准备和陌生人说点什么吧？宋双宜晃晃手中的啤酒罐："能帮我打开吗？"他接过去。吧嗒，麦芽香气喷在脸上，泡沫一点一点消下去。她指指拉环："有中奖吗？""哇！"他掰下拉环，放进她的掌心，"是'再来一瓶'。"宋双宜一看，果然，不由得觉得运气好。她顺手塞进裤子口袋："下次再来兑奖。"是的，"下次"，这样的表述是一种暗示。

他问："要不要一起走走？"

他们绕着小区走了两圈。她想起中学晚自习下课，和喜欢的男生沿着跑道一圈圈来来回回。尴尬当作甜蜜，两个人待着就是浪漫的意义，什么都不做，光消磨时间也是快乐的。第一眼吸引她的陌生男人，他们还不知对方姓名。

他比想象中健谈。起初他们聊近期热映的电影，她提起喜欢的导演。"北野武是谁？"看来他没有什么致知精神，含混过去，"哎，我对日本导演可没什么好感。""这个导演挺有趣的。"虽然扫兴，她灌下两口啤酒，决定谅解男人的偏见。他说他还是看书比较多，随口报几个书名，宋双宜仔细一听，大都是畅销榜励志读物。他主动问她喜不喜欢看书，她想了想："主要看平面设计类的书比较多,工作需要。"特地略去小说这块儿,怕他问她具体书名。"你是设计师?"她没有展开细节。两人并肩走过停在路边的车,他突然找到话题,向她介绍品牌、车型与价位。噢,原来做过这方面的销售工作。遗憾的是宋双宜近期并无购车计划。他感慨这辆车价格昂贵,又讥讽开那款车的人出轨率更高,搭讪搭到推销员,她现在觉得他过于健谈了。

他接过她手中喝完的啤酒罐,她心想,还挺绅士。男人将罐头对折,抛起来,一脚往垃圾桶的口子猛踢过去。咣当,撞上不锈钢层,落回地面,打了滚儿。他嘻嘻干笑两声,没有拾起来的意思。宋双宜失了兴致,竭力维持剩余不多的耐心,走近,将它捡起重新丢进垃圾桶。一只肥硕的老鼠从她脚边飞奔过去,吱吱吱,钻进下水道。

剧情发展与想象中大为不同,好天良夜,浪漫的开场难免走向庸俗的结尾。她说她有些困,准备回家了。他们在告别前添加对方的社交账号,那刻,她看见他的头像是对着镜子、裸着上半身的自拍,网名中还混入了几个不合时宜的表情符号。她拿着手机,双臂交叠抱胸,突然无趣至极。

显然不是北野武的错,不是宝马和奥迪的错,更不是啤酒罐或者垃圾桶的错,这是彼此之间"第一眼"的错,才让她产生错误预期。接受好友请求后的第三个晚上,男人发来消息:你怎么不理我呢?

"我把他拉黑、删除了。"宋小姐摇了摇头。那枚印着"再来一瓶"的啤酒罐拉环留在她的口袋,它曾目睹两个陌生人在某个时刻，勇猛地穿过彼此无涉的生活。"很尴尬，成年人交朋友的主要障碍在于——并不想和陌生人就年龄、职业、房车等话题展开广泛深入的讨论。"

"话不投机，好在对方是善意的。"她自嘲女人善变，我倒认为宋小姐的喜欢和不喜欢都够干脆，我笑道："我们本不该对陌生人抱有过分的期待，心怀善意已是难得，如何还能要求对方在'长相符合审美''衣着富有品位'这两条的基础上拥有风度学识、优雅谈吐，爱护环境同时与自己志趣相投？在便利店碰见命中注定的男人，概率微乎其微。"

"缘分很难，搭讪怎么可能搭到真爱？"她自嘲道，宋小姐把拉环放到桌上，"我可以留它在这儿吗？不算寄存，就是不想带走了，丢掉又有些可惜，一罐啤酒呢。毕竟我还没有中过奖。"

"您平时喝咖啡吗？"我忘记回答她的提问。红色贝雷帽、北野武、设计师……看着宋小姐，我突然想起那位在怀旧商店寄存了一沓腰封的客人，还有他曾谈及的某个陌生女人，"平时有习惯喝的某款豆子吗？"

"我不懂咖啡，分不出豆子和豆子的差别，"她的身体往后靠去，抬起脚，随性地横架在另一条腿上，"以前常去一家咖啡馆，试过那里许多饮品，发现耶加雪菲比较合口味，我喝得比较多。怀旧商店还有咖啡吗？"

"并没有。"我笑笑回答她。

她一定知道他的英文名是 Vincent，咖啡馆的每位服务生都配胸牌。他只知道她姓宋，至于别的什么就全然不清楚了。不对，他还知道她每次都会点中杯手冲咖啡，纸杯装耶加雪菲。她习惯坐在墙角的座位，四肢纤瘦，皮肤白，手链衬托出皓腕与纤细的手。宋小姐常穿牛仔裤，各种不同质地和款式的衬衫，偶尔用发带绑起长发，她还有一顶抢眼的红色贝雷帽。文森特比想象中更熟悉她。

我从未见过他口中的宋小姐，然而她在文森特的形容中如此真切，那一刻，我觉得倘若她站在我面前，我可以认出她。

每隔一阵子，她就出现在咖啡馆，下午来，打烊离开。她坐在角落看书，站在庭院的侧立伞下抽烟，他在一杯拉花的间隙投去目光，见她甩掉高跟鞋，蜷膝，左腿收进沙发。她看书时会不自觉咬嘴唇。他从最开始就不自觉留心她，因为帽子太耀眼，因为翻页的动作利落，因为她每次吃完三明治会主动将餐具放回吧台。她会在咖啡馆待很久，几个月后，文森特主动用陶瓷杯给她续热水。

第一次，她从书本中分出注意力时表情淡漠，隔着杯子升起的白雾，表露出来的迷茫的感激之情令他明白，她对他毫无印象。文森特的失落仅仅刹那，他很快为她开脱，连锁咖啡馆的好处正在于，不会有个性怪异的老板或过分热忱的陌生人肆意搭讪，更不必说服务生。

拇指压住内侧，用左手剩下的三根手指托住书脊，她看书时神情肃穆，间或端起咖啡呷几口。咖啡每每由他亲自制作、端至座位，叫号服务不再和她有关。并非所有熟客都享有此待遇。宋小姐会不会注意到这些？

文森特开始收集那些书的腰封。累赘之物用作书签，分隔前后，像为书籍装了折叠的任意门，翻开是庞大虚无的精神世界。她将它们连同咖啡票据一同丢弃。文森特试图从诸多营销造句中揣度每本书的内容与实质，他收集的第一张腰封，上面写着："北野武，冷酷与温情并存，经历巅峰与濒临死亡的人生。"他好像听说过这个人。没过多久，他在另一张腰封上发现相同姓名："现代人根本没有什么真心话！像日本殿堂级导演北野武一样撕破虚伪、学会思考。"他因此看完了北野武的所有电影，下次可以告诉她，他最喜欢那部《花火》。

"后印象派巨匠高更艺术创作巅峰的图文手记""世界三大普及艺术的入门读物之一""讲述设计的永恒之道，绝版四十年，历久弥新的大师经典复刻版"，这张腰封上面印的是《纽约时报》的评语——"这部光芒闪耀、令人心碎的作品是人类有史以来最伟大的爱情小说。"还有这张腰封，写的是"你看着我，仿佛你在爱我"。爱？他并不明白。他打开那道折叠门，腰封散乱零落，拼凑出关于"她"的内心侧写，关键字：北野武、小说、平面设计……不了解她的名字和其他一切，想不起最后见她是什么时候，没有特意的招呼，向来不过寻常的几句话"今天喝什么""走啦""嗯，再见"。除了咖啡馆的伙伴们偶尔会提一嘴："你的那位宋小姐好久没来啦。"

"《霍乱时期的爱情》,《埃米莉·L》。"宋小姐打断我的叙述，揭开书名的谜底。我认出她，但我不知道她究竟有没有想起他，文森特是哪个文森特。

按照时间顺序，文森特将腰封装订成厚厚一沓。好似重要凭证，表明她确然存在过。她留下的最后那张腰封，上面写着：寄存旧物，贩卖旧物；不为怀念，只为告别。她或许出门旅行，或许搬了家，或许已经离开这座城市，无数多个"或许"里，他顺着这条线索找到怀旧商店。如果从头来过,他会上前和她搭话吗？我翻了翻这沓腰封。他与她之间，首先隔着一个重要的问句：你好，能告诉我你的名字吗？

"缘分很难，是的，"我抽出腰封册中夹着的字条，"您还会试着抓住它吗？"

"不如就这样擦肩而过，不好吗？"她恐怕不是他想象中的她。

"文先生留下了他的联络方式。"我捡起那枚印着"再来一瓶"的拉环，将字条递给她，上面是文森特的手机号码，"这是您在怀旧商店兑的奖。其他的，请您自由决定。"宋小姐离开，我不知道他们的走向将如何，来来往往的陌生人，谁和谁相遇，谁又会和谁擦肩而过？柏言瞥向念西，她恰好在看他，两人不约而同想起二月末的第一次见面。她不知道他还记不记得。

"晚上一起看球赛吗？"

"好啊。"

"看球赛的话，你们不如去超市把它兑了？"我把拉环递给念西。柏言说要一同去，他说还要买些啤酒和零食。

她走在前边，向后伸手拉购物车，对着货架上的标价喃喃自语，说话，却并不回头，购物车中商品的保质期更值得眷注，他将胡乱丢来的食材一一排列整齐。热闹中避开目光，顾左右而言他，心照不宣。离开时，他们在超市前的广场上见到妮娜。

妮娜扎两条小辫子，红色背带裙系了根线，长长的，连着飘浮的黄气球。她噘起嘴，棒棒糖的包装纸怎么都剥不开。柏言喊妮娜的名字。他撕开包装，糖纸在掌心铺展，熠熠闪光，几下对折变成一只纸鹤。"柏言哥哥，"多云转晴，她拍拍手，"哥哥，你现在有女朋友吗？"柏言笑道："还没有。"小大人拍拍他的胳膊："怎么还没有呀！"没等他反应，她奔向不远处的柴犬，身后绑着的黄气球像条小尾巴，在空气中使劲扑腾，大狗在原地咬尾巴转圈，被妮娜一把抱住，蹭蹭它软乎乎的脸，绳子另一头是位身材高大的男人，再望过去，见到后面的黄小姐。她变得光彩照人！妮娜跑上前去牵她的手："丹青阿姨。"

黄小姐率先说起近况。她买了一架钢琴，成为妮娜的钢琴老师，最近尝试约会不同的男人，以及学习钢管舞。可见爱的反面并非恨或遗忘，而是自私——先爱自己。她说关于沈爷爷的信，打听到一些消息。六十年代，老家村上收到沈仰贤从台湾写来的信，怕惹出事端，收信人直接烧了。沈家搬走好多年了。他们离开时，沈家孩子还活着，如此看来，怀旧商店那封信中说的"百辟病故"，恐怕是那位夫人为了让沈爷爷不再惦记老家、重新生活编的谎话。或许大伯尚在人世，柏言忽而又多了希望。

柏言看见念西蹲在那里，狗抬起前爪，放进她的掌心，黄丹青顺着他的目光望去，她向妮娜招招手。临走时，那位遛柴犬的先生向黄小姐问了联系方式。呵，又是搭讪。

他们买了啤酒、薯片、辣条等零食。晚上洗漱过后，念西换上球衣。柏言一怔，笑道："我第一次见你时，你穿的就是这件球衣。"那股微妙氛围再度逼近，他记得。

"你们之前见过吗？"我问。

他们说起那场初见。四五个月前，沈柏言在大巴上第一次见到程念西。她在车上打瞌睡，旁边坐了个五十岁左右的男人。她在道路起落中睁眼，那人隔着衣服，半个背几乎贴到她的胸部。他不停没话找话，问她的身份、职业、有无男友，一发笑，眼角和额头堆起几层褶子，每个轻佻的问句，如同屁股强占的半张座椅，踩过边界，企图打探她的隐私。逼仄环境、刻意热络、露骨的视线，叫她浑身起鸡皮疙瘩。"他摸出手机，非要让我添加他为好友，说什么'大家交个朋友'。后来柏言和我交换了座位。"

"下次你不要理啦。"他说。

"别人跟我说话，不回答好像不礼貌。"不擅长武装到牙齿，她在公众场合表现软弱，"现在不会了，我不会回答不必要的提问。我想，对方未必是坏人，但是我不喜欢被这样搭话。"

现实哪有那么多戏剧冲突，我们只会碰到卖保险的、售楼的、美容院或健身房的推销员，过分热情、令人招架不住的陌生人。

我说:"人生在世,难免会被陌生人问个路。"

我和他们道晚安。"啪!"她打开啤酒,递给他,接着开了一罐给自己,喝掉泡沫,撕开薯片袋。挤在地板上,为每一个进球碰杯,电视直播的人群叫喊声混着裁判口哨。"好球!"柏言忍不住击掌。"喂,"念西拉拉他的胳膊,压低声音,"嘘,如卿姐睡了。""好啦……"他探身从她的薯片袋拿了一片,侧头看她,五官在落地灯光里衬得分外柔和,双眸明亮,他想到森林里灵动的獐子。"你刚才想说什么?"句子卡在半空,沈柏言赶紧回头盯着球赛,"我忘了。"薯片塞进嘴里,咔嚓、咔嚓,没有回答。

下半场比赛,柏言心不在焉。他们支持的球队赢了,两人收拾茶几,转身回到自己的卧室。十分钟后,念西接到沈柏言的电话:"有事吗?"

"你刚才不是问我想说什么吗?我想起来了。"深呼一口气,沈柏言的声音穿过两扇房门,传进她的耳朵,"我喜欢你。程念西,我喜欢你。"

入库单

物品编号：10

隐秘的故事

备　　注　　每当与陌生人接触，我首先注意的部位总是牙齿。

寄存年限　　永久寄存

甜白为常

"每件物品都有故事吗？我还以为是随便什么二手商店，看你们这儿冷冷清清的，也没什么人。"一看，他就是出差来了，推着行李箱，西装革履。他个子高，身材挺拔，可再一看，沈先生对衣着不太讲究，衬衫衣领过窄了，与西装翻领还差着半寸距离，那条领带也花哨了些。如果他并非单身，恐怕就是有一位粗心的太太。沈先生讲话声音低低的，不会让人觉得有攻击性，就像在大热天开了一台不怎么好使的空调，听见那种连续的低频噪声，下意识觉得可靠，实际却效果欠佳。他说："倒蛮有意思的。"

"坐这里可以吗？"转过两圈，他挑中一套瓷茶具，说是买给妻子的礼物，妻子喜欢这些精致的小玩意儿。仿永乐时期的甜白釉，不是寄存物，我旅行时看着喜欢，随手将它们买了下来，放在架子上，没怎么使用过。沈先生来来回回，没有立即离开的意思。他坐进沙发，欲言又止："坦白讲，我对别人的事不感兴趣。既然您说您收集旧物和故事，我买了这套茶具，有件事，我憋在心里挺久了，您可否愿意匀出些时间？"

"您请说吧。"他再三确认不会因此打扰我，我说不会，毕竟这是怀旧商店的业务之一。

"前段时日，我休了年假，和太太出门旅游。我们无意间走进一个教堂，教堂很宽阔，中央穹顶是一幅巨型宗教壁画，没什么人。那时大概是傍晚五六点，黄昏光线穿透彩绘玻璃，照亮了长椅的椅背。我看见一对青年男女低头祷告，立马想起她，苏立清。苏立清是我的大学同学，我们是在社团认识的，关系不错。有一年跨年，我和她从外滩走回南京西路，地铁停运了，我们最后准备在麦当劳消磨夜晚。我记得我们趴在桌上睡着了，被准备打烊的店员喊醒,清晨五六点,从一条街步行至另一条街,总算见到一处教堂敞开着门。基督教徒?不不,我们不信教,只不过实在没有别的地方可去,混入虔诚的人群,背靠长椅,低头闭着眼睛,不是祷告,是在《哈利路亚》的合唱声中睡着了。醒过来时,光线也那样照在长椅上,我发现自己枕着苏立清的肩。男女关系,通常都是通过肢体距离体现的,我后来才明白。"

柏言装好那套瓷茶具,放入怀旧商店的名片,沏了壶茶,端过来。

"谢谢。"他飞速点点头,看回我,好像柏言不该在这时候打断他,"这么说吧,所有认识的朋友都认定我们俩的关系非比寻常。我也没什么好说的呀,不就是朋友吗?大学时,我们经常一起上自习、看电影或者夜跑。差不多每天互发消息,内容就是日常问候,聊些有的没的,你吃了没、睡了没、起来没。苏立清经常给我发天气预报。我不清楚,可能是习惯吧?提醒我降温添衣、出门带伞,我平时不注意这些。朋友之间不就是这样?

"我没有考虑过'她会不会喜欢我'这类问题,男生比较迟钝。如今想一想,苏立清可能确实在一些细节上给别人造成了错觉。例如她有次来看我打篮球赛。苏立清,她一个比赛规则都弄不明白的人,最不喜欢体育活动,还是在看台坐了整个下午。矿泉水拿在手上,自己不知不觉先喝掉大半瓶,等我下场,苏立清顺手把喝过的那瓶水递给我了。我不确定,她没注意还是根本不讲究,反正拿过来照常喝了。我有什么好介意的,对吧?没有那么矫情。我之所以对这件事记得那么清楚,还有别的原因。打完球赛,我换好衣服和球鞋就和室友聚餐去了,直到晚饭结束,才想起脏衣服、臭球鞋还让苏立清帮我拿着。过了好多天,她才把衣服和鞋子还给我,竟然全洗干净了。

"我没有想太多。她的态度非常坦荡……碰到朋友们调侃,太暧昧了,你们为什么不直接恋爱?苏立清就反问,我们为什么要恋爱?她的语气,您明白吗?好像觉得这个说法蛮不可思议的,以至于让人困惑。她和其他人强调,我们是朋友。我当然就是耸耸肩啊,不然能说什么?没有解释的必要。况且我在那时十分确信,我们之间所有的行动都出自真挚的友谊,毫无半分暧昧暗示。"沈先生坦然接受了对方送上的"友谊",好吧,他说没有暧昧,就没有暧昧吧。

"一旦联想到男女关系,我就想到元旦的事。因为就是那件事之后,她对我的态度才发生了明显的转变。每次假期,大多数同学不是回家,就是外出旅游了,那年元旦也是如此。社团只有几个人留在学校,我和苏立清是其中之一,忘记谁提议的去外滩看烟花、倒数跨年。反正刚出站,我们就懊悔了。完全看不见路,低头是各种各样的鞋,胳膊紧贴胳膊,抬头只有后脑勺和后脑勺的移动,挤得人透不过气。几个同学立刻被撞散了。我还记得苏立清那条墨绿色围巾,遮着她的半张脸,露出一个通红的鼻子。要不是这条围巾,我可能没办法在人海中辨别出她。苏立清与我相隔不远,当时不知道哪个人爬台阶时踩空,身体往前扑,连续撞翻好些人。推搡拉踩,我情急中扯过苏立清,拦腰把她扛上一个石墩。您看,就是这样的情况,没有意识到的第一次亲密触碰。我们被迫熬过那个夜晚,在麦当劳,在一条街和另一条街,在一个清晨开门的教堂。后来,不少人听说了那晚的踩踏事故。

"苏立清对我的好,极有可能是对那次意外的感激,我是这样认为的。当我回首往事,对过去有了一个更客观的认知。比如说我和苏立清,向来是由她主动靠近的。说到这里,我想起一件别的事。"他的手掌拍向沙发,情绪有点激动。

"我们一直以好朋友的身份相处着。临毕业时,我的房子还未装修完毕,自己在外头租房。夏季刮台风,我出门忘记关窗,下班回家,发现阳台上的衣物被吹得七零八落。最不巧的是,水管爆裂淹了屋子,泡过水的木地板全翘起来了,满目狼藉。我收拾屋子时打滑,摔了一跤,不算什么大事,右腿骨折。苏立清替我挂号、取药、打车送我回家,洗手间还是她陪我去的,当然只等在门口。她真是仗义的朋友。

"她当时坐在床边削苹果,我们很少有这样面对面观察对方的时刻。她的发质不太好,发梢枯黄,还带点天然卷。细看的话,苏立清有张古典的脸,单眼皮、小嘴、瘦下巴,凑在脸上是百分百协调的,但算不上好看。尤其她不擅打扮,比起其他女同学,这份古典好比珍珠蒙尘,多少有些粗糙。

"我嫌麻烦,向来是连苹果带皮一起啃的,她既然削了,也就没有阻拦。享受吗?不是,我觉得阻止别人的好意不太礼貌。苹果皮一圈又一圈,绕过苏立清的手指,垂下来,我心里想着,它什么时候会断?我歪着头注视她:'你可别对我太好,以后找不到对象得赖我。'苏立清把两粒药放进我的掌心,递来热水,回答:'这么关心我的终身大事,不如咱俩凑合过算了?'我啃了一口苹果,没有说话。"

沉默在那个当口儿意味着退却,我想苏小姐明白,我继续听他说。

"她没有再说什么。我当时就是说着玩，怕苏立清认真了。这时，我隐约和她的感情打了照面，以前未细究的忸怩，琢磨起来，确实耐人寻味。我才有点明白了……"若说迟钝，也不见得是真的迟钝。

"苏立清从未正面挑明自己的意图。要说矜持是一方面原因，另一方面，可能是不自信。坦白讲，某个瞬间，我考虑过与她恋爱的可能。我们还算合得来，又都单身，想想也无可厚非吧？"他脱了西装外套，搭在沙发扶手上，喝了口茶。

"立清是从县城高中考上来的，父母是农民，她没有念过幼儿园，家里还有一个哥哥。她挺不容易的，考入重点大学，年年拿奖学金，平时也很节俭。我没有别的意思，毕竟我的条件还算不错，刚上大学，父母就为我买好房和车，他们都是职工，受过教育，有退休工资。我没有后顾之忧，就更不看重家境了。您一定能理解，我担心的是，原生家庭关联某个人的深层性格和处事原则，世界观、消费观或家庭教育，等等，两个家庭的差距会导致未来龃龉不断。家里长辈一贯秉持门当户对观念，不会接纳她，您明白我的意思吗？"

"考虑这些，会不会太早了？"我问他，"你们是朋友，难道不清楚对方的为人和处事态度吗？"

"怎么会嫌早？虽然这样审慎的分析态度让我显得过分瞻前顾后，但我始终认为此种程度的考量是必要的，关系的确立必须慎之又慎，婚姻是爱情的前提，又不是耍流氓，怎么能抱着试一试的心态？我何苦为了一段注定失败的恋爱，失去一个重要朋友？

出于责任心,我迟迟没有更进一步,和她的关系并未发生任何实质改变。苏立清待我依旧,我仍然是苏立清的好朋友。朋友和爱人是不一样的。

"哦,倒是毕业前发生了一桩意外。社团几个朋友聚会,我喝了不少酒。苏立清扶着胳膊送我回住处。她的脸一半映在路灯下,另一半躲进我的阴影,我低头吻了她。我记得立清轻轻推开我,我几乎同时转身对着下水道呕吐起来。老板娘,我承认,确实是我的失误。我喝得酩酊大醉。我最终记起一切并再次回想时,始终认为,就是情绪到那儿了。您理解我的意思吗?"

我没有回答,我想沈先生并不期望我的回答。

"苏立清回了家乡,对我不再像以前那么热络,我留在上海,在家人的敦促下积极相亲。我和我的太太就是相亲认识的。认识的时间仿佛迟了些,我二十八岁,她比我还大两岁。纵然如此,我们此前都未曾与他人相爱过、受过伤,当即确认对方就是等的那个人,没过多久,结了婚。

"洁茹的相貌不突出。我该怎么形容?她的脸像揉开的面团,五官均匀堆在上头,略扁了些,好在凭借化妆可以稍稍弥补。她的身材丰腴,腿粗了些。但是有一点,章洁茹的牙齿整齐,胜过大多数人。每当与陌生人接触,我首先注意的部位总是牙齿。我们的话题是从牙医开始的。洁茹小时候矫正过牙齿,家里对她的培养极其看重,包括外在形象。她还说起母亲强迫她学二胡的事。拉二胡不大优雅,洁茹每次提起,别人率先想到瞎子阿炳。所以她擅自改学了小提琴,长大以后,领略民族乐器的婉转悲戚才生出一丝丝遗憾。我对她的艺术修养也抱有好感。洁茹见识过形形色色的相亲对象，身家条件即公开的价目表，屁股没坐热，先急着弄清楚对方的底本，问学历、职业、存款倒还算坦荡，更有甚者拐弯抹角打探小区车位价格和物业费，以为别人看不出来呢？

"她和苏立清截然不同。立清刻苦，心态始终不积极，或许和她的家境不无关系，事事习惯自我否定。作为朋友，我时常鼓励她。洁茹学历不高，个性疏懒，考了个三流大学。她单纯积极，不介意我偶然流露的智识上的差距，还称赞我拥有绝佳的基因条件。我与洁茹很快商定结婚，一旦认定对方是对的人，就没什么值得犹豫了。目标一致，办事效率会快很多，我这样讲，意思不是指我和她的婚姻轻率，我们在合适的时间碰上合适的彼此，其间略过无谓试探、头脑发热时的争执、一时冲动，不可谓不值得高兴。

"苏立清交了男朋友，消息是别人告诉我的，还说对方准备求婚。太突然了！他们说的这个人，我也认识，是大学里追过她的一个学弟。因为立清没有主动告诉我这件事，我略微不满，她简直不把我当朋友。我当即发信息问苏立清。我问她，你真的有考虑清楚吗？我劝立清，如果你不是真心的，就不该和他在一起，否则耽误自己又耽误别人。难道是我的措辞过分激烈？立清回复，你是我的什么人？凭什么对我说这些话？

"老板娘，您也许疑心我的态度，但我清楚，我对朋友并无半分私情。那个男生追求苏立清很久了，假若真的喜欢，不早该在一起了？何必等到现在？她太冲动了。事关立清的终身幸福，我希望她慎重，不是随便选择某个人潦草地开始一段关系，这也是对那个人的尊重。我们是朋友，我是为她好，为她的幸福着想。"

"她是怎么回答的？"

"我把这些话告诉苏立清时，她回答，好，谢谢你，现在开始我们不再是朋友了。您说，"他做了个请我发表意见的手势，又收回手掌，并不等我说话，"我们一贯支持彼此，怎么毕业以后反倒连朋友都做不成了？现在提起来我依旧生气。她发消息给我，问我，你不也在相亲吗？您想，这怎么能一样？我和我爱人虽说是在相亲大会认识的，但是我们彼此深入了解、双方家庭经过充分沟通才决定正式步入婚姻。我向来清楚自己想找一个什么样的伴侣，不像她那样盲目。"

在沈先生看来，婚姻是恋爱的目的，而不是结果。婚姻困难重重，因为女生在意的东西，男生同样看重，外表、经济能力、家庭情况、学历，等等，筛选条件，再讨论爱的直觉；但这件事无论如何比恋爱容易多了，条件符合，其他甘居次要。如果抱着目的寻求一段关系，我在想，对方或许也是一样。

"作为好友，我关心、支持、勉励她，不愿看她做冲动决定，以致日后后悔。您指的是什么？哦，对于她的感情，我真的不知道。虽然我说过，曾有过那样的瞬间，我将她当作适龄对象考虑过。病榻前，她不分昼夜照顾我时，我稍稍想过'她会不会喜欢我，和她恋爱怎么样'诸如此类的问题。我当时就得出结论：我和苏立清不合适。即使如此，我不能由她随便找个人嫁了吧？"他把腿架在另一条腿上，双手搭在身体两侧，慢慢后仰，"人生要从后往前看，我才能笃信苏立清那时待我不同。您知道，她从未透露分毫，我也始终恪守友谊界限。如果她喜欢我是我的错，就当作我的错吧。"那种语气夹杂歉意、遗憾和微微痛苦的复杂情绪，貌似真诚，以表明对他人感情的无能为力。

"那你们……"

我还没说完，他双手做了个向下压的手势："您先听我说。我结了婚，太太对婚姻生活满意。我们定期旅游，拥有一条漂亮的拉布拉多犬。我爱她、尊重她，我的手机里有个备忘录，专门记录关于我太太的细节，鞋码、生理期、衣物尺寸，我清楚她的饮食偏好和生活习惯，但凡节日，我都会精心挑选礼物或亲自下厨。我从不避讳在社交网络提及爱人，倒不是我乐意这么做，只是这能极大满足她的虚荣心，她需要我在她的朋友、家人面前表现对她的爱。我会屏蔽部分好友，但也仅仅出于保护隐私的目的。有赖于她的赞美、夸大其词，我成为大家眼中的模范丈夫。

"我任职于一家知名会计师事务所，刚才没有说吗？收入是我太太的数倍，缺点就是太忙、时常需要出差，前两年准备注册会计师考试，更加抽不开身。洁茹的话，在某个公司做财务，挣得不多，还是托了岳父的关系。她喜欢下厨、摆弄花草，不爱做家务。我体贴她从小娇生惯养，累了一整天，回到家，还要替她拖地板、洗晾衣服，等等。

"洁茹虽大我两岁，有时却不太懂事，缺乏身为妻子的意识。结婚半年，有次她与同事晚上聚餐，让我自行解决晚饭。本来也没什么。夜里十点多，我吃过饭、遛了狗，打开电视机准备看会儿篮球赛，洁茹打电话来，让我去接她。她平时都是开车上下班，那日恰好没有,她的朋友原本计划送她回家，不幸车子半路抛锚了。洁茹的那位朋友，我不太满意。没有歧视的意思，但是，我个人实在没办法接受一个女孩子,把头发剪成寸头,您想想,太张扬了。再说回来,聚会地点离家几十公里,与其等我来回还不如直接打车。我第二天还要上班。何况我平日也没少接送她!不过之后洁茹再也没有这么晚回过家,她的朋友经常来家里拜访。这我没什么意见。

"我们开始备孕,洁茹就顺势提出辞职。她对工作的热情不高,一门心思想做家庭主妇。要我说,这些年来,西方女权主义拼命争取妇女权益,女性得以步入社会。她受过教育,如今这平等宽松的环境,她不想着创造社会价值,争取更多资源,只想待在家里享清福,我实在不认可她的态度。家里人都支持她,我也只好尊重她的选择。

"婚姻生活总归不是无可挑剔的,我明白。生完孩子,洁茹将大部分精力投注在儿子身上,不修边幅、身材走样,毫不理会我的感受。您能想象吧?妻子顺利转变为'母亲',她比我提前适应新身份,对那方面的事也不再感兴趣。洁茹不容易,生小孩造成她的膀胱脱垂,我该多多体谅她。然而有时候,我宁可待在单位加班,也不是加班,我只想赖在单位玩几局游戏。事情的发生是茫然的,您能理解吗?洁茹、孩子、丈母娘、洁茹的朋友,面对那座吵闹喧腾的房子,我恐惧了。我太太有时候给我打电话,我禁不住埋怨,这个家,总要有人赚钱吧?虽然她名下有三套房,每月收的租金比我的实际收入还高些,我却不能不多考虑些,奶粉、尿布、月嫂,孩子以后念幼儿园、兴趣班、考大学,哪样不要花钱?

"我太太想要孩子,加上双方父母催促,我只能接受。我变成一名父亲,叫人难以置信。孩子不可爱,又黑又丑,我起初对那团肉毫无感情。出于责任感,我决定早些回家,烦闷的话,大不了下楼遛狗,我有时也会躲进厕所玩游戏。您听过太多这样的事吧?请多多包涵。

"一回到家,孩子哭闹不止。我想夺门而出,就当不曾回来过。洁茹让我拿尿布、冲奶粉、洗碗、拖地板,她又说,哦对,你可不可以把衣服丢进洗衣机?一连串指令迅速下达,我思索着,究竟应该先冲奶粉还是先把脏衣服丢进洗衣机?洁茹再次看向我,沈烧,你听不懂我的话吗?她又说,除了站那儿,你还能干点别的吗?奴役,我想到两个字,那种感觉好像……就好像脑袋被套进塑料袋,系紧打结,越焦灼越呼吸不畅。当时我的脸色一定紧绷着,难看极了,因为妻子的态度立即软下来,说好了好了,你先去洗衣服。她的脾气大不如从前,我的耐心不知将在何时消耗殆尽,一件一件完成她的吩咐。和我想象中的婚姻完全不同。狗躺在沙发边,见到我,起身围着我打转,还不知道会发生什么事。家里有小孩,丈母娘坚决要求将狗送走。我为它套上狗链,真可怜,我和它没有不同。

"那日还发生了一件意外。我在宠物医院见到一个人,三个字在我心里回环曲折,从未念出声,我在脑海中默然喊出她的名字,噢,朱绯樱。我之前没有提过她是吗?是啊,我极少向人提及她。

"她的名字,对我来说,就像一个肥皂泡似的,不敢念得太大声,生怕不小心碰碎了。

"我竟这样和她碰面。朱绯樱穿运动服、球鞋,长发束成马尾,我回想起校服松松垮垮套住她身体的模样。那时候年纪太小,好感是肤浅的,讲不出什么具体原因。对,我记得有一次,朱绯樱在文艺会演时表演小提琴,聚光灯笼罩,一袭红色连衣裙蛮横地占据我全部视野,灿烂庄严,像我心里的国旗。朱绯樱,她的名字总是出现在红色布告栏的前几名,真好听。我每次都在心里这样想着。那时候,我趁着去卫生间绕路从他们班经过,偷偷往里瞥两眼。不是每次都能看到她。运气好的话,我们会在食堂碰见。好几次,朱绯樱恰好排在我的前面。当然,我正是见她在队伍里,因此跟过去。她多半在和别人讨论吃什么,我往往按照她的食物原样再点一份,她最喜欢土豆炖牛肉。中学时大型考试,全年级各班的座位都会被打乱分配,有一年期末考,我的考位被分到朱绯樱的位置。我当然知道了。我每天经过他们班的教室,她的校园卡还在抽屉,上面印着她的名字、学号和照片,所以我偷偷拿走了朱绯樱的校园卡。您别误会,当天考试结束,我就去找她了。那是我第一次和她说话。我说,你好,我捡到了你的校园卡。我还记得我的手指从她的手指间轻轻划过去,东西回到她手里,朱绯樱说'谢谢你'。没等她说别的,我就转身走开了。那是我们唯一的交流。我至今仍能清楚记起那个十七岁男孩的稚拙,面对心仪女孩不由自主地羞怯忐忑。

"她没有认出我,她根本不认识我。因为狗的关系,我加了她的联系方式。您看,这是照片。她考进不错的大学,找到不错的工作,嫁了不错的丈夫。她过得很不错,以后还会成为不错的母亲。"

他拿出手机给我看照片,手指在屏幕一张张滑过去,脸上焕发一股青春光彩,那是沈先生提起另外两位女士时不曾出现过的表情。他收起手机,话题立即切回家庭生活。

"晚上回家，孩子终于睡着。我从冰箱拿出两罐啤酒，洁茹对着镜子，准备给唇上的绒毛褪色，褪成浅色，就看不出胡子了，我心想，她竟然有'胡子'。洁茹坐在地板上，支起一条腿，露出T恤底下的皮肤，两圈赘肉叠在那里。下半身只穿着内裤，款式最鲜艳幼稚的那种，让人毫无欲望。我忍着厌倦对妻子调情，凑上前吻她，打了个嗝，被洁茹推开。她嫌弃说，身上都是酒味，赶紧去洗洗吧。她这一推，顷刻间让我想起苏立清，那个吻的记忆卷土重来，一刹那，我愣在原地，我看见妻子嘴唇上方涂着的厚厚一层药膏，顿感烦躁。卸完妆，脸部的缺陷暴露无遗，她的大腿比我的还粗。我默默拿了衣服去洗澡。

"结婚太早了，我当时想。潜意识渴望生活的刺激。我一会儿想起朱绯樱，一会儿想起立清，最后竟分不清想起谁的次数更多。

"那阵子心思不定，恰好单位派遣我出差，需要审计的公司在苏立清的家乡。纯粹是巧合。工作结束，我犹豫着给苏立清发信息。我问她，最近总想起你，过得好吗？立清的回复很迅速，你是无聊吗？我答她，不是啊，我就是怀念从前。

"我约了立清见面。毕业好几年，如今，珍珠的尘埃被拭去，肌理莹然。我说我一如既往，终于成为芸芸众生中最平淡无奇的一个，问她过得怎么样。立清告诉我，她分手了。她说这话时望向我，目光温存。"

我可以想象，指尖滑过杯子外层水雾，划出一道显著的口子，骚动泼进他和她之间的缝隙，他再次埋首于酒精，我听他说："这感觉晃晃悠悠像晕车，起伏不定。为什么分手？她说，各种各样的原因吧。我意识到她从未真正将我忘却。我们何以错过了？

"立清送我回酒店，酒店楼下，在她新买的二手车里。情不自禁，我想要安慰她。她穿着短袖，领子很宽大，渐渐往肩膀两边滑落，露出内衣的透明肩带，我替她将衣领往上提。手放下来，落在她的大腿上，她没有闪躲。我有种感觉，这辈子再也不会有比苏立清更爱我的人了。不得不说，我再次喝多了，长岛冰茶、威士忌，还有别的什么酒。她的唇像一道闸，洪水涌过来。一个结果，算不上临时起意，它早就潜伏在多年前的危情了。"那次紧急触碰，深埋起来的喘息与身体的温热，不，滚烫，远隔长久的憧憬不由分说奔来，注定会来。灯烛辉煌，他说他对生活的热忱，伴随这个吻回来了。

"立清翻身从后背搂我的腰，一个女人的重量从肩头沿着脊柱遍布全身。我骇然，我绝不可能和我的妻子离婚！洁茹没有做错事，孩子这么丁点儿大，他又做错什么？前段时间单位流传一段八卦，中层领导与女职员不轨，他的太太费心收集了各种证据群发给所有同事，那个男领导最后净身出户，沦为笑柄。像我们这种单位，工作内容枯燥，越低俗的新闻越能引起兴趣。我不敢想下去了。她解我的皮带，皮夹从口袋里翻落，一家三口的相片毫无防备摊在眼前。是的，我有随身携带家人照片的习惯。婚戒吗？太贵重了，平时一直放家里，洁茹也从不戴婚戒。苏立清看到照片，问我，你结婚了？这个问题真好笑。我结婚了，她会不知道吗？她怎么可能不知道？就算几年不联络，熟人朋友难道不会说起吗？她根本没有问我，我怀疑她的举动掺杂着图谋，先主动提起感情不顺，再挽着胳膊将我搂进后座，说要送我回家。这时候苏立清怎么能装得毫不知情,像要把责任全推到我身上似的?我简直怨恨起她来了。"

我为他倒满茶。

"她没等我穿戴整齐,就把我推下车了。"他是主导谈话的那个人,我根本无须提问。沈先生似乎也不希望被打断,语句顿挫如同阵雨,水泥地溅起一连串水泡,立即瘪下去。"谢谢,我不喝了。您别急着责怪我的不忠,我真的后悔。我爱我的妻子。我只是喝了酒,一时冲动,我敢说大部分男人碰到同样的诱惑都会失控。这是陷阱,她试图破坏我的家庭幸福。

"回到家,洁茹在逗弄孩子,她的那位好友也在。我不在的几天,梁藻一直住在我的家里,我太太照顾孩子辛苦,有朋友陪着挺好。一看见我,洁茹接过公文包,去厨房盛汤。每次出差,她都会确认我归家的航班,煲一锅好汤。她真是善良的女人,全身心奉献家庭,具备理想妻子的全部品质,不该受到任何伤害。我对她的爱又回来了。歉疚令我比从前更尽心待她,我暗暗发誓,这辈子只忠于她一人。孩子会越长越漂亮的,他的眉眼、额头都像我,我在他身上感受到基因的延续,渐渐产生父爱,我每天下班尽早回家,承担起身为丈夫和父亲的责任。对婚姻来说,未尝不是好事。"我不置可否。

"就这样,普普通通结束了。我与洁茹并不热闹。她倒水时,会顺便问我要不要喝一杯;晚上八九点,我盯着电视机睡着了;儿子梦魇,妻子在被窝踹我两脚,眼皮睁不开,还是起身哄抱孩子。妻子从未产生任何怀疑,我偶尔翻一翻朱绯樱的社交动态,旁观她过得如何,从来不跟她搭话。立清?我们没有联络了。休假期间,我和洁茹去青岛旅游。我们走进那个教堂，那个时候，我恍惚想起苏立清。立清也是可怜人，她只不过错误地爱了我，又有什么错呢？一切都是我的错。我给她发过消息，为那天晚上的事道歉，不过她没有回复我。"

他是这样说的，一切说起来都是他的错。沈先生皱紧眉头，倘若忽略言辞的相互抵牾，那种沉痛的神情简直丝毫不能让人怀疑这句话的真诚。他偶尔望向我，似乎在等我的反馈，实际又不希望我发表意见。当他说到"我爱她"又或者"我后悔了""都是我的错"时，脸上有悔意吗？那张脸表露更多的似乎是"自矜"。说话的语气和内容截然不同，他的句子有城府。

"不好意思，老板娘，我接个电话。"他站在门廊打电话，我隐约听见他说回家的具体时间、想吃的菜，他说话习惯先扬一扬下巴，有种莫名的神气，表演欲。我做出总结，婚姻是经济契约，确保不会轻易松动，像充当门面的前排牙齿，拥有坚固的必要性、病变风险及修补的余地。再看那套甜白茶具，包装以漂亮纸张，系上丝缎带。我心想，此后，他还有多少个想起苏小姐的时刻不得而知。黑猫在门口叫唤，我放它进来，往碗里倒猫粮和水。

朱小姐就不同了。她藏于心底最深处，被投注一腔情深，等闲不能拿出来说。但凡有人谈起初恋，他免不了幽幽地长叹口气，仿佛她的名字和模样已全都融进那长吁的哀叹里，什么也不能说，心意绵长厚重，装点男人的感情履历。每当妻子向人提起，他们是彼此初恋，他也从来不反驳。妻子像那点白糖，不起眼，却是必不可少的常规作料。每当朋友聚会，一个电话，他摆摆手带着歉意说得早点回家，饭局吵吵嚷嚷，男性们调侃他"妻管严"，在场女性自是纷纷投以赞许目光,他真是好男人。

"我太太的电话。我马上要离开了,晚上的飞机。"他拿起沙发上的西装外套,提起纸袋,"我会把这份礼物好好送给她,她喜欢这些。老板娘,谢谢。"

"慢走。"沈先生见到孟小姐,按住门,闪身到一侧让她进来,两人微微点头。孟小姐和我打招呼,她提前告诉柏言,并特地给怀旧商店打过电话,说今天会来拜访。

奇怪,柏言没有说话,念西就感觉到是他。身形微微一滞。她想起那天晚上他在电话里的告白:程念西,我喜欢你。上次被告白还是小学时,偏巧她没有听见,这会儿难免不知所措。见她半天没动静,沈柏言问:"喂?你听见了吗?"她只好回答:"我听见了。"他说:"那你睡吧,晚安。"她说:"晚安。"天知道,她怎么睡得着?她该做些什么?念西总算明白郁闷从何而来,然而得知柏言喜欢她,好像更苦恼了。我喜欢他吗?他不是喜欢孟嘉欣吗?他喜欢我什么?手机振动,又是沈柏言。她的第一反应,他该不是后悔了,想收回刚才的话?沈柏言说:"还有件事,孟嘉欣和我只是互相支持的朋友。"

沈柏言的态度没有任何变化,面对她很坦然,更没有主动提起那件事。他仅仅为告诉她,他喜欢她吗?还是柏言后悔了,希望她装作什么事都没有发生?好在其间大部分时间都在学校,回了怀旧商店,两人单独待在一起,她就忐忑不安。她觉得自己是喜欢他的,问题是,谁知道这种感情是不是特定环境下与某个异性长时间相处的一时悸动?她还没毕业,他迟早要回台湾的。

十一月，天气转凉，走到室外，鼻腔闻见一阵干净的秋意。孟嘉欣来访，我们准备晚上打火锅。他问："需要我帮忙吗？""不用不用，我没问题。"她没有转身，听见冰箱门打开、关上。"你的围裙散了。""啊？"她感觉到他朝她走过来，一紧张，念西一只手在围裙上抹了抹，另一手将围裙掀过头顶，从胳膊处拽下来，柏言笑着缩回手。孟小姐见到他俩："嘿，笑什么？"

"你来了。"柏言抬头。

"你好。"那种隐约的不舒服感消失了，孟嘉欣实在是讨男男女女喜欢的女性，黑色长直发、皮肤白净、身材有致，一种成熟大方的美丽，难得性格干脆，绝不刻意对异性施展自身魅力。此外，她投身公益不计较回报，体察他人不幸。

"念西你好，"孟嘉欣走到她身边，看着一堆食材，"沈柏言常常夸你的厨艺。"

他邀孟小姐参观怀旧商店，她说这里好不一样，仿佛接纳许多不同的生活。几年不见，偶然得知沈柏言在广州，孟嘉欣联络他，给他寄舞台剧的门票。他们坐在一起，浏览拍摄素材，讨论纪录片事宜。天渐渐暗了，谈话暂停在某个时刻，他让嘉欣先坐。他将电磁炉端到桌上，念西煮了德式热红酒，按照费思烨给的方子，柠檬、苹果、橙子、丁香、肉桂、白糖，倒入红酒，小火慢煮，酒香混着水果香气往四处弥散开了。

那个子文件夹的名称叫作"我别无其他星星"，她是无意中点开的，照片、单独剪辑的视频，毫不意外全都关于同一个人，那个人她见到了。孟嘉欣和我相视笑笑，关掉文件夹。

新鲜食材一一端上桌。"这些都是牛肉吗？"嘉欣问道。"我在别的地方吃火锅,牛肉多半只有肥牛和雪花肉、嫩牛肉的区别。"我笑道。"哎,"柏言拉过念西的手腕,替她卷衣袖,"你小心。"

沈柏言举止大方,并不避讳格外的周到。念西脸上彤云四起,双手拿着汤勺和筷子,手臂稍稍抬高,好一会儿不作声。她打开手机的计时器:"我们潮汕的牛肉火锅就相当讲究了,师傅们把新鲜宰杀的牛拆解成许多部位,你们看,嫩肉、吊龙肉和吊龙伴,烫六到八秒,不同部位,烫的时长不同。这是胸口捞,别看它长得像脂肪,口感很脆。匙仁和匙柄烫八秒就可以啦。"柏言分好碗筷、碟子,我们挨个儿坐下来。

"哎,你怎么能分清楚它们的不同啊?不都是肉吗?"

"每种肉长得都不一样,你多吃几次就知道啦。牛肉是一早和市场老板预订的,丸子是我爸非要我从家里带来的,正宗手打牛筋丸哦。"

"这是沙茶酱?"

"嗯。对了,我还煮了德式热红酒。"

牛骨汤变成白雾,从咕咚咕咚沸腾的热锅中反复升腾,蹿入鼻腔,人和人的边界变得模糊了。面对好食物,人们会变得专注,其他事情不值一提,只有吃是最重要的。孟小姐起初当真计时,不多久,终于光顾着下筷。吃是迫切的。牛筋丸蘸沙茶酱,咬一口,丸子吸收的汤汁"biu——"溅在碟子上,胸口捞果然只是看着肥腴,禁得起咀嚼,脆而不腻,筋络、脂肪、肌肉纤维,不同部位的薄片在齿舌间还原口感本质,筷子叠起一片匙柄,裂开的纹理像鱼鳞一样清晰分布,嘴巴张闭,大家来不及多说两句话。围炉酒暖,其间不知提起哪桩笑话,念西和柏言一齐看向彼此,笑了起来。

孟嘉欣在那一刻确认：他不再是她独一无二的朋友。他喜欢过她，至于她，那时恐怕太年轻，过分利用自己的美貌，舍不得仰慕者和别人的注目，孟嘉欣追逐别人、被别人追逐，贪恋被宠爱的感觉，没什么女性朋友。她试探他，失恋约他吃刨冰、逛夜市、打电动、对舞台剧台词。恰恰因为他是他，不敢拥有，舍不得失去，现在想想，到底太过孩子气。关系近了，远了，偶尔问候、说说近况，他们变回普通朋友。沈柏言请她为筹备中的纪录片配音，嘉欣应允下来。

热红酒，红酒，大家有些许醉意了。她看着我傻笑："如卿姐，好喜欢你呀。"

我笑道："嗯，我知道。"

念西转头抓住孟嘉欣的胳膊，靠近脖子："好香。"

"火锅吗？"

念西摇摇头，摸她的脸："你的皮肤好滑，软乎乎的。"

孟小姐想要扶她，被念西一把抓住手背："呀！你的手好冷。"她说完，抓起孟嘉欣的两只手，贴在左右发烫的脸颊，像欲开未开的花骨朵，脸红红的。

"你好可爱哦。"嘉欣看着她。

准备离开了，柏言送她到路口打车。孟嘉欣放缓脚步，对面大厦楼上高悬着一轮明月，人和人的关系就像天上的月亮，皎洁明亮，但是盈亏圆缺、变幻无常。计程车远远驶近，沈柏言嘱咐她到酒店以后发信息。孟嘉欣坐进后座，关车门前，突然拉住他的手腕："'啊！你就这样离我而去，不给我一点满足吗？'"

沈柏言下意识地，以《罗密欧与朱丽叶》的台词作答："'你今夜还要什么满足呢？'"他们曾经将这出戏排演过几十上百遍，说完，他察觉到她的目的。

果然，孟嘉欣抬头："'你还没有把你的爱情的忠实的盟誓跟我交换。'"

他一只手搭在车门上，俯身用另一只手拍了拍她的脑袋，笑道："太早或者太迟，结局都不会美满。"沈柏言关上车门，向她摆摆手。

入库单

物品编号：11

塔罗牌

备　注　穿高跟鞋不宜挤公交，香水必得华服来配，有了华服，自然必须要有精心的妆容。

寄存年限　　永久寄存

今夜有霜雪

大片火烧云在西边天际相互撕扯，他们脸上映着红光。离菜市还有几十米远，前边一个年轻女性突然栽倒，大喘气呼吸。程念西上前拍了拍女人的双肩，见她失去意识，喊柏言打急救电话，赶紧跪在一侧做心肺复苏。高中毕业的暑假，老程特地要求她考急救证，没想到派上了用场。女人的钱包和手机掉在旁边，身份证显示名字"何汶娜"，柏言给通话记录最多的那个号码拨电话。好在救护车赶到时，她已经恢复自主呼吸了。念西一把搂住柏言的脖子，几乎不能言语。他轻轻拍她的背。

　　手心明明都是汗，却是冰凉的。程念西跑进便利店买了两瓶矿泉水，一瓶递给沈柏言。她拧盖子，拧不开，他正要将手中打开的瓶子回递给她，只见她把手缩进衣袖，覆盖瓶盖，用力一拧，咕咚咕咚大口喝水。柏言笑了笑。那个时候，她明白了一个道理：朝夕何其短暂，何必拖拖拉拉、瞻前顾后，喜欢一个人又不会死。

　　回头和我说起这事，她的表情轻快，语调微微抬高。那位女士走进怀旧商店时，柏言拿冰袋，拉过念西坐下，我注意到她的手背、大拇指下方的部位有些红肿，大概按压太用力了。念西目不转睛地望着他："喂，沈柏言。"

　　"怎么了？有这么好看吗？"

　　她说："谢啦。"

　　我拍了拍他俩的胳膊。

　　梁小姐停在一个镶着金属边的三角形玻璃匣子前，寄存品编号2014090308，匣子里一张倒置塔罗牌。牌面上，骷髅骑士骑着白马，手中高举黑色旗帜，四周满目疮痍，只有铁蹄下的孩童与教皇透着生机。她问怀旧商店是否只出售二手物品。我说是的。寄存物品需要预约，购买的话，将额外获赠这件旧物的故事。

头发剪到耳鬓，刘海拂到一边，脸形看得见轮廓，好在不是过分方正，本该属于年轻男孩的短发造型，在她身上流露出意想不到的英气。梁小姐身材瘦削，西装领衬衣塞进灯笼裤，腰部系一条深咖色皮带。她永远昂首挺胸，衣服穿在身上，时刻像刚熨过似的，连人带衣贴合成规整的形状，挺括、利落，想来是终日待写字楼的时代女性，挟厚厚文件按电梯高层键，从容优雅、杀伐决断。她说话不擅运用表情，仿佛笑笑会破坏妆容的精确性，倒是那对玲珑的珍珠耳坠，晃晃荡荡，填补了周身冷冽，使整个人纤柔不少。

"所有寄存品都会被售卖吗？"

"不，只有永久寄存品。"每件旧物都有自己的类目，寄存者姓名、寄存年限、物品编号。旧物品被涂上一层质地轻薄的光，闪耀柔和色泽。

她盯着这张塔罗牌的介绍标签，寄存人姓费，寄存年限"永久"。我沿着她的目光望去，牌面有一个小小的、脏污的白色圆点，走近细瞧，原来是阳光反射的光斑。

那个圆点在不锈钢扶手表面一闪，跳出去了，光线明灭变幻，刺……砰！费思烨在地铁门的开闭中失神。柏林地铁信号不佳，上了车，手机基本无服务，她特地买不能往国内通话的手机卡，隔着时差,偶尔给家里发发消息、报平安。她在站台播报音中起身,连连用德文说抱歉,随人流鱼贯而出。高峰期,地铁站挥手如荫,费思烨在格森布鲁能站换乘,身后猛撞过来一个高大男人,她踉跄几步。男人斜她一眼,用英文埋怨道:"噢!我的女士!"一脸嫌恶,他提着公文包,从她身边匆匆挤过去。嫌她挡路,不会绕过去吗?脚长在身上可不就是为了走路吗?这么着急,为什么不肯早点出门搭地铁?

换乘,步行十五分钟到疗养院,她想着这件事,渐渐沮丧。上回,房东夏内特的男朋友乔纳斯来家里,见面的首个问句就是"我没有冒犯的意思,你们中国人真的吃狗肉吗",他没等思烨组织完语言,就摆摆手走开,如同没拍到脸上的巴掌,掌风刮过脸颊仍一阵凉飕飕的。问句才是目的,回答毫无意义,她窘迫的样子让他觉得有趣。她不喜欢乔纳斯,正如她不喜欢西摩,不喜欢这座生疏的城市和无趣繁杂的工作。这时同事西摩迎上来,左手食指的指甲尖敲敲表盘:"早上好思烨,你又迟到五分钟!"费思烨在心里回个"哦"字,换上虚伪的笑容:"抱歉,早。"

思烨做志愿者的机构在柏林,一个疗养院,里面住着年纪不一、有着各种精神或智力障碍的残疾人士。她脱了外套,脱下鞋,走进屋内,托林冲过来抱住她的大腿,口齿含混地喊她的中文名,思烨、思烨、思烨,对着她嘿嘿傻笑,鼻涕快挂到嘴巴。她垂下头,拿过纸巾替他擦擦鼻子,跟他道早安。托林七岁,干燥的脸颊上两坨红印,眼睛的间距过分宽,高额头,一看就不是那种聪明漂亮的健康孩子。托林患有唐氏综合征,他的父亲成天开着一辆明黄色的甲壳虫,车身贴满托林的照片和有关唐氏综合征的海报,四处奔走向公众介绍这种不幸的病症。仅一秒，他就激起她的同情心。她还有健康，她起码有健康。他欢快地跑叫，天真，懵懂，活得与世事无关。托林反复奔过来抱住她，虽然他有时候会莫名冲她尖叫，愤怒，目不转睛死盯着她，模仿犬类动物发起攻击前的低沉嗷鸣，或者直接冲上来猛推思烨一把。她还是同情他。

她准备早餐，将苹果切成片状放进碟子，托林偷偷从桌子底下伸过手来拿走两片。她再看看周围的人，自闭症男孩，智力停留在孩童的金发少女，无法自理的脑瘫男人，费思烨不禁想，他们这样活着快乐吗？如果换作她，愿意这样没有尊严地活着吗？究竟他们的尊严或自由重不重要，他们又是否有不被理解的孤寂时刻？

她胡思乱想，托林坐到身边，刀背映出自己的脸，仿佛瘦了些。她真该将同情心放在自己身上，难道她就活得有尊严了？大学时，学校提供奖学金和贫困助学金，凭她平平无奇的资质自然是轮不到奖学金的，家人听闻，极力撺掇她申请助学金。母亲打了几通电话："你怎么不去申请？"思烨回答她："贫困生有贫困生的标准，家庭人均收入几百块，咱们家不是。""我听人说了，你到居委会开个收入证明就行，又不会查的。"费思烨不得不觍着脸到班委那儿拿申请表，表格抬头乌黑端正的汉字仿佛一个个甲虫，从纸上爬出来，沿着手指爬到胳膊又爬上她的脸，轻轻啮咬着，连腮带耳红了大片。她将它丢在抽屉深处，最终还是没脸皮填。

疗养院的工作烦琐芜杂，思烨收拾桌子，摆放餐具，打扫，准备午餐，铺床，打扫，帮残疾的女人和小孩洗澡。在疗养院生活的人们，生命的底座缺失一角，他们的自我是不完整的或者说他们的自我存在于另外的世界，得有人协助才能穿好衣裤，得有人帮忙才能洗澡，得有人帮他们接触这个世界的部分。

她同样像被语言隔绝在生疏的人世间，异国他乡令孤单更深刻。在地球另一端，与从前的朋友隔着时差，身边连个说中文的人都没有。时间一长，她走在路上开始用中文自言自语：费思烨，你今天高兴吗？真的好累，明天会不会好点呢？她对母语产生了一种从未有过的依恋。下班早的话，她会在回家前独自逛逛超市，查看冰箱里的食物标签，一个个叫它们的中文名字，das Rinderfleisch，牛肉，die Milch，牛奶，der Käse，奶酪，德国人怎么能做出这么多不同种类的奶酪？die Kartoffeln，土豆，架子上的土豆连个头都一模一样，der Chinakohl，中国白菜，哦，就是包菜。怪不得电视剧里男男女女的分手总以出国告终，因为确实不具备触景生情的条件，忙着学语言、忙着适应、忙着工作，难得想起前个阶段的事，简直像在上辈子。

费思烨清洁洗手间，拆开卷纸的包装，一个个将它们整齐地摆列到旁边的木架上。西摩过来敲门："你现在必须去院子照看托林。"思烨答"好"，他惯常对她颐指气使。说得刻薄一点，费思烨偏有这种本事，令其他人对她呼来唤去却不因此感到难为情。还在上一家公司时，经常是这个同事请她帮忙取快递、那个同事叫她拿外卖——知道她的性格，不会拒绝。同事聚餐，说好的 AA 制，思烨先垫了钱，总有一两个人不记得把钱给她。领导半夜要求她改方案，周末一接到电话，又得马不停蹄赶回公司加班，理由永远是"公司需要你，私人的事先放一放"，仿佛她真是多了不起的人物，最后，根本不存在"不可以先放一放的事"。

长时间忍耐着，辞职却在瞬间下定决心。那天开完会，领导经过她的工位，拿手指骨节敲了敲她的桌面："费思烨，你怎么每天不化妆就来上班？你这样是不尊重同事。"她不漂亮，不会打扮，性格唯唯诺诺，她就是痛恨自己的唯唯诺诺。

积郁蟠结胸中，急于求变，她突发奇想跑去做占卜，抽到的塔罗牌是——逆位死神。她将牌拿在手里，掂量它的分量，后来一直将这张牌放在包里。得知那个联邦志愿者项目时，她立即决心出国。"辞职出国？"母亲拔高声量，声音从千里之外穿透过来，她信奉打击式教育，"不要异想天开了，你拿什么出国？咱们家可没那么多闲钱供你出国。"这么多年过去，唯父母的冷言冷语最能伤到她，凌厉箭镞铺天盖地齐齐发射，涂着毒液，躲不开、避不掉，她不得不肉身近前血肉淋漓。她说："我讲话的方式就这样，你受得了就受，受不了也得受着，谁让我是你妈。"

此事所费不赀，她当然知道。大学毕业，费思烨不肯回家乡，并非野心勃勃想闯一片天地，出于恐惧，想逃离一种被攻击的生活。过年回家，她还得防着母亲的试探，动不动当着亲戚朋友的面，摆出一脸嘲讽的样子，问她工资发了多少，有多少存款，暗示她拿钱回家。等她来孝顺，不知道要等到何年何月。她以前花父母的钱上补习班，轮到父母要求回报，爱掺着相互剥削与算计。她不像一般的女孩子，不热衷买化妆品、漂亮衣服，不花钱旅游，有些存款，外加志愿者工作有微薄的补贴。匆匆上几百课时的语言课，拿着初级德语证书贸贸然提交材料，等邮件、面试、申请签证、买机票，顶着压力，最后来到柏林。

树叶泛黄，日光洒进浅褐色瞳仁，往事不断迂回，她眨了眨眼。下午四点多，思烨坐在庭院看那群人做康复训练，秋日酽酽，仿佛一只巨大的黄蝴蝶翩跹掠过，颤动双翅，在柏林抖落淡淡的、闪耀的鳞粉。照理今天轮到西摩值晚班，思烨可以早些离开，却没在庭院见到他的踪影，各处找了找，最后听到复健室传来窸窸窣窣的动静。

西摩在吻一个女孩的胸口，粗壮的胳膊从衣服底下伸进去，胸脯柔软得像发酵的面团，智力始终停留在六七岁的少女，身体被成年男子用力箍住，黛比仍笑嘻嘻茫然着，不懂世情，像个没有灵魂的布玩偶。那并不是个常见的吻，带着掠夺和侵犯，他的喉咙发出叫人作呕的吮吸声，隔着门缝，思烨连连吓退几步，逃也似的跑掉。西摩起开时，确定那个背影是思烨·费，那个来自中国的志愿者。

费思烨的大脑遭受一记撞击，发出绵延的嗡嗡余音，恶心，只觉得恶心。她回到庭院，手不住颤抖，不得不捏住长木凳极力按捺怒意。没多久西摩走过来，试探："你在找我吗？我刚才在洗手间。"西摩又说，"对了，你能否帮我值晚班？明天我来替你。"她终于拿正眼瞧西摩，他神色如常，叫她疑心先前是自己的幻觉，可他滚动的喉结切实分明地与刚才那个龌龊不堪的男人对应。恶心！她在心里高声尖叫。费思烨转念又想，会不会是她看错？这和她有什么关系？为什么"不"字就是说不出口？嘴巴总是比脑子动得更快，她习惯性戴上假笑的面具："好的。"

占卜师说，"死神"代表你会结束某个阶段的生活，会在某种情况下被迫和过去告别，困难是短暂的，死亡才会带来新生，这次转变会从真正意义上改变你，生活会带来比它拿走的更美好的东西。以前顺遂时，她从不信什么玄学，人无助起来，巴不得天上的云都是祥瑞之兆，现在她需要那些虚无缥缈的东西。

到家已经七点半，超市即将歇业，天暗了，一幢幢公寓楼亮起灯，经过别人家的门前。她产生错觉，这个星球像裹着一块巨大的海绵，把周遭的声音统统吸收掉只剩自己。费思烨给自己煮面，还是前阵子特地倒两趟地铁到威滕贝格广场那边的亚洲超市买来的，在柏林连吃方便面都成为奢侈。刚开始思烨还会下厨，有次收拾餐桌，夏内特走过来，婉言建议她不要弄出太大动静。公寓没有抽油烟机，没有电饭锅，锅碗瓢盆的咣咣当当很是突兀。夏内特在一家有机食品公司任职高管，高挑匀称，面部线条冷硬，她大多时候态度冷淡，对他人事务毫无兴趣。作为房客，思烨和她维系着不咸不淡的礼貌。她和费思烨是截然不同的女人，她讲求生活精确，行程以有序的方式提前排进日历，包括每天吃什么和两年后的假期。她走路永远挺直腰背，夹紧屁股，像随时准备掀开裙子从大腿内侧摸出一把半自动手枪。费思烨暗暗对她投以欣赏目光，只是有些费解，夏内特怎么会和乔纳斯那样粗鄙的男人在一起？

乔纳斯路过餐桌，他盯着她看了几秒。乔纳斯头发蜷曲，下巴和双鬓的胡子短而浓密，像长着一片苔藓，如同中世纪壁画中的叛变者。他对她吃东西的方式表现出极大的惊奇与不解，首先她使用的是筷子，另外，她呼啦呼啦吸面条发出很大的声音。教养令他伪饰出礼貌，思烨还是感觉到了，两人客气地点头致意。

卫生间的空气湿润温热，水雾附着镜子，面目模糊。她的睡眠很浅，夜里总要醒来两三回，像某部正在下载的电影中途掉线，又反复地被连接上。做梦,梦见裸身站在广场中央,所有人来来回回看她。柏林的规整最是无趣,透过窗户看天上的月亮,明亮得像个铁盆子,中秋刚过不久,她难以从时间顺序中归纳出每天的不同。新鲜感早就过去。她跪在床上,身体蜷曲,像要用脑袋去顶肚子,腹部抽搐。客厅传来争执,夏内特和乔纳斯的声音越来越大。连烧热水的念头也因此不得不放弃,她很想仔细分辨外头在吵什么以便转移注意力。他们语速太快,像战场上四处扫射的流弹,最后"啪"的一声,大门关上,公寓霎时静寂。

她原本思忖着跟夏内特说说西摩的事,此刻的情况根本不容许开口,等到外头不再有动静,思烨揿着腹部走出去。厨房的墙涂成花绿青,左边一个大窗户,晴天时照得屋宇敞亮,上下两排乳白色柜子。柜子里头有个白色陶瓷杯,宜家基本款,她在国内时买过一个,这时在柏林见到同款杯子莫名高兴,打心底感谢全球化。墙壁上挂着夏内特的餐历,她提前半个月规划每日晚餐,极少变动。喝不惯冷水和弱碱气泡水,关键时刻热水依旧是中国人的良药,不过思烨好歹已学会煮咖啡,知道如何打出细腻的奶泡,用冷牛奶泡燕麦片当早餐,她学会垃圾分类,使用洗碗机,将衣服按颜色深浅分开洗涤。思烨背倚洗手台,手机振动,顾惟打电话邀请她参加他的开学派对。温度通过杯壁传到掌心,肚子难受,多说几句话的力气也没有,她稀里糊涂应承下来。

夏内特走过来:"都还好吗?"思烨哼唧两声,指指自己的肚子,生理期。夏内特点点头转身走掉了。她喝几口热水,心想夏内特大概就是随口一问,不过她原本就不贪图什么言语安慰,生病、不舒服、失恋,都是生存常态不值得大惊小怪。思烨撑着回到房间躺下，床很窄，沙发般大小，她侧躺着缩起双腿，右胳膊枕着脑袋。没过多久夏内特敲她的门，给她递来个小瓶子，确认德文说明是止痛药。思烨向她道声谢谢和晚安，两粒药足矣，再多关怀恐怕会让彼此感到负担。她真喜欢夏内特身上那种"适度"的直觉，对人类关系遵循逻辑，进退得宜。

开学派对在周六傍晚，地铁的运行一如既往地精确，旁边的人拿报纸做数独，头发花白的老人推着婴儿车从费思烨面前经过，柯基从婴儿车里探出三角形脑袋，竖起双耳，露出滴溜溜转的眼睛。亚历山大广场的世界时钟立在那里，有轨电车缓慢开过，苍穹像片远海，云变成鳞光闪闪的鱼，云和云是不同的。国内的云总是结成片状，她想起宾馆毫无想象力的白床单，柏林的天空澄湛，像一朵云撕裂成两朵，拉出絮状的丝。

派对地点在一个土耳其餐厅，顾惟在门口等着她。思烨跟在他身后，两人经过前方布满各色食物的长桌，在不太惹眼的后排位置坐下。罗马柱分割成几片区域，大厅中央悬着繁复的水晶吊灯连同左右墙面的两排壁灯，满目金光灿灿，在席间的人脸上映出堂皇明亮的影子，她联想到基督山伯爵备下盛宴的洞窟。老实说，顾惟是她在柏林认识的唯一中国人，他们到底算不算朋友呢？她拿不准，两人是语言班同学，平时没有常常联系，毕竟他有自己的圈子。顾惟依次向她介绍起这桌的同学，他们是来自各个国家的留学生，费思烨在众宾欢乐间局促不安。

他们询问起她在德国的事，思烨只用几个词汇磕绊作答，说着说着脸红起来。她根本不是这个圈子的人，不该来的，这么想后越发觉得方凿圆枘、如坐针毡。在座的人看出思烨的拘谨，交流仿佛为难她似的，渐渐不再同她搭话。他们继而用流利的德语讨论起租房、国际局势等专业话题。疗养院的工作餐时常难以下咽，家里不便下厨，来柏林的这段时日难得好好吃顿饭，她不参与谈话，自斟自饮，沉浸于刀叉与牛肉的作战中感受着食物塞满嘴巴的快乐。内心空虚时尤其容易饿，好像孤独变作了一种强烈的饥饿感。似乎才记起身边的壁花小姐，顾惟用德语问她是否需要添些饮料，她摇头，他又问道："你圣诞假期回国吗？"她咀嚼食物，正做着惯性吞咽，极力反应他的句子："Nein（不回）。"他将语言切换成中文，皱眉道："你应该吃完东西再回答我的问题，这样很不礼貌。"

她僵住，仿佛已经把食物喷在了对方的脸上，又像是对方不小心将唾沫星子喷进她的眼睛。不知作何应对。顾惟大抵也意识到说话过于直白，试图转圜："我这么直接地讲出来，也是为了你好，吃东西吧咂嘴会让人觉得没教养。毕竟这是在德国。"还不如不解释，她招架不住这份好意，脸迅速躥红，目光无措地转回餐桌，一片凌乱。刹那间自尊心和委屈被绞碎裹到一起，叫滚烫的现实煮得浮起来，她不得不品味着独自咽下。顾惟替她往杯中续苹果气泡水，费思烨低声答："抱歉。"

桌上摆着个白色烛台，火焰一晃一晃，思烨盯住看了许久，原来只是烛台形状的摆件。黄色小灯照着火焰形状的白色塑料片，在空气中微微晃动着。费思烨想起少女时期，她发育得早，个子高又有些胖，跑步时胸前的两坨肉就这么一晃一晃，在那群干瘪瘦弱的女同学中显得很不像样。她无知地步入成熟的过程中为身体变化感到羞耻，每次走在路上都低着头，佝偻着背，还以为这样别人就注意不到她的胸。母亲给她买几十块钱的便宜胸罩，没教她怎么正确佩戴，导致她现在的胸形越发外扩。麻木地动着咀嚼肌，想忘掉回忆和此时此刻带来的双重屈辱感，不适从脸上烧进肠胃，腹部翻绞如同扭曲的麻绳，费思烨有些高兴，她强制将注意力放在腹部。

思烨满怀歉意地告诉顾惟需要回家休息。两人多少都觉得有些没意思，他原本要送她去地铁站，她摆摆手说没关系，顾惟没有再坚持。十月初的气温骤降，暖气开了，冬天来得这样快。她有过很多个裹着衣服在大风或急雨里快步回家的傍晚，天边的云朵是紫色的，异国生活像个巨大精美的翻糖蛋糕，切开尝过才明白徒有外表。慢慢踱去坐地铁，天暗下来，她扶住地铁站入口处的铁栏杆，攒眉叹气，突然想，为什么会在这里？为什么要在这里？联排建筑疏密有致，规整错落，找不出半点熟悉感。她有点想家。

她抬头瞥见对面街道，乔纳斯的胳膊钩着一个女人的脖子，肢体亲昵，那个女人显然不是夏内特。思烨立即背过身，她总是看见不该看见的事，不想再置身于尴尬的处境。这时，有人从后背拍她的肩膀："嘿，果然是你。"思烨拨转过身，看见托林的父亲，目光向周围横扫，果然发现他那辆显眼的贴满托林照片和关于唐氏综合征的海报的甲壳虫。她不免又觉得心酸。保罗神采飞扬地拉住她，说今晚德国电视二台会播出对他和托林的采访，请她务必收看节目。思烨说这真的太好了。他的表情急切而高兴，噼里啪啦语速飞快地说话，思烨不住地点头，偶尔回应几个"嗯哼"。十分钟后他忽然停住，她的脸是空洞的，迷惑的，没感受到他湍急的情绪，她竭力抓住几个关键词，还是在他大段大段的陌生从句中失了神。

他的沮丧如此明显，简直叫思烨羞愧，可他人对他人的生活多么无力呀，每个人都在旁观他人的生活。步行加上地铁换乘，共计一小时二十五分钟，腹痛在托林父亲的对白中得到缓解，地铁疾驰于柏林的寂寂夜色中，手机在地铁上没有信号。个中况味扑面而来，孤独、羞耻、苦痛、无奈，她反复被一件又一件细小的事件打中，身体出现皲裂，骨缝中发出轻微的呜咽声，寒意凛凛。这样的譬喻貌似荒唐，似乎费思烨是件精致昂贵的瓷器，她充其量就是个泥坯子，被造物者随手揉捏成粗糙怯弱的形状。良久，她意识到那些轻微的呜咽声来源于自己，肚子又开始剧烈疼痛，她咬牙切齿，紧握拳头，忍得骨节发白。

地铁行驶的第四十五分钟，那个男人死死盯着她看，整节车厢只剩下他们两人。公寓的位置有些偏，这个点，恐怕接连几个站都未必会有人上车。车厢没有监控，叫喊会被地铁运行的噪声盖过，她会被捂住嘴巴，被拖下车，拖进某个空旷无人的站台，也许明天她就会被打上马赛克一举成为国内外各大社会新闻头条。她毛骨悚然，适才的伤心如今只剩恐惧。该给夏内特打个电话吗？顷刻间她想到的人竟是夏内特，还是，要告诉顾惟？她有什么遗言吗？银行卡的密码是手机号后六位，卡上的存款恐怕连办场葬礼都极为勉强，若非要交代后事，她希望开个小型追悼会，不会有太多人，用烟花炸开天堂的大门。可千万不要按照家乡那种俗气的丧事传统来办，那是折腾大活人，累得慌。念及此，思烨不免觉得，折腾有折腾的好处，程序非得够烦琐才能让在世的人来不及难过。在被强暴和杀人分尸的发散联想中,第五十八分钟,男人终于下车。

思烨刚松了口气,伴随长长的绵延的刺声,地铁刹车,它没有停在某个敞亮的站点,而是在隧道停下来,车厢灯霎时全灭。座椅好似装上弹簧,她是被弹起来的,思烨紧握手机,没有尖叫,不想夸张当下的状况,或者她连尖叫都欠缺勇气。心里忐忑,一种被落下的张皇感。她尽力分析局面:并非末班车;它停在两个站点中间,不合理;即便这辆列车临时出现故障或者确定要在此处停运,也该检查车厢是否还有人吧?退几万步讲,在地铁里凑合睡一晚又有什么大不了的?总好过和刚才那个面目凶恶的男人困在一起。她自我安慰,好过用那点蹩脚的德语喊某个陌生人过来进行艰难对话。

好在地铁即刻恢复正常运行。回到家,家里终究是暖的,地板也是。费思烨一屁股坐到玄关的台阶上,鞋带有意为难她似的,怎么也解不开。家里没有开灯,烘干机不停滚动,衣服重复翻转,她在黑暗中扶住暖气片,真想哭啊。掌心开始回温,她缓缓将脑袋靠至手臂,将脸埋进胳膊做深呼吸,身体犹如被风吹得抖动不止的瘦弱树干,簌簌地淋过一场暴雨。她越哭越响亮,几乎盖过烘干机发出的咔哧,失踪的男友、不愉快的公司氛围、母亲无来由的斥责、西摩令人作呕的举止、派对刹那的窘迫、地铁瞬间的漆黑,家里没有开灯,前领导、母亲、乔纳斯、西摩、顾惟、夏内特,她的无比懦弱,这些人和事构成她无序的、混乱的、颠倒的、失意的人生,奔波寄食,她像被飞鸟衔着丢进大海的种子无处扎根,没有缘由的乡愁。

她踢掉脚上的鞋,又抽噎着捡起来放进鞋柜,开灯,走到客厅才惊觉沙发躺着人。夏内特扯开蒙住脸的毯子,睁眼,摘下耳机和她打招呼。还以为家里没人,思烨心想,明明在家,怎么不开灯?顿时为方才的失态尴尬。夏内特问道:"您喜欢巴赫吗?""巴赫不错。"她点点头,实际费思烨根本分不清巴赫、肖邦、贝多芬和约翰·施特劳斯。夏内特抽了张巴赫的黑胶碟,打开唱片机,手捧咖啡杯在窗台坐下,双脚踩着暖气片。客厅与室外处于相同的平面,从窗台的垂直方向望出去是条小道,落叶纷纷,黄澄澄铺满路面。思烨在沙发坐着,双手环住小腿,背朝后倒过去,免得刚刚止住的泪水又在这阵大提琴声中滑落。柏林有很多黑胶唱片店,五欧元一张碟,虽然便宜,但她从未走进去过。

无伴奏大提琴的旋律像落日下的河流在两人之间流淌,沉默合乎时宜。偶尔说几句话,她记不太清了,好像也说起了西摩。费思烨说的是别人听不懂的语言,不是中文,也不完全是德语,她仿佛创造出独享的表达方式,带着奇怪口音,在向人倾诉。夏内特说话时她也会点头附和,不确定自己听懂多少;她说话时,夏内特侧耳倾听,也不知道她到底听懂多少。她又想起乔纳斯,踌躇一阵:"这几天怎么没看到乔纳斯?""我们已经分手。"思烨几乎同时松了口气。

她第一眼就是喜欢她的,尽管交流不多。夏内特正是这样敞亮显豁的女人,情绪内敛,最不像会为某个男人伤心失意。最后她们轻轻拥住彼此。拥抱是德国人的礼仪,日子踯躅,看似礼仪般的简短交流包含着最节制的肝胆相照。之后倒好像真的熟悉起来,擅自将人称从"您"改成"你"。她们以前从不曾共进晚餐,夏内特近来常邀请她喝酒，啤酒、气泡果酒、白葡萄酒、红葡萄酒，相对坐着，几乎不说话，说话时认真得像在做口语练习。每天都在重复，坐很久的地铁，在地铁上打盹，在工作时发呆，西摩则在她的一次视若无睹后变本加厉，她越避开，他就偏要当着她的面迅速捏过黛比的胸、屁股，他自恃国籍、身份、语言，坚信口头就可以打败她。她沉默着，等待下班，日历迅速跳过中间的磕磕绊绊来到十二月。

和夏内特约好一起去圣诞集市的那天，思烨听到坏消息，保罗自杀过世了。她在托林身上看不见任何变化，父亲不在了，他对此毫无知觉。也许蒙昧就是应对。冬天愁闷晦暗，茶袋随着热水浮起来，她按照德国人的方式，捞起红茶包，往杯中倒冷牛奶。谁都没有详说保罗的事。那张男人的脸浮现在眼前，一时雀跃，一时变作沮丧。费思烨的身体被内疚填满，如果她再耐心点，如果她的德语学得再好些就好了，但是"如果"并不存在。

西摩走过来问她："今天可以请你帮我做晚班吗？我有事，明天我来帮你。"听着丝毫没有协商余地的请求，她感到厌恶。那一瞬，费思烨在燃烧，胸口如同被岩浆淌过生出了焦黑沟壑，那团岩浆是保罗的死，是托林莽撞无邪的脸，她借着势头，嘴里喷出火来："Nein（不）！"一个单音节字，首次从她嘴里蹦出来明确指代"拒绝"的含义。没有"因为"，只是"不行"。她快步走开，不想再进行任何无必要的解释。倘若西摩多问几个为什么，多说几个德语句子，恐怕懦弱会迫使她变回"善良的中国人"。她总想着取悦别人，生怕别人不高兴，生怕变成讨人厌的中国女孩。

从小就是这样，讨好父亲、讨好老师、讨好朋友们、讨好恋人,变成最体贴、最没有主见的费思烨,丢过来的不喜欢的安排、额外的工作、糟糕的人情。按照夏内特教她的办法,费思烨走到院长办公室门口,将一沓照片从门缝中塞进去——西摩的手还在黛比的胸上。她受够了!去死吧!都去死吧!

她又想起包里的塔罗牌,那个有关"转机"的谶语,是时候做出改变了。费思烨这么想着。短短一生,尽管她贫穷、懦弱、资质平庸,那颗二十多岁的年轻心脏还活泼跳动,尚未彻底麻木。她和夏内特约在亚历山大广场的圣诞集市见面,一路走去搭地铁,人间的灯火总这样光耀绮丽,不因任何人的离去微弱半分,辉煌得让人悲哀。思烨收到母亲发来的消息,问她过得好不好,钱够不够用,有什么事记得跟家里说。少有的和睦时刻,她有点酸楚,顺手拍了张照片发给她,回复:知道了。少年踩着滑板故意从她身侧大力撞过,回头时,嘴里的口香糖"叭"地发出爆破般声响。她回以笑容,开口极尽柔软的中文:"你有病吧。"

下雪了,夏内特为她点热红酒,苹果混着柠檬片的香气,口感像加热过的急支糖浆,酸甜中略带苦涩,酒精淌过喉咙在胃里升起适时的暖意。雪落进杯中,迅速融化,被深红色液体覆盖。雪花窸窸窣窣落在夏内特的睫毛上,结出白霜,窸窸窣窣落上费思烨的脸,空气凛冽,从干燥的鼻腔透出寒意。

她吸吸鼻子:"你不喝一杯吗?"

"告诉你个好消息,我怀孕了。"

"可是,你不是和乔纳斯分手了吗?"

"那又怎么样?"

"你要生下来吗?"

"当然。"

"你们会结婚吗?"

"当然不会。我已经和乔纳斯分手,怎么可以因为孩子就重新在一起?"

"总之恭喜你。"

思烨咬了一口热红酒里的苹果片,哪天离开柏林,她肯定会想念这里的苹果。

"我们来想想怎么过圣诞节吧。"夏内特说道,脸庞的线条奇异地柔和下来。世界声势汹汹,很快,又一年过去,世界像变老了,又像是崭新如初。她是该好好看看这个世界了。

我给她倒了一杯热红酒。梁小姐翻开吧台摆着的一些科普"唐氏综合征"的宣传资料,上回看舞台剧时,我从费小姐那里拿来的,她目前在非政府组织做社会工作。寄存塔罗牌时,费思烨回国已有段时日,拉拉杂杂的谈话中,身上表现出截然不同的气质,似将原来的怯懦连根拔起,那些人、那些旧事早已不在话下,对她来说,不过一段辛苦却长久烛照自身的岁月。在我缓慢的叙述过程中,梁小姐并不插话,她最后问我:"这张塔罗牌可供出售吧?"

广州湿气重,下巴生出两颗新鲜痘痘,粉底细细遮盖,大概常熬夜,内分泌失调。她够狠辣,做顽强的社会精英,一路晋升,在不分性别狂热厮杀的职场东征西讨,争得席位,为项目合作心力交瘁,席不暇暖。出差间隙,她根据名片上的地址找到怀旧商店,她说特地过来看看,前不久有朋友在这里买过一套茶具。她是彻底的无神论者、唯物主义者,从来不信星座和命盘,偏偏得见它——

DEATH，死神牌。

揉一揉脚后跟，梁小姐询问能否将脚放进沙发。我答没关系。高跟鞋是别人送的，小羊皮基本款，穿好些年了。她说："还记得大学刚毕业，找工作，为了省钱，住在我的朋友家里，穿一双破球鞋就想去面试，被她拦下了。她带我去商场，亲自挑了这双高跟鞋送给我，一看价钱，抵得上我实习一个半月的工资。我第一次知道鞋子与鞋子是不同的。她说，以后你就会知道，好的鞋子很重要。"如今知道了，诸如穿高跟鞋不宜挤公交，香水必得华服来配，有了华服，自然必须要有精心的妆容。

都市浩浩荡荡，湮没其中，她替领导跑腿买早餐，犹豫要不要开口，说应当付给她多少钱；和一群年长的同事吃饭，自动忽略席间的黄色笑话——念西低下头，之前实习时，同事使唤她买咖啡、打印文件、跑腿，觉得拒绝挺不礼貌的，已婚男领导单独约饭，拒绝的话，好像也不礼貌。后来发现，别人在利用这种"礼貌"试探自己，一开始表明界限的话，事情会容易许多吧。

梁小姐继续说，刚毕业时，在地铁站的地下商城挑最廉价的衣服，锱铢必较；咖啡馆点 espresso，露了馅，无所适从地喝了半小时；她去西餐厅，不懂餐布该铺在腿上，分不清刀叉和大小勺子的使用顺序，生怕被人笑话。回想起这些，背不自觉挺直了。哪段经历不是经历，梁藻是普通家庭的普通女孩，打电话回家，不记得该怎么用方言问候。最反感那句开头——你一个女孩子。

"早上醒来，枕头落了大把的头发，赶紧上网搜搜，看看有没有什么合适的洗发水。肩颈痛，一个人去做按摩，闭上眼觉得自己太拼命。年初公司组织体检。报告拿到手上，各种小毛病。

乳腺增生是因为压力过大，这几年工作小有起色，不安全感从未消退，俗务缠身，喘息的工夫都没有。"话锋一转，"或好或坏都是个人选择吧，我何尝不是乐在其中。"

"无论如何，注意身体。"门大敞着，斜阳铺了满地，我送她离开。

广州的十二月不算冬天，气温徘徊在二十摄氏度上下，柏言穿短袖，坐在沙发里摆弄相机。黑猫窝在一旁睡觉，两团肉手伸在那儿，挡住眼睛。猫翻了身，四脚朝天仰着，柏言伸手抚摸它的肚皮，黑猫半睁着眼睛任他闹。热红酒暖着，我捧着杯子，杯沿往下一厘米处一圈宝石红印迹，长吧勺轻轻戳动柠檬果肉，酸中回甘。"你小心，猫会伸爪子。"话音未落，柏言的手背被猫爪轻轻划了一道。借着余光，念西偷偷瞄他，暂停、倒回、暂停，同个句子反复播放。他伸手指弹了弹猫的黑鼻子，说："不可以伸爪子噢。"柏言刚才请她做纪录片的英文字幕翻译，不过都还是之后的事。

我冲念西招手。程东打电话到怀旧商店，问念西元旦回不回家，还想问问我和柏言是否愿意一道去玩两天。她拿起手机，一看，果然有两三个未接来电。

入库单

物品编号：12

匿名寄物

备注　　他们是谁并不重要，重要的是人与人的经历有诸多相似，他人的经历中往往有一个、半个的我们。

寄存年限　　永久寄存

浪漫与庸俗博览

怀旧商店暂停预约，以便对一整年的寄存品进行盘点、存档。开始降温了，我忽然想在冬天看海。程东再三邀请，我们决定驱车前往他的家乡，一个美食众多的海边城市。念西支着脑袋，手上拿着贴满各色票据的活页本，电影票、便利店小票、餐厅账单，等等，岁深日久，油墨字迹变得模糊不堪，像她毫无章法、不能厘清的心思。沈柏言坐到她的身边："改天一起看电影？"

"好啊。"念西转头，"如卿姐一起吗？"

"你们去吧。"我笑道，可不想做不识趣的人。

他看见念西手里的寄存品："你收藏电影票吗？"

她摇摇头："没有保留票根的习惯。"

"我也没有。"柏言不置可否地耸耸肩。

"活在世上的证据太多。"我说，"热敏纸上的字会消失，保存电影票得先加入干燥剂，再放进冰箱。"操作过程繁复，活页本里的凭证会过期，会失效，会在时间中变得模糊。

此时此刻终将过去，浪漫的，庸俗的，记忆不够忠实，人们最终不得不通过实际可触的旧物品重塑过去。客人们寄存那些舍不得丢、不便保存的物品，大多决意放下相关往事，过去了，释然了。但是还有一些匿名寄存品。他们选择匿名，大概其中后悔、歉疚、羞耻、不舍、哀伤，种种情感无论如何不能坦然大白于日光之下。

我不愿做价值判断，不愿做局中人，小心警惕从熟悉的爱恨中抽身，作为故事的倾听者，同理心恰是必需的。他们是谁并不重要，重要的是人与人的经历有诸多相似，他人的经历中往往有一个、半个的我们。我因而想讲讲它们的故事。

○ 票据收藏册

"2010年12月31日15:32始发,动车列次D5653,08车厢无座,票价五十二元。他来找我。我承认见面是快乐的,然而异地恋的维系更有赖于所有其他无法见面的日子,关系被迫简化为注意别的城市天气、分头吃饭与看电影,大幅降低对恋人的需求,建设有关'独立'的自我修养。两座城市不算太远,我被他的生活规则切实隔开。譬如,他发消息习惯用空格替代标点,连情绪也不易推敲;他注重隐私,不常使用社交网络,不清楚他每天发生什么事;他工作忙,谁知道都忙些什么;没有共同交际圈,日常生活也难以虚构。每次都匆匆见面,焦急地分离,不安全感抖抖索索渗入每个毛孔。假使没有这些票据,我该如何证明拥有爱情?"

○ 虎头鞋

"姥姥从不肯用燃气灶。她偏爱用老灶台生火,不愿浪费干柴,整个村子,也就我们家还会定时升起炊烟。她也不是不擅长炒菜,总之姥姥很少炒菜,炖鲫鱼、炖咸菜、炖虾子,不管什么食材统统往大锅里炖。一顿没吃完,下顿添了水再继续炖,碗啊盆啊的立刻又满了,仿佛永远是满的,怎么都吃不完。这些年家里境况变好,姥姥却从未心平气和过得更舒坦些,她对许多小事不满意,终日喋喋不休地埋怨。我认为她在夸大痛苦,以博取他人的关注和同情。等我问她'你到底在生什么气',姥姥就会没好气地戗我说'谁生气了?我没生气',还不肯承认在耍脾气。她这样的性子能不招人烦吗?还是说年纪大了合该讨嫌的?

"姥姥的往事,我是从父亲嘴里听来的。她十五六岁时带着妹妹逃荒,沿路乞讨到这里,姥爷家里穷,娶不起本地媳妇,两个人凑了对。他俩结婚时,家具只有一个铁锅和一条长凳。您能想象吗?姥爷外出做工,她独自拉扯子女长大,受过不少苦。我不够体谅她,那时我还年纪太小,不明白她经历过什么。唉。姥姥这辈子从未替自己活过,这双给重孙做的虎头鞋才做了一半哪。"

○ 签名写真集

"为什么喜欢他?长得好看呗。当然不全是如此啦。他是那种把'演员'过成普通职业的人,顶着前呼后拥的光芒,谦卑、自律、勤勉,拥有我最欣赏的品质。他会和大家分享爱好、最近看的书、人生规划,身处名利场,受各方利益裹挟,却没有放弃作为个体的思考,他不是被推着走的人。别人或许会说,我迷恋的是娱乐工业包装出来的虚假形象,谁在乎啊?如果某个形象能够日复一日、年复一年保持下去,说明这不单单是他的'形象',而是他的'真实'。我没有为他和别人吵过架,没有为他熬夜投票、买代言产品,我还没有见过他,没有接过机,没有参加过见面会,更没有和他握手、说话。哎,这本签名写真集还是后援会抽奖时,偶然得到的,我挺幸运的吧?如果说我为他做过什么事,那就是——我正努力变成和他一样优秀的人。考上研究生以后,我会把它拿回来的。"

○ 按键手机

"高二没念完,我就休了学,不想读书,揣着八百块南下打工。起先在一家餐馆当服务员,端盘子、洗碗、刷厕所,在后厨打杂。成天筋骨酸痛,受人冷眼,才明白混社会不容易。她是我在网上偶然结识的好友,小学老师,比我大十二岁。我们很聊得来,她理解我,也常常开导我。渐渐地,我只要有空就找她说话。手机是按键的,经常按得人手指疼,里面存着我们那几年的聊天记录。我没有删过。

"姐姐劝我回学校考大学,我回去了。备考那年,为了让我专心复习,我们约定不联络。收到录取通知书,我准备告白,她却告诉我要结婚了,还劝我在大学好好享受人生。之后她很少再上线。我敬重她,感激她,如果没有她,我还不知道现在过着什么样的日子。

"去年春天,她来到我的城市,发信息问我要不要见面。我拒绝了。我们很久没联络。前几天,我登录好久不用的社交账号,系统自动弹出一个'好友生日提醒'。斟酌半天,我发了句'生日快乐',才知道她得乳腺癌过世了。切掉乳腺,断断续续化疗了八次,照片上,她的头发掉光了,不过和我想象中一样漂亮。"

○ 垒球

"我养过一条狗,不是什么名贵品种,几块钱从市场买来的田园犬。它长得笨,怯生生的,耷拉着耳朵,被关在小小的铁笼子里,圆眼睛像两颗浸在水里的黑玛瑙。狗会每天等我回家。听到楼梯脚步声，它会仰起脑袋，蹲坐在门口。一整天的漫长等待中，我不知道它要失望多少回才最终等来我打开门的那个瞬间，见到我，扑向我，在我的脚边衔尾巴打转。

"它热衷把垒球从楼梯高处踢下去，趁球还没落地，飞快地奔到楼下跳起来叼住。垒球是它最心爱的玩具。狗子蠢蠢的，舔我的掌心，我从来不敢当着它的面洗手，怕它难过。它是每天习以为常的存在，是玩伴和朋友，就像艾尔伯特·拉摩里斯电影里的红气球。但是后来，有人偷偷在小区草坪洒农药，狗被毒死了。事情不了了之。它笨，性命微贱，没有人可以为它讲公道。我再也没有养过狗。"

○ 电动剃须刀

"前个晚上，我还和我爸大吵了一架，具体什么原因早不记得了。他气得手抖，刮胡须还刮伤了嘴，我们常常这样吵架。他脾气不好，而我的脾气像他，反正两个人一样倔。第二天，我约朋友买电动剃须刀，想给他赔罪，出了门，顺便看了场电影、喝咖啡。回到家，救护车停在楼下，他们正在把我爸往车里抬，我整个人都蒙了。我爸的身体向来很好，感冒都少有，怎么会突然心肌梗死走了……我都还没跟他和解。这事儿我真的，过不去。"

○ 手链

"他与我历来交往的男友不同，其貌不扬，薪水不高，毫无出众之处，然而女人确实会因为一个男人对她好而爱上他。每天接送上下班,定期送礼物,周末为我下厨,除了和父母同住的缘故,他不能回家太迟。我觉得我像条狗哦,谁对我好,就摇摇尾巴跟谁走了。

"如果不是偶然在他的手机里见到某个女孩的自拍,碰巧,她的手腕戴着与我相同的链子,顺便点开她的资料,翻看相册,我怎么会发现他们一家三口的温馨照片。孩子刚满周岁,算算时间,认识我的时候,他与妻子新婚不久。事情败露,他甚至强调——我结婚了,但我真的爱你,谁叫我那时不认得你?认识你以后,我真后悔这么早就结婚!

"以前我总以为,送老婆和情人相同礼物以至于被抓包的桥段都是电视剧瞎编的,怎么会有这样愚蠢的男人?现在我明白,不是蠢,他只是懒。只是哄骗手段高级,假意里头掺真心,回想起来,浑身起鸡皮疙瘩。谈恋爱?不不,恋爱不如养狗。"

○ 糖尿病饮食注意清单

"父亲再婚后,我与那边的往来更加少了。爷爷身体不好,拜访之前,我特意上网查资料,打印了一沓'糖尿病饮食注意清单',放在书包里。可直到离开,我都没有拿出来。不是忘记了,我不知道当时为什么没有勇气拿给他,它就在我的书包里。"

○ 《水浒传》英雄卡

"回家住几天,我在抽屉翻到这套《水浒传》英雄卡。小时候,我俩为集齐一百零八将,不知道吃了多少干脆面。还有一回,有个男生想抢她手里的稀有卡片，为此她摔破了膝盖。卡片就都归我保管了。我后来跑去找那个男生打架，替她报仇。

"我妈和她妈是在产房认识的，严格说来，我们的关系自打娘胎就开始了。青梅竹马，吵吵闹闹。我逃课，她帮我掩护；成绩单发下来，她模仿家长的笔迹帮我签字；我溜出去上网，身上的钱用完了，她来网吧赎人时像个女侠。大学填志愿，她问我意见，我妈希望我待在省内，我像敷衍我妈那样敷衍了她，偷偷报了很远的学校。我们去往不同的城市，毕业、工作、生活。

"她以前和我说笑——如果我先结婚，她就和我的兄弟们一起接新娘。如果她先结婚，我就得反串做伴娘。上周是她的婚礼，我按照约定穿上粉色伴娘裙，替她喝了不少酒。我妈拍了拍我的肩，说我少壮不努力，来不及了吧。我祝她幸福。"

又一年过去。除了听别人的故事，我什么事都没有做。生活似乎停了下来。无所事事的人生不太坏，时间推着我往前，不需要做什么努力。这城市适合过这样的日子，慢腾腾的，一顿早茶吃到中午。我忽觉累极了，胳膊肘撑在吧台，双手紧握，呆愣愣的，无端生出一股戚戚惶惶的怅惘情绪。陈列架摆满各种寄存品，人生不堪回首，怀旧商店接纳他们灿烂夺目、坎坷颠踬的过去，包括我自己。

柏言倚门站着，等念西拿行李下楼，他们喊我出发。四个多小时车程，抵达海边城市。柏言和程东一见面，上下碰碰拳头，一拳轻轻撞过去，张开手掌，五指向后摇摆着退开了。算打过招呼。程妈妈接过柏言送的花，她穿薄毛衣，身形略显富态，盖着羊毛披肩。我送了程妈妈一条几何桑蚕丝小方巾，另外带了一瓶白葡萄酒。沙发朝下盖着本言情小说，大约读了一半，想来是程妈妈的书。她招呼我们喝茶。程爸爸扬高音调，我听见他喊"念念回来了"，着急从厨房出来，身上系围裙，还戴着两个卡通袖套，请我们随意坐，说不久就可以开饭了。

我跟着程东走去阳台。阳台放着一个圆形炭烤炉，上面一大块肉，知道我们今天要来，东东说他爸昨晚就开始用低温慢煮机煮羊腿了。他给羊腿翻面，羊腿和调料一起装进真空包装，低温慢煮二十多个小时，换炭火烤，表面经过美拉德反应呈现出焦黄色，我闻到油脂香。柏言和程妈妈聊着什么，油烟升腾，锅铲翻动有着圆活的声响，念西在厨房帮忙，炭烤羊腿、生腌虾、卤鹅肠、蚝烙、普宁炸豆干、橄榄蒸笋壳鱼的汤汁清亮亮的，程先生在给妻子盛汤。

客厅书橱内摆着全家福，一家四口，程东被父亲抱在怀里，程妈妈还很年轻。我见过她。这么些年，她的外貌基本没有变化，除了心宽体胖。他们整理餐桌，我走去阳台和程东收拾烧烤架，他和我说起爸妈、姐姐的事，故事是父亲程青槐告诉他的——当年他在广州做住院医师，和邓美惠在同一家医院，第一眼便爱慕她，之后才知道她结婚了，有个女儿。不敢再做他想。钟西风就是念西的生父。他是一名消防员，有那种飒爽、重情义的性子。他们打过几次照面。他还听说，美惠执意嫁给钟西风，家里反对，好些年断绝往来。后来市区一栋高层居民楼起火，钟西风救援时缺氧昏迷，程青槐参与了对他的最后抢救。往后孤儿寡母日子难过，医院三班倒，几个同事轮流接念念放学，她待在科室的休息室玩耍、看图画书，从不吵闹。美惠不通厨艺，常常牛奶、三明治、速食面了事，他每天多做一份饭带给她，她非要付菜钱。一来二去，索性上门替她做饭，顺其自然地，两人恋爱、结婚，搬回他的家乡定居。

海岸离市区不远，开车半小时，我撑着胳膊肘望向车窗外，没有加入谈话。年轻男女的相处如同夕阳下翻滚的温热海水，逆着光，暧昧不明，好像很不真切。沈柏言捡起几块石头，偷偷塞进念西的口袋，大笑着跑远了。念西回头去追："如卿姐，你看沈柏言好幼稚！"

天色转暗，像踢翻了颜料瓶，倒出来大片不规则的紫红云霞，我走在夜晚的海边，脱去鞋袜，浪头在脚底滑了回去，辨认这片海与那片海有何不同，渐渐走远。许多年过去了。那场大火盘踞心底，浓烟翻滚、身处一片火光的窒息感，依旧时不时扼住我，在想象中反复带离我的亲人，什么玉堂金门、麟肝凤脯，无非嘴边一口气，轻轻吹了出去，死亡叫人迫不得已摆脱对爱的依赖。我拿到一笔数额不小的保险金，独自生活，前几年刚回广州。年初我去祭拜钟先生，见过念西，没想到她会来应征怀旧商店的兼职生。

程念西递去耳机，柏言凑过脑袋，任由她拉着耳机线像遛小狗。"你坐近些啦。"他笑着，靠近些，两条胳膊快挨着了。海面薄雾隐约，耳机中的旋律和着海浪汹涌的悸动起起落落。

"沈柏言。"

"嗯？"

"你坐近些，让我靠一靠肩膀。"她故作大方。他靠过来，松弛了肩膀。她枕上他的肩又即刻回正，纵声大笑，"会不会尴尬？

我们自然点好吗？"起风了，发丝在脸上扑腾，像她的心，闭着眼睛闻他身上的味道，男士香水的木质后调明净、清冽，海风吹过来，沈柏言屏息静气，以为她睡着了，想伸手替她将发丝捋平。

"沈柏言。"他的心一颤，缩回手。

"你什么时候回台北？"

"还剩三个月。"他在怀旧商店待了大半年。她还没毕业，他马上要回台湾了。如同参加开卷考试，答案已然明确无误，仍需要一点点沉着应对。终究此时此刻是最重要的，不是吗？

潮水冲岸边猛卷过来，碎裂了，一摊逐渐消逝的灰白泡沫。她瑟缩身子。"你冷吗？""还好。"他碰碰她的手背，握住，慢慢回暖，指尖传来剧烈心跳。他疑惑："是你的心跳吗？""不是，"她驳回，转而大笑，"你很紧张？"

暮色掩来，昏暗中分辨他的脸，睫毛浓密，眼眸雾蒙蒙的，没有戴眼镜。他们眼中有光亮。

"不要这样看着我。"

柏言佯装严肃："你知道吗？动物之间的凝视通常意味着危险信号，科学上有三种解释：第一，要赶走你；第二，想吃了你；又或者是第三——我想与你交配。"鼻尖挑衅似的，凑近了。

远处升起焰火，从天际散落了。她捧起他的脸，亲了他，迅速松手。念西的面容无比坦率。年轻时应当珍惜每一次心动，年纪大了，一切都会变得十足困难，爱情毫无指望，甚至你不知道人生会结束在哪个瞬间，还有没有明日。海浪声夹在心跳之间，吞没对白，双唇柔软得像棉花糖，沈柏言一愣，将她拉近了。

入库单

物品编号：13

银色领夹

备　　注　　年轻常常令人缺乏对爱的反思能力。

寄存年限　　永久寄存

贪欢

春节临近，黄小姐联络到柏言在大陆的亲人。不管大伯沈百辟，还是柏言和柏言的家人，话说得颠三倒四，好不容易缀成一个句子，格外高兴。张奶奶九十多岁，尚在人世，脑袋糊涂了。九个多月过去，原以为这份亲缘早失散在广阔人海，柏言迫不及待想见一见他们。大伯邀他一同过春节，还给柏言订好机票，于是他将在湖州过年。寒假，念西在怀旧商店待了好些时日，我舍不得放她早早回家，厨房没有她会积灰，黑猫和柏言会想她，而我会烤煳牛排和面包。

柏言在清晨榨一壶胡萝卜汁，陪着念西喝完。像所有热恋中的宝贝，看着一棵花椰菜都会傻笑半天，原因是想起对方在周三下午两点四十六分说的某一句话。他们的约会项目，大抵是尝遍各种小吃与甜品、逛独立书店和菜市场、看电影、轧马路。她把自己的广州分享给他。至于以后？以后再说吧。

客人如期而来。她的脸像一幅技法上流的素描，不施粉黛，却无疑是佳作。杜小姐二十五岁，大学肄业，做普通的工作，未婚，在家人的张罗下陆陆续续相亲，始终没有恋爱。我们在怀旧商店见面，她是梁小姐的朋友，买下"死神"塔罗牌的梁小姐。

玻璃杯中，细密的气泡相互崩破，苏打水微咸。冬日的冷风挟了阳光，迅速翻飞进来，她将黑猫抱进怀里。她以前住上海，前两年搬来广州。说起来，这个故事有些复杂。

她曾和一个中年男人有过长久的、密切的交往。那时杜阮二十岁，这段关系姑且称之为"恋爱"。男人姓靳，大她十九岁，岁数近乎她的父辈。在他们真正熟悉之前，杜阮一直以为他才三十出头。"我曾在他的公司实习。"我想，这并不新鲜。

杜阮对自身的认知建立于异性的骚扰。头一回是在学校附近的书店。书店不大，卖二手书、杂志，还有些教辅类书籍。老板是位中等个子的青年，木讷寡言，脸上坑坑洼洼，大家都觉得他人不错。他从不责怪学生们挤在各个角落看书；碰见雨天，他会主动借伞给别人，即便并不相识。那日下雨，天光晦暗，杜阮站在书架前。"你从来都没有买过书吧。"身后骤然响起一个男声，低沉阴郁，像冬夜突然刮起风，窗户未关紧，缝隙中传来的那种呜咽。杜阮悚然惊住，书店老板的双手越过肩头，交叉伸来，箍住她的两条细胳膊。他说："你喜欢哪本，我送给你啊？"

这截片段总在阴雨天发作，风湿似的，惊惶、羞耻与咬牙切齿的愤恨绞缠在一起，心底升腾起不洁感，头皮发麻。她做家教时的那个单身父亲同样不怀好意。"杜老师来啦！"他拍拍她的胳膊，"喝点水。"递过杯子，顺势抚一把白嫩的手背。他就站在一侧，当着孩子的面，弯腰凑近她的脖颈，鼻息混杂长年吸烟导致的难闻气味，口水溅上脖子，几欲作呕。那种污秽感再次涌来。

"运气太差，我常碰见这种事。"杜小姐的口吻倦倦的，一种司空见惯的麻木。我对此抱以理解。并非耸人听闻，大部分女性或多或少有过相似经历。就好比说，蟑螂不止一只，蟑螂会接二连三出现，倘若每次都克制不住地尖叫、失控、崩溃，太浪费情绪，哪还有余力继续接下去的人生？视而不见很消极，但它让事务变得简洁。

一张饱满的瓜子脸，皮肤紧实白净，杏仁眼，嘴唇小而薄。她的乳房挺立，臀部圆润，二十岁的青春胴体，自然而然飨宴异性的虎视眈眈、谄媚与诋毁，还有同性的敌意与攻讦。

"辞职之前,那个学生父亲递来一沓钱,对我说:'杜老师,你有优势,何必这么辛苦?'"他语含讥诮。这笔钱比她实际应得的多得多。从这个时候起,杜阮隐约意识到,美貌将引她下坠。杯子渐空,念西为她续苏打水。"谢谢。"我哑然。她还很年轻,和柏言差不多大。沈柏言在院子为植物浇水。他们之间,短短几米距离,却给人截然不同的感受。柏言始终保持着少年气,鲜活、温热,她却是低抑的。

成年以前,杜阮被迫继承亲戚们的旧衣服,一件深色羽绒服熬过整个冬天。她倒喜欢穿校服,只有那件宽大的校服真正属于她。"以前,我最怕学校各种名目的收费或捐款。"杜小姐皱眉,"我见不得母亲愁容满面的样子,她总是坐在床头,讷讷地叹气:'怎么又要钱了?'

"小时候,有一次鞋子坏了,母亲带我去商店买新鞋。我看中一双红色圆头小皮鞋,真好看,非缠着母亲给我买。她看过价格后舍不得。我大哭,赖在店里不肯走,母亲当着所有人的面给了我一巴掌。"我垂下眼睑,不由自主望向杜小姐的双脚,她的脚非常小。杜小姐说:"我个子长得快,鞋子码数立马显小了,脚指头挤在一块抵着鞋尖,又胀又痛。可是那次事情以后,我宁可忍着,也不愿意告诉母亲。"她将双脚往后缩了缩。

杜阮发传单、在超市做促销、替培训机构贴海报、在食堂打饭,青春生活将她隔绝在外,日子贫乏艰辛,再后来,她在学校的一家餐厅当服务员。人多时,托盘不够,她端着大碗热汤,白汽上下翻腾,碗壁很薄,温度沿着指尖直烫进心里去了。包厢门紧闭,肘尖压过金属把手,她往里推,几位认识的同学在聚餐。杜阮笑笑退到外边,手指捏捏耳朵,摩挲间又热又痛。原来指腹烫破了层皮,她吹了吹,走去后厨洗碗。

就一个瞬间,想背着人痛哭一场。"我忍住了。"杜小姐说道。我自然明白,贫穷是这样地难以启齿。她拿起杯子,并不喝水,将背轻轻倚着沙发。"我当时在想,世界真不公平啊。"心底隐约透露对金钱的渴望,正是这种渴望,将她一步步引向那个段落。

第二年暑假,杜阮进入一家私企实习,我此处隐去具体地名。她原本回绝了饭局。部门负责人特地打来电话,告诫她要树立团队意识。晚上,她被安排坐在靳先生旁边。此前他们的接触只是偶然碰面时的简短招呼,恐怕他对实习生毫无印象;另一边,坐的是她的部门领导。

我隐隐觉得,这样的安排不合乎常理。

她颔首低眉,这种情况是不能不喝酒的。饶是如此,反而衬托靳先生的风度,他不抽烟,不劝她喝酒。他是为谈话做总结的那个,或许他的见地确实鞭辟入里,又或许是权力令话语具有一锤定音的效力，其他人不敢批驳。靳先生一面同人说话，一面伸手按住转桌，她伸筷子夹菜。

杜阮几杯下肚，醉得人事不知。翌日醒来，她口干舌燥，摸到床头的水杯温热着，直接拿起来喝。抿抿嘴唇，里头加了蜂蜜。霎时间，每根神经都被吊起，像一只悬挂的铜钟，猛撞两下，四散的意识渐渐收拢。周遭全然陌生，床宽大柔软，冷气适中，好在衣衫完整。与宿舍那张窄铺天壤之别，学校电压不足，没有装空调，天花板一个打转的小风扇，半夜闷热，不得不频繁起身冲凉。她完全想不起前一晚的状况。

她蹑手蹑脚开门。二楼两间卧室，另一间门扉半掩，缝隙里瞥见暗沉的红木地板。没敢细瞧，杜阮沿长长的旋转楼梯踮脚下去，忐忑不定。用人在擦拭窗子，见她下楼，还没等杜阮发问便说："靳先生已经走了。他说，杜小姐可以吃过早餐再离开。"顿时松口气。

靳太太常住国外，独居的话，好像还是太大了些。起居室一扇大木门，勾连院落，通过窄窄的窗格瞧见花木繁盛。沙发后的主墙面悬着一幅横联草书，苏轼的《江城子·密州出猎》。层高不低，书架根本就是一堵墙，与天花板衔接，装工程伸缩梯。靳先生想必对他的书架十分得意，也从来不必担心积灰。侧边两个稍矮的架子。一个摆满各种汽车模型，另一个排列着不同型号的相机，有些款式很旧，她认出莱卡的红色可乐标。底下几个纸箱，垂直拥挤着一堆摇滚黑胶唱片。

书、模型、相机、唱片，真像有收集癖的男人。房子多少反映人的真实内心，我不禁想，太广泛的兴趣，追求新鲜事物，热情恐怕并不持久。另外还有可能——他仅仅将花钱的习惯装作喜好，这样的人，最善伪装并且自恋。

"他不久出差，我没机会道谢，这件事一直计较在心头。过段时日，我在电梯口碰到他，他维持一贯的严峻，冲我点了点头。"杜小姐将脸转向窗户，似乎在观察窗户映着的，自己的脸，"我尊敬他，崇拜他，有点害怕他。"

晚上加班，靳先生离开办公室，问她怎么还不回去。她对上次的收留表示歉意与感谢。"小姑娘，以后不可以喝那么多酒。如果碰上坏人怎么办？"他一改往日的严肃，说，"走吧，我送你回去。"

"不用了，我坐公交车就行。"

靳先生忽笑："我不是坏人。"

他清俊温和，身材笔挺硬朗，不似常见的大腹便便、毫无精气神的中年男人。虽说两脸的肉趋于松弛，发笑时，眼角皱起不客气的褶子。他头发浓密，往后梳成背头，眼神中不见东征西讨累积的疲惫，甚至不够精明。她不好再拒绝。

两人同往地下车库，她坐副驾驶座。转过红绿灯，车子没有开往预期方向，靳先生问她饿不饿，不如吃点东西。杜阮本该拒绝，肚子率先咕噜噜叫起来，他的问句、目光、语气暗含不容置喙的强硬。他们最终停在一家店面隐蔽的日式私厨，没有招牌，这个点仍在营业。

她抬脚，脱掉帆布鞋，猛然记起袜子破了个洞。服务员立在一旁候着。她蜷缩脚趾，蹭了蹭地板，大脚指头在从袜孔里探出来，像刚冒尖的花生芽。杜阮低头，快步跟上去。靳先生递来菜单，黑松露鱼翅蒸蛋、黑鲍鱼配肝酱、蟹肉冻鱼子酱……花里胡哨的菜名，她对着单价暗暗心惊。他说："你随便点，我买单。"

她点单价第二贵的会宴,根本就是摆脱不掉的骨子里的穷酸相,脸皮抹了油漆似的,火辣辣的。

"有人请客,当然往贵了点。否则不是浪费吗?"杜小姐瘪瘪嘴,"明知这样不好。您看,这种占便宜的心态经由家教渗入骨髓。"我不置可否。

父母过分展示贫穷,强调金钱的作用,以至于她扭曲地放大它的价值。当时她不明白,等待大鱼的钩子早已预先挂上了上等饵料。

靳洲为她斟茶,他乐意在女士面前表现。一早就留意到她。面试那日,杜阮特地跑去商场的化妆品店铺化了免费的妆,衬衫、西装裙是借来的,两条细长腿依旧注目。手掌微微压住门,她候在一侧,习惯等他人先进去。靳洲望着杜阮,似笑非笑:"你和我想象中不一样。"谈工作太败兴,顿一顿,观察她的反应,"现在的实习生没有几个靠谱的。工作能力不行,自我评价倒是挺高。我那天看见你对着一台打印机手忙脚乱,心想,谁招你进来的?光好看就可以吗?"杜阮一脸羞惭。这番话明贬实褒,他陶醉在自己的沟通话术中,沾沾自喜,又继续说:"我特地翻过你的简历,不管专业成绩还是社会实践都很出色。我不该以貌取人,这是偏见。"我暗下结论,越看似真诚的恭维,越值得谨慎。

"打印机的使用和工作能力无关。"他又道。杜阮神情专注,激起他说话的欲望。"但是,你要学会向他人求助,不懂就问。选择最行之有效的方式,没必要浪费时间。"中年男人最沉迷向年轻女孩布道,好满足那点可怜的被崇拜的虚荣心。

她心生感激:"谢谢您的鼓励。"

"要不要做一个心理测试?"她已不似先前那般拘束,当然,这方面靳洲一向很有经验。

心理测试的名称叫作"两座岛屿":

有两个相邻的岛屿。第一个岛上住了两个男人,分别是没有受过教育的野蛮人和文明人。另外那个岛也住着一些人。其中,女孩和文明人属于恋爱关系。女孩想要去另外那个岛见她的爱人。于是,她询问岛上唯一有船的男人,需要多少钱才愿意带她去另一个岛。船主回答,我不要钱,不过,如果你愿意脱光衣服待在船上,我就带你过去。

女孩震惊,不知道该怎么办。因此,她跑去向岛上的智者求助。智者认真听完她的故事后,说道:"跟随你的心做选择吧,我的孩子。"为了见爱人,女孩决定接受船主的提议。于是,女孩和船主一起去了另外那个岛。他们抵达时,野蛮人正好在海滨,他见到裸体的女人立即疯狂起来了,强暴了她。与此同时,文明人出门,刚巧见到一切。文明人非常崩溃并告诉女孩:"我不要你了,你必须马上离开这里。"

这个测试是从前的外国女友告诉他的。男女关系惯用一些小伎俩,调情的方式都是相通的。他问:"请将故事里的五个人排序,你觉得谁表现得最好?谁表现得最差?"

杜小姐拿起笔。白纸上两个圈表示岛屿,左边的圈内写下野蛮人、文明人，另一个圈内写下：女孩，智者，中间一个向左箭头，标记为"船主"。

念西凑过来："等等！"这个心理测试激起她的兴趣。最后叫上柏言一起，结果公布前，我们均写下自己的答案。

"好难。智者无法替他人做决定，女孩选择遵从内心。剩下三个人，他们根本差不多。"念西写下排序，智者、女孩、船主、文明人、野蛮人，接着看到柏言的答案：女孩、智者、野蛮人、船主、文明人。念西问："野蛮人是性侵者，你为什么把他排中间？"

"他是未开化的野蛮人，"柏言说，"不受现代道德教养约束。"

杜小姐笑道："结果没有高下之分。"

她低头喝水，动作无意间拉低脖颈的视线中心，水流沿着喉腔滚动往下。靳洲用凌厉的目光审视她。一进门，她的脸就跟刚晒过太阳似的，两团不自然的红晕。脖子处肿起包，蚊子咬过留下吻痕。有点痒，杜阮伸手挠了挠。视线继续向下延伸，纤瘦苍白，锁骨在衣领处若隐若现，像起伏流动的沙丘。靳洲接触过不少女人，她正是他最偏爱的那款，补偿心理似的，像极了潦倒时高攀不上的姑娘，一种少女独享的迷人腼腆，远远望着，偶然回眸时赐他一个柔润明净的笑容。

杜阮在心上来回掂量。船主一早讲清楚交易条件，冷酷公平，未曾强迫谁。女孩天真,她所做的一切都出于爱!文明人没有求女孩牺牲,他选择维护个人价值观,只是未免显得残忍。野蛮人出于原始冲动犯下大罪,然而智者,他更像一个道貌岸然的看客!深思过后,她将纸巾翻面,写下答案:船主、女孩、文明人、野蛮人、智者。

"不用给我看,"靳洲摆摆手,他笑道,"野蛮人代表性,文明人代表他人的看法,女孩代表强烈的感情,船主表示你对金钱的需求,智者则表示你对逻辑的依赖。它们在你心中的排序,准吗?"他不听答案,只问准不准。这是策略。

杜小姐怔了怔,捏住纸巾,将它揉成团放在桌侧:"好像挺准的吧。"调整坐姿,伸手握紧杯子,也不喝。像一只河蚌不慎张开壳,被人窥见稚嫩的内里。呵!在饭桌上给你做心理测试的男人最该警惕,接下来,他将不着痕迹地卖弄社会经验。她还意识不到凶险。

"结果没有好坏之分。你没必要因此自我怀疑,好吗?"靳先生的眉宇松弛下来,变得亲切。他看向她:"你是聪明的姑娘。"

杜阮起身去洗手间。靳洲拿起揉成团的纸巾,小心展开,接着放回原处。食物一道道端上来,小圆瓷碗置于六边木盒中。旁边一个厚木碗,盖子掀开,斜置在侧。菱形酱料碟、鲤鱼状箸枕、金色盏托,渐渐摆满桌子,分量极少。这堆精巧的器具令她窘迫。

"周末,我在卖场看见你了,你在做促销。"他问道,"你很缺钱吗?"

她摇摇头,食指和大拇指在桌子底下来回搓动:"就是找了份兼职。"

"你打工的样子,让我想起以前的自己。"靳洲又笑,"大学生活有趣吗?"杜阮说还行,低头,注意到他的领夹。"像你这个年纪,我已经在创业了。"他对自身能力向来颇为自得,语气也听不出夸耀,接着叹气,"没上过大学,早早赚钱,房子买得也早。现在想想,读书未必有用,还要抓住时机。社会最终还是看钱,做生意这样,交朋友也是如此。"他用惯这份说辞,呷口茶,这些话从他嘴里吐落是有说服力的,就像衬衫第三、四个扣子中间的金色领夹,始终保持下垂,另是一层身份象征。他说:"有些人读书把脑子读傻了,搞不懂社会上的那套,你倒不像这种类型。"

　　"交男朋友了吗?"见她摇头,筷子放下,他微微抬高语调,"趁着年轻,多出去玩儿,多谈恋爱!不过,"一个转折滞留在半空,靳洲夹起小块食物,缓缓放进碟子,句子最终落脚,"不过,你应该找个年纪大点的男朋友,懂得照顾人。你过得太辛苦了。"她咀嚼他的深意。

　　我心想,他的暗示这样明显!

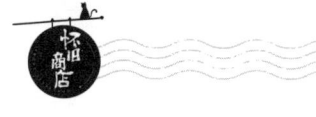

　　之后的日子照常,甚至并不多说两句话。实习结束,办理离职手续时,梁藻欲言又止,说那天看见她在靳总的副驾驶座。杜阮面上一凛,正待解释,被打断话头。她摆摆手:"你不是没有能力,慢慢来,不要滥用自身条件。"仿佛冷气太足,走出大楼,烈日下暑气正盛,温度骤升,面部浮起一层薄雾。她的脸又红了。

又有一天,靳先生突然等在校门口。她抱着书出来。车子停在附近颇为惹眼,她不知自己正暗暗享受这份招摇。他结束出差,抽出空闲,打算去骑马。刚巧经过她的学校。频繁的私下会面似乎不合适,杜阮难免怀疑,他对她有所企图。然而,类似想法又让她有些自得,以靳先生的阅历和社会地位,身边流连形形色色的女人,竟然对她另眼相待。

"你的侧脸很美。"她在试头盔大小,靳洲走近,按了按她脑袋上摇晃的头盔,又给她换小一个码。听见毫无征兆的话,她又低头看向指尖。

他的马通体棕色,马鬃下小撮白色像眉心的美人痣,四肢健壮。靳先生将毛刷递给她,杜阮有样学样为马梳毛,梳到后腿,想抱马蹄,它偏怎么也不肯动弹。马打个响鼻后退几步,彼此都胆怯了。"这马跟你倒挺像。"靳洲取笑她,"别怕,没问题的。像这样……"她两步站到侧面,轻轻抚马的后臀,手沿着腿部向下,马果然抬蹄。杜阮抱住马腿,小铲子细细清理马掌。两人牵各自的马绕场走一圈。"上次吃饭时,我就在想,或许我们可以成为朋友。和你相处,让我觉得舒服。"

"年轻女孩和一个相差数十岁的已婚男人,会有友谊吗?"我忍不住反问。

　　右手大拇指,在指腹处反复摩挲。"朋友只是第一步,"杜小姐缓缓道,"我那时还不明白。"她凭什么越过年龄与阅历的天堑,仗着年纪轻轻、不错的外表,交换平等的友谊?仿佛杯壁上的唇印,恍惚间,黏着一层尴尬又招摇的心虚。她将对方的欣赏视作殊荣,接受朋友关系,被表象欺骗,沦入道德滑坡的危险。

　　他们时常单独待一两个钟头,无非就是吃饭,地点当然选在高级餐厅。靳洲亲自开车。下雨天,站在车身前侧,他撑一把墨绿色长柄伞,等她。她远远注意到,他的领夹在阴晦的雨柱中发亮,像深海闪动的鱼鳞。他来接她吃饭,等红绿灯的间隙,从后座拿过一个精美的纸袋放在杜阮膝上。她看着袋子里那套名贵的化妆品,不作声,又放回后座。雨越来越大,远处天际裂开一道闪电,人群的移动加快了些。雨水灌落,隆隆雷声像西西弗斯的巨石迎面滚落,她的肩膀猛的一颤。靳洲笑着去握她的手,杜阮挣开了。

　　"抱歉。"他说。杜阮不知该做何反应。靳洲干脆靠边停车,看着她,"我不妨告诉你,杜阮,我很喜欢你。但我并不是那种会对你动手动脚、轻浮的人。"

　　对男人来说,杜阮的清纯不够"点到为止",仿佛在车子的挡风玻璃后面醒一瓶年份合适的葡萄酒,沿路崎岖不平,稍不留神就晃了出来,酒香兜满车子,明知危险,还是忍不住想尝几口。

　　"为什么?"她闪躲他的目光。

　　"很少有男人会不喜欢你吧?你年轻漂亮,让我有欲望。"

他笑了，简短、坦率、干脆，因而显得无情，"我喜欢和你说话，也喜欢和你相处。"她没有在看他，靳洲的余光瞥向后视镜，他在观察自己的表情。

"你送我回去吧。"杜阮油然升起一阵无助感，是的，她有虚荣心，甚至还对他有好感。统统都成为他的把柄。她打断他："我不想继续这个话题。"

"你过得太辛苦了。你的年纪，应该去享受，去奢侈，尽情打扮自己，不被物质胁迫，做任何想做的事，我知道这样说很直接，你很好，但我只有钱，"像手指上的倒刺轻轻一扯，连着肉，甲盖侧边撕开一道沟，直抵她的血肉。他定定看她："我不遗憾自己年纪太大，否则，我未必会这样遇到你。杜阮，你配得上更好的生活。"

左手无名指的戒指映着车灯，昏暗中明明灭灭，蛇芯子似的，吐着阴森森的亮光。两人一路无话。他把礼物塞回杜阮怀里："不要有压力，我给你时间考虑。"他太熟悉杜阮这样的人，贫穷会使人脆弱，绝大部分女人没能聪明到只谈利益和合同，她还需要爱情。他乐于令她以为他爱她，他也需要她的爱，感情的反馈让他有满足感。当然，他也不是不喜欢她。

"他说，虚荣不是可耻的事。"杜小姐说，"他说，我让他想起曾经的自己，因此他想要补偿我、照顾我。"

"虚荣并不可耻，"我说，"可是他不真诚。他过度提倡消费主义，利用你的贫穷，放大你的虚荣，用经过矫饰的人生哲理，击垮你二十来岁浅薄的见识。"

"从前没有人这样规劝过我。"杜小姐不禁苦笑,她的小动作没有停,她的大拇指侧面已经微微蜕皮。

他的话里都是钱,物欲横流、拜金主义,年轻女孩的逻辑体系难以招架,不能怪她沉浮其中。同时拥有美貌与贫穷是一种残忍。她本应对这类男人保持戒备,也许是,他的外表与经济能力太具迷惑性。鱼在咬饵,他一点点收起耐心。第三天,杜阮的银行户头入账一笔钱,数额不小,邮箱同时收到一份机票和酒店的订单,目的地是南部一座热带岛屿。

"你难道忘记自己已婚!"对话陷入静寂,他从不提妻子,惯常用"家人"指代另一半,戒指从未摘下来过。所有人都认为他的工作与私生活界限分明。看吧,靳洲从不肯对外放弃好男人形象。

"是的,我结婚了。"他坦白,"我和她曾经相爱,如今,我们早已没了感情。"示弱是某种策略,仿佛为难似的,他调整出一副凄楚的口吻,"她在外面有别人。"这番说辞立即引发她的动荡,女人对男人的爱怀着崇敬和怜悯。

"你总是戴着戒指。"她进一步试探。

"家庭情况给客户、股东、投资人的印象极其重要,我和她的关系涉及诸多股份和财产分配,这也是暂时未离婚的原因。"他不由得叹气,"你明白,在我这个年纪,很难再有心动的感觉。我不愿后悔。"我想她不明白。她不明白,一个好男人,怎么会轻易向外人吐露妻子不堪的德行？她不明白，如果不再相爱，又为何不离婚？仅仅因为财产逢场作戏，难道日后就会有所改变吗？

女人讲究感情，她不可能和一个完全不爱的男人在一起，总归要有感情的。但是，如果他没有钱，她还会对他产生某种近似爱的情感吗？假设不成立。钱是"靳洲"这个人格的构成部分，他同样认为，这属于自身的魅力之一。她这样年轻，有无数种坠入爱河的可能，唯一的问题是，年轻令她缺乏对爱的反思能力。

她成为他的情人。靳洲鼓励她挥霍，虚荣心是他的诱饵，他需要她保持无知，表现欲望，向虚荣屈服。她贪图中年男人的便利，计划学习、打扮、长途旅行，用他的金钱为父母买高档的羊绒大衣。她的屈服满足了他的虚荣，他的欲望在于青春的皮囊，两人之间，是欲望与欲望、虚荣心与虚荣心的相递。

他人琢磨她的眼光，并没有比见她穿不合身的衣服时那种眼光，来得更尖锐。远途旅行的最后一天，他带着红酒来敲她的房间。她没有理由不让他进门，显而易见。

他的手滚烫着，沿腰窝渐渐下滑，大腿，大腿内侧，抚摸她的脚掌，忍不住喃喃道："你的脚好小？"少女的体态之美在白色床单里一览无余。这种事迟早会发生，在她接受"女友"或者说"情人"的身份时，就已经了解到这点。她不可能指望一个近四十岁的成年男性，大费周折与她谈柏拉图式恋爱。凑近看，他还是老了。尽管靳洲克制饮食，健身，年龄却无法回避。他的毛孔粗大，皮肤像缺水的厚橘子皮，他对她来说，太老了。

散落的、被遗忘的不适片段呼啸快进，她想起中学时的书店老板，她想起做家教时的学生父亲，不洁的感觉再次围剿她。不，不是不洁，变为另一种更为强烈的污秽感。男人的手指在她的川峦间游走，忽地，又想起他的那匹母马。他为马梳毛，手掌从后臀沿大腿往下滑，抬起它的腿。身体一阵抗拒的瑟缩，推开他，裹紧毯子，快步冲进卫生间。灯光昏黄暧昧，她打开水龙头，抑制不住的悲哀缠绕全身，呜咽起来。她应当是爱他的，然而她的内心燃起一种无可名状的深重悲哀，他们隔着一道不能上锁的木门，杜阮喉咙发紧，斜睨镜中自己，隐约闻到浴室下水管传来潮湿的臭气，可能是幻觉。

露天泳池水底亮着灯，照出一片蓝绿马赛克砖。敞篷跑车在酒店大门口停下，极其灼目，行李员上前，询问是否需要协助。学校图书馆拉闸，保安为玻璃门套上挂锁，走下台阶，一步步往宿舍走去。几个学生坐在草坪上喝啤酒。飞机在夜空中闪着红点，机舱昏暗，人们在轰鸣中闭目歇息。人间的运转与心事各不相关。

杜阮的父母才下班不久，两人均在一家工厂上班，晚上工作至十一点半，次日早上八点进入新的循环。他们被困在日历里，不能脱身。这一晚，她的母亲躺在床上少见地失眠了，胸闷，仿佛即将发生什么不好的事。她推推丈夫的胳膊，问，外面在下雨吗？收衣服了吗？丈夫翻过身，声音透着困倦，答，明天再说吧。她在黑暗中睁开眼眸，骤雨扑腾在不锈钢防盗窗的铁皮顶，嚣杂纷乱，不知女儿此刻是否睡着了。

镜子映出年轻的脸，困住了原本的灵魂。这才几日，丹唇细眉，金钱让人明艳，但染指了她的洁净。她的双手蜷曲，撑在洗水池边缘，俯身向前，大拇指与食指不断来回搓动。

"还好吗？"靳先生敲门。

她扯起嘴角，齿缝中挤出两个字："还好。"

"性很美妙。但是你拥有身体的自由。"他并不表现得急色贪欢，"我不会勉强你。如果我想做什么，一定会事先得到你的允许。"

"我准备好了。"口吻像在履行爱的义务。

下雨了。他用唱片机放摇滚乐，狂躁的鼓点中再次揽她入怀。疼痛比想象中更微妙，它没有持续很久，温热的身体像经太阳炙烤过的海滩，带着咸湿的腥气。少女气息渐渐远去了。潮水一阵阵涌上来，又退去，她越来越流露出成熟的味道。不知道这场雨与那场雨，是否会在云层闻见对方的消息。仿佛身处风暴中心，海浪猛烈欢腾，将她的身体席卷起来，又重重跌落，跌进干涸的流沙。大海和沙漠再没别人，杜阮试图抓住点什么，却不停地下坠，陷落，沉沦。

她在冬天回了趟家。屋舍敝旧，床铺窄隘，杜阮突然不能想象，一家人怎么就局促地生活了这么些年。母亲特地穿上给她新买的羊绒大衣，照了好久的镜子，摸摸衣角，转身高兴道，摸上去这衣服真不像假货，多舒服啊。大衣的阔领子上头别一枚孔雀胸针，尾屏镶满各色水钻，俗气斑斓，底部一颗大珍珠，光泽消退，衣服也跟着变成了廉价货。母亲却很满意。室内阴冷，她走去阳台，负暄闭目，一时之间觉得自己像极大衣上的那枚胸针，拿姿作态，在不对的位置过不堪匹配的生活。她又想起他的领夹。

将金钱视作事物价值的唯一衡量标准，习惯这种观念，杜阮不免将"价值"视同于"金钱"本身。贫穷滞碍着她。可是现在，钱来得太容易了。她情不自禁沉湎于化妆品、衣服、包包，浮华的一次性快乐。她变得对那些不得不通过努力才能获得"价值"的事物极其倦怠，如同一个个腾空的气球，慢慢瘪下去，最终掉落。

"他懂很多东西,"杜小姐耸耸肩,"我很信任他,好像他谈论的任何事情都很有道理。他带我见识过更广阔的天地。"

"各方面条件严重不对等时,关系向一方倾斜。两个人格之间将不会存在真正的交流,永远只有单方面的吹嘘和单方面的倾听。"我可以想象她如何接受他的"思想清洗",并奉为圭臬,"他必定擅长说服别人,尤其对你。"

"他对我很慷慨。"她说,"但,这不是爱吧?"

"慷慨的确是好品质。"我顿了顿,"或许只是因为他慷慨。他有这个能力,他愿意为你付出金钱,但这些钱对他不会有任何影响,不会家宅不宁、鸡飞狗跳。如果有这个能力,他同时还可以做慈善。"我没有回答那个关于爱的提问。

公寓只配备必要的家具,疏疏落落,像她越来越空的脑袋,成长环境太拥挤,她不喜欢家里有太多东西。连续剧循环播放,杜阮几乎背熟情节和台词。她以前不这样。以前,她过得辛苦,时间总好像不够用,但充满热情。现在她被困在这座房子、身上剪裁高级的华服里,寂寞寡欢,天气不好、身体不适、不想起床种种原因,旷课次数多起来了。她全身心依附一个男人,自我意识缩得乒乓球那么小,空虚就像飞虫似的一阵一阵扑过来。

他从不允许她主动打电话。这是规则。她明白,靳先生不是二十岁的男孩。爱情(或者说女人)充其量是一瓶酒,不是三餐,更不是人生。他给了钱,就不该再要求他付出更多的爱,太贪心会痛苦。她不够聪明。这是金碧辉煌的陷阱,她的大好青春,在败坏的日子里腐朽,杜阮不是没有想过离开他,这需要决心。

"这不是爱。"她说。

"最起码,这不是纯粹的爱。"这不是纯粹的爱,也不是纯粹的各取所需。

但是,她怀孕了。那些没有钱、擅长花言巧语的年长男性,好不容易骗到一个年轻女孩,赶紧拉拉小手、亲亲小嘴,半推半就,以"男朋友"的名义行男女之事,好让小姑娘赶紧怀孕结婚。他们擅长贬低:"就你这样的女人,除了我,谁还会要你?"靳洲不一样,他永远故作尊重,一边告诉你"你的身体只属于你自己,你是自由的",一边鼓吹"当今是一个性解放年代";他赞美她,恭维她,让她发自内心感激这份赏识,他将商务谈判运用于男女关系,事情发展必定符合预期。靳洲谨慎,让人怀孕的手段太低劣,他没有那个想法。他怀疑这是她的企图,不过,一时贪欢不算什么麻烦事。他毕竟已到中年。

"你不想生的话,我会陪你去医院。"他将双手放在她的肩头,"或者你退学,把孩子生下来,以后我再安排你出国念书。我尊重你的意见。"态度跟讨论去哪里吃饭没两样。

杜小姐说:"我很愚蠢。"

"是的。"我回答。

杜阮当真退学,事到如今,她将人生的路越走越窄。她像坐轮椅的人,日子是被推着走的,身体知觉变钝。从一开始,不伦恋情就注定滑向一个卑劣的结尾。产检那日,她在医院碰见梁藻,她陪洁茹来做产检。梁藻稍大她几岁,实习时,两人偶有工作对接,接触过阵子。杜阮还以为会成为她的下属。三人一起候诊。

"我原来投的不是市场部。后来不知怎么的,"她说,"本来以为能和你同个部门。"

"靳总特地找出你的简历,把你调过去。"梁藻的神情略有鄙夷,倒不是对她,"还记得吗?饭局,他跟市场部负责人提了一嘴,座位自然就那样安排。也不是第一次。"

"原来如此。"她宁可将他的布局视作爱的手段,"不过,'也不是第一次'是什么意思?"

不是第一次,当然不是的。市场部与靳洲的关系最亲密,负责人是他的心腹,每次新入职的实习生或员工,但凡有亮眼的,多半会成为饭局上的屏风小姐,赏心悦目的屏风,光明正大地瞟上两眼。梁藻有过相似经历,只是她反感频密的应酬,不配合,干脆剪成寸头,着装变得中性。女性若不对骚扰声色严厉、拍案而起,很容易被旁人误以为在调情。"对了,靳太太最近刚生了孩子……"杜阮一滞，手指不停搓动，抬头怔怔道："他的孩子吗？"他们不是早已分居？他说太太在外面有别人，他们是 open relationship（开放式关系）……"你这话说的。不是靳总的，还能是谁的？"

她选择不去听、不去信、不去问，一只没有觅食能力、不会飞的雏鸟，除了躲进他的臂弯别无选择，心底何尝不羡慕梁藻的自由独立。现实从来看不见清晰的锋刃，它伏在暗处，趁人不备，一次次放冷枪。大约过半月，母亲忽然打来电话："你在哪里！"杜阮答："在学校。""还骗我！"愤怒中混入哀切的腔调，母亲发出尖厉的破音，"你到底在哪里？"

那阵子，一个陌生女人不停打电话到杜阮家中，寄她和靳洲的照片、恐吓信，闹得翻天覆地。当然不是靳太太，她确信靳太太一无所知，就像她曾经的一无所知。他的又一个女人罢了，比她大六七岁。母亲连夜坐火车赶来学校，找她，找不到人。

她不是他唯一的爱人，更不是他唯一的情人。太可笑了。他不爱她，他只贪图她的年轻，她可以是任何人，她是任何人中的一个。那女人，章洁茹是知道的，当时她在公司做财务，比对报销发票，发现蛛丝马迹，她和靳总的出差重叠率过高了，后来因为风言风语，离开了公司。那个女人发出冷笑，他现在一脚踢开我，以后照样一脚踢开你！如果说男人选择妻子，有必要考虑丈母娘的素质，那么像杜阮的身份，最好相信这位前任的下场。杜阮想起他的书架，上层放着充数的空书壳，他的汽车模型、他从未使用过的相机和装点情调的摇滚唱片。他收集它们，但它们的意义就光是摆在那里，不见得有多重要。

噢！分手也毫无波澜，他沉思两分钟，只说："明天和客户有约，不能陪你去医院，费用，我会命人打到你的卡上。"靳洲露出一种造作的哀伤神情，淡淡道，"我是真心喜欢你的。"她想，如果失去这点喜欢，还剩下什么？

她与母亲并肩默坐在手术室门外。忽然，想起儿时那个下午。"妈，你还记得吗？小时候，你带我去买鞋。我看中一双红色小皮鞋，真的很喜欢，可惜太贵。你舍不得给我买，我赖在店里不肯走，号啕大哭。后来你打了我一巴掌。"她们都吃过没钱的苦，母亲捂住眼睛，泪水从指缝滑落。她没有注意到。"我当时以为，再不会有比这更让人难受的事了。"母亲痛哭失声。腹中尚未成形的小生命，附在那里，不停地往深处扎根，揪着她的神经、心脏、肌肉。杜阮轻轻拍她的背，不论作为女儿还是母亲，她都太糟糕了。

"我爱他的钱，也爱他。"一丝浅笑隐没在嘴角，指尖的动作终于停下，她看向我，"后半句话不能说，谁也不会信。好歹他有钱，不是吗？没有钱的老男人和年轻女孩，听着更不像样。如此，别人只会认为是我自作自受，而不是可怜可笑。"杜小姐坐在那里，声音不带任何情绪，我触到一种钻心的哀伤。她的美丽不新鲜了，在柏言的镜头下，仿佛快要枯萎。

外头的光线降低明度，暴雨骤然落下，扬尘飞驰，柏言关上门。闪电划过，她抖了抖，像一扇单薄的屏风。客人递来盒子，盒子里躺着一枚名贵的银色领夹，送给他的礼物。如果不能时时见面，她想，至少有一样东西可以让他时时带在身边。礼物送出去，却又在搬出公寓时，被发现掉落在沙发底下，沾了灰。大概是解领带时,随手扔下了。

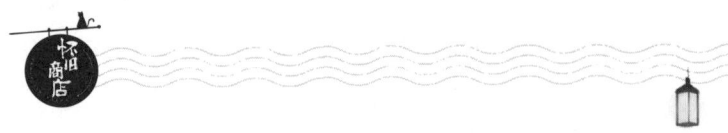

她后来还见过他一次。远远隔着十几米,他搂着一个年轻女孩的腰,她在喂他吃冰淇淋。整整两年,从前人生像体内难愈的病灶,反反复复。突然,她闻到一股污浊酸臭味,瞥见商场卫生间标志,背过身走开了。她给梁藻打电话,说,以前怎么没认清老男人的浑浊、虚伪和自恋?她们变成亲近的朋友。

"年龄越大越明白,外貌的附加值只会逐年降低,"编号2015123114,我盖上盒子,"对他来说,不过一桩无足轻重的风流韵事罢了,对你的影响,恐怕会很深远。"

"我那时还太年轻,"她苦笑,"这是愚蠢的代价。名、利、爱、金钱,但凡别人给的,都会失去。"连本带利,重新一无所有。

"你后悔吗?"念西问她。

冬天气候干燥,久不落雨,她的脸颊两侧皮肤微红、点点雀斑,垂眸,眼皮底下起了细细的皱纹。杜小姐环顾怀旧商店,被摆放在陈列架上的人生,有着各自的苦痛与隐忍,她只是其中之一。我望着那张年轻的脸,不知怎么的,总觉得沧桑了几分,掺着愁肠百结的哀伤,显得有点呆滞。杜小姐没有回答提问。我不能说其情可悯,总归,盈亏自负。我送她出门。

念西和柏言约好逛花街,说要买个"福"字回来。我不习惯彩灯炫眸、行人如织的热闹,还是待在怀旧商店。他们回来时,柏言头上戴了一对米老鼠耳灯,买了一副春联,"唔撚洗做""大撚把钱",意思是"什么事都不用做,就会有大把的钱"。我笑笑,问他们约会如何,念西拍了拍沈柏言的米老鼠耳朵,真快乐呀。

入库单

物品编号：14

黑胶唱片

备注　　无论人世间多少糟糕事，日升月落不会有别的规律，好像再怎么坏，日子都可以从头再来。

寄存年限　　永久寄存

Salut d'Amour

雨渐渐转成大雪，柏言把伞倒过来接雪花。他带的衣物不够御寒，大伯借他一套抓绒睡衣，土里土气，穿着倒也可爱。天冷，他一张嘴，就可以在空气中看见呼吸的形状。她穿墨绿色卫衣，扎丸子头，撸起袖子帮老程打下手，准备年夜饭。程念西没有见过雪，和柏言视频，不禁雀跃。风吹得枝杈晃动，积雪簌簌落下，迅速融化在肌肤表面。

爷爷的第一任妻子姓张，名叫荻秋。张奶奶偶尔想不起百辟的名字，不认得儿媳、孙子，见到柏言，她拉过他的手："仰贤，你回来了。"九十岁，依旧在回望十九岁的那一年，值不值得？"妈，这是柏言，是爸爸在台湾的孙子。"沈百辟说。"孙子？我怎么不晓得……"她又说："你爸爸回来啦？"荻秋抓几个冰糖橘给柏言，"你叫什么名字？""奶奶，我叫柏言。""柏言是谁？"她抬头望望沈百辟。"柏言是沈仰贤在台湾的孙子。"沈百辟大声嚷道，怕她听不清，柏言在他的脸上，见到与父亲沈不易相像的鼻眼。"哦，沈仰贤啊，"她点点头，"他回来啦？""他在台湾结婚啦，你别想他了。"张荻秋不说话："你叫什么呀？""奶奶，我叫柏言。""吃橘子，橘子，甜。"

沈柏言剥两瓣橘子，放到她的手心。张荻秋受过新式教育，丈夫参军以后，她改学护士，在医院拿微薄的薪水。家里境况不差，有些产业，不必操心生计。沈仰贤去了台湾，他原想设法接家眷出来，托人买了上海的船票，二老思虑再三，车马劳顿，恐怕身体吃不消，再者不愿意抛却家国故土。他们让荻秋和百辟离开，行李收拾完毕，临上路，荻秋反悔了。沈柏言不知，张奶奶余生是否对此感到后悔。她答应替仰贤照顾好爸妈，守住沈家的门堂。

兴许自收到消息起，她就有过预感，不不，更早以前，丈夫透露参军的意图时，她就明白，每次分别都将会是一生。

若说好辰光，不过开头两三年，慰藉了她往后数十载。饥荒那时候，张荻秋送走公公、婆婆，没过几年，因为沈仰贤的身份，她和儿子再次遭难。沈百辟从未见母亲对生命悲观，一双素手，做起粗活儿照样利索，从无怨愤。如今她老了，懵懵懂懂，总算问出心里话："你爸爸回来啦？"柏言把藤椅搬去阳台，扶她坐下，日光熠熠，她眯着眼睛一钩一回织毛线，织了又拆，腿上盖着厚毛毯。他给她读信，张奶奶像在听着，忽而抬头："荻秋是谁？"

"是你呀。"他握了握张奶奶的手。手背皮肤皱成一道一道，青筋凸出，带着一种年事已高的冷淡体温。"仰贤回来啦？""他写信来了。""哦，他说什么啦？"张荻秋头发花白，戴一副金玳瑁眼镜，毛线在食指饶过半圈，一个停滞："仰贤什么时候回来？"又说，"他回不来了。你告诉他，叫他好好过日子。"想起信上的诀别词，"改嫁再娶，各不相干"，阳光将人烘懒了，柏言不由得替长辈心酸。

书桌的玻璃板下压着一张黑白结婚照，受潮了，底部霉了大一片，两个单调人影，仿佛炭笔草草描成的，只剩眼睛、鼻子、嘴巴的大致方位。柏言给大伯一家子拍全家福。沈百辟对着相片反复看，发现母亲很老了，顿生一股异样的不熟悉感，寻常时候不觉得，活生生的、立体的人变成一个平面，才陡然体悟出来了。她在他的眼皮下，被忽视了变化细节，还以为原来就是那样，一直那副样子，勾留在父亲离开不久的那阵光阴罅隙之间，将所有人远远阻隔在外面。他必须重新回想，才记起拥有母亲的几十年。

柏言想，总算替爷爷将信件交到她的手里。

收到柏言订购的绣球花，还有一些客人的拜年短信，我像往年一样，给某个无回应的邮箱发送祝福邮件。念西给我打了电话，问我吃得怎么样，我笑道，好在还有几家餐馆开门营业。市区禁燃烟花爆竹，我未曾注意到什么特别的声响，人头攒动、闹哄哄的欢喜浸没在风中，冬季干冷，风大，吹得窗框砰砰作响，难免寂寥。时间烧成了灰，落在陈列架上，一层一层越积越厚。黑猫陪着我，靠近我，毛发像刚熨过的黑缎，摸起来暖暖的，肚子发出持续不断的咕噜声，张开爪子伸懒腰，爪子缩回去，再将肉垫搭上我的胳膊。我们面对彼此默不作声，黑猫不是活泼的猫，单是不怕人，它抬头看我，橙色眸子亮亮的。

正月初六，沈柏言回怀旧商店，我收到新年的第一件寄存品。他的头发略长，偏分，从前额一簇簇往两侧垂下去，眉毛浓、双眼皮深，唇上和下巴留着一圈胡楂，萧先生穿灯芯绒夹克外套、褐色T恤，条纹哈伦裤在脚踝处卷起一寸，脚上蹬着黑皮靴。他的寄存品是一张黑胶碟，爱德华·埃尔加的钢琴曲 *Salut d'Amour*，我将它放进唱机，唱针缓缓放下来。

黑胶唱片是阿汶送的，求婚那天，萧仲冬特地挑选这首曲子。当年，音乐家在旅行途中完成谱曲，将它作为订婚礼赠予未婚妻。他总将她和这首曲子联想到一起。水声哗啦啦的，几乎盖过钢琴旋律。浴缸放满水,修眉刀是她的,遗书将在八小时后自动发送至亲友邮箱,一切准备就绪,他对着镜子牵扯嘴角,氤氤氲氲,迷蒙中捉到她的一点点幻象。浴室的日用品都是她挑的,梳子、薄荷味牙膏、精油香氛沐浴露、某个外国品牌的洗发水,护发素只有她在用,打开瓶盖,他一瞬间嗅到她的味道。漱口杯两只,牙刷成对,马桶的水箱上面放着她惯用品牌的卫生棉,好似阿汶只是出门上班去了。

头发腻腻的,下巴长出一圈青胡楂,他的整个身体沉进浴缸,水还烫人,一波一波漫过胸膛,往耳朵里灌。萧仲冬拿过手机,打开常登录的网站,右侧栏一则应用广告,粗粗浏览过后,他点击下载链接。萧仲冬很难阐释自己的行为,以前从未尝试过这类新奇服务,跟所有普通男人一样,平时无非在网盘里存几张色情图。阿汶对此向来谅解。

求死前乍一下出现的生理欲望并不叫人觉得可耻,即将触及死亡时,过去以不可想象的密度展开,过滤七情六欲,唯有性超然于规矩日常,呈现出最原始、极致的乐趣。可能因为空虚,另一方面,他越想念阿汶,那方面的反应越强烈,几乎到了不可抑制的地步。

界面简洁,如同一般的聊天工具,用户可以根据定位就近选择在线"客服",完成付款,即可享受"语音聊天服务"。他挑选的对象是 Nana,离他 1.8 公里。"嘿,"没有多余的问候,她切入正题,捏造出一种娇嗔软音:"想我了吗?我躺在客厅的沙发里……好热哦……"闭眼,他在她的语言结构中摸索阿汶的骨骼、肌肤,字词被肢体的颤动打散了,在颅内重新黏合,踏着想象力试探她的海岸线，她的岛屿、花园和密林。

客户不像之前其他男人，喜欢挑逗她，浪荡或轻蔑，要求她配合说一些肮脏的下流话。邵合欢听见男性短促的低喘，钢琴音似有若无，她的头脑和语言是分开的，她的心和身体也是分开的。邵合欢来回拨弄水池里的毛巾，敷衍地想着其他事。卫生间的门敞着，没有锁，房间的任何一道门都不能上锁。她的眼睛下方、接近颧骨的位置肿着，颈部红红一圈，胳膊、大腿上的瘀青还未消退，住宅楼的第十二层，一座布置齐全的监狱，她通过镜子观察崔礼，他躺在沙发，双手高举相机，正在翻看照片。邵合欢拿捏着绵软的、略带疲惫的声调，喘息声像气球扎了小孔，一缕缕向外漏着气，最后收敛声色："我是客服Nana，如果您对本次服务满意的话，下次请继续点我哦。"

娜娜，阿汶就叫何汶娜。或许是错觉，他总觉得Nana和阿汶的声线相似，不是吐字的棱角波形、前后鼻音不分、句子间的抑扬顿挫，而是喉部肌肉调动发出的独有音色，温柔的，起伏中有些沙哑，一句话荡开几圈涟漪，萧仲冬通过声带的振幅辨别细微的情绪不同。他受到安慰："谢谢你，Nana，你的声音像我的未婚妻。"

邵合欢起初一愣，继而感到荒谬。一个男人，当然不会满足于只通过一个女人实现生理需求，他们对着任何漂亮女人的身体意淫，然而没有一个男人会在刚刚结束和她的意淫以后特地强调自己还有一位未婚妻——这种做法无论如何都太道貌岸然且卑鄙了。呵。外头哐哐当当一阵动作，崔礼喊她："晚饭好了，都是你喜欢的菜，出来吃。"口吻是讨好的，表述却透露祈使句的惯性。

他伸手拉她，合欢缩过肩，两人若无其事走向餐桌。邵合欢想到崔礼同她回家拜见父母那一回，家里的猫蹦上沙发，被他猛拍两下脑袋赶跑了。他解释自己对猫毛过敏，吓唬吓唬它。邵合欢不大高兴。崔礼开玩笑说，你放心，我从来不打女人。她早该从这古怪的造句中觉察出端倪。临走那天，崔礼当着合欢、她的父母的面，试图挠一挠猫下巴说再见，它睁开眼，往后弹开几步，一路蹿到沙发底下去了。她方才下意识的举动真像那只猫，合欢拿起碗筷，他们不说话，洗手池里的水咕咚几口吞进下水管道。

洗澡水凉了，弹起浴缸塞子，水平面以可被观察的方式匀速下降，镜子表面的雾气逐渐消退。他的心像吸收了所有的水蒸气，鼓胀，拧过两圈能够挤出水来。他抚着洗手台蹲下，脸埋进臂肘，抽噎渐渐变成干号。咔嗒，唱机停止，他的声音一下长一下短，像新手拉二胡，难听得要命。累了，起身时脑袋晕眩，突然没了自杀的力气。阿汶的母亲给他打电话，说明早来取她的东西。萧仲冬盯着镜子看，拿起那把修眉刀刮胡楂，计划换个日子去死。

萧仲冬戴上橡皮手套，倒了盆水，一一擦拭桌面、书架、地板，对着地板上的一撮长发出神。他在客厅睡了几日，不敢进房间，房间有她的味道，枕头边丢着她的睡衣。阿汶的东西到处都是，她总是随手乱丢，下次再用就找不到了。厨房的碗筷是她挑的，床单和被套是她喜欢的式样，水杯是她买的，衣服晾在阳台好多天了。萧仲冬不肯去收，好像只要不收衣服，阿汶就会回来一样。

他拿出冰箱剩余的食材，淘米，意识到煮了两个人的分量。他煮西蓝花、炒虾仁滑蛋，盛好饭放到桌上，拿筷子，习惯拿了两双，只好再放回去。虾仁滑蛋炒得老了，西蓝花难吃，阿汶觉得难吃的那个味道。她嚷嚷着减脂、均衡膳食的日子，每天水煮西蓝花，却也只稍微动两口，最后都由他吃完了。他专门负责吃掉她不喜欢的食物。萧仲冬搁筷，一团硬米饭哽在胸口，握拳重重捶了几下。连续好几日没有正经吃过一餐饭，肠胃隐隐作痛。

  崔礼给合欢夹了一块西蓝花，叫她多吃点。邵合欢的感官是闭塞的、麻木的，她将那块西蓝花放进嘴里，咀嚼、吞咽。崔礼有一些坏毛病，但他是爱她的。

  他是邵合欢的第一个男朋友，年长她几岁。大学时，她兼职做平面模特，和崔礼合作过几次。邵合欢眼距宽、方下颌，脸部线条硬朗，算不上漂亮却有辨识度的相貌，人们通常这样赞美她：有气质。崔礼是摄影师，出没在大大小小的艺术展览，偶尔接拍一些商业项目。他外表平平，话少，颇有脾气，从不因为商业委托而对创作的艺术性做妥协，再者，他不像某些摄影师，借着拍摄的名头对年轻女模特动手动脚。一来二去熟悉了，他私下约邵合欢互免两组创作，她在他的镜头下呈现出截然不同的状态，她变成他的作品，仿佛利用她恰到好处地表现了他的才华。她先爱了他镜头下的自己，再爱上他。

  恋爱也不常见面。见面的话，他会买一束花或是礼物。崔礼带邵合欢出席朋友聚会，用几千颗大头钉拼成她的照片，在重大展览的开幕讲座公开致谢女友。他的情话动听。路边餐馆吃牛肉拉面，崔礼兴起，舀了大勺香菜到她的碗里。邵合欢惊叫道，啊！我不吃香菜的。他从碗里夹起一片香菜，笑道，你知道吗？香菜的花语是"我想给你一些爱"。邵合欢犹疑，你骗我的吧？他答，没有。他光是那样看着她，合欢，你知道我自小过得不太幸福，你在我身边，我常觉得这样下去也不错。他们曾有过好时光。邵合欢大学毕业，崔礼见过她的父母以后，两人同去了广州。

具体哪个日子不记得了。崔礼给她发短信说晚上有工作，不回家吃饭。刚好同事聚餐，邵合欢跟着喝了几杯啤酒。回到家，见他坐在电视机前一声不吭，她笑道："你回来了，今天我和同事出门聚餐了。"崔礼拉长脸，大片云霾兜头压过来："你怎么不告诉我？为什么不回信息？你喝酒了？"没等合欢进门换鞋，遥控器率先砸向她，接着是两记耳光。崔礼叫道："不接电话、不回信息，哪个男人送你回来的？"看着合欢红肿的嘴角，他一下子搂紧她。"这么晚回来，你知不知道我很担心你？以后不要这样了，求你……"他抚她的脸颊，仿佛她挨的是别人的掌掴，说："打你时，我也觉得痛。"邵合欢答："以后不会了。"

又过半个多月，下雨天。他打电话喊她去工作室接他下班，因为单位临时开会，耽误了工夫。刚进门，崔礼对着她的腰横踹一脚，合欢伏倒在地，他拽着她的胳膊直逼墙角，脸贴着墙，被他捏起下颌骨。很好，他说。崔礼调整相机参数，咔嚓几下快门，悉数记录那份动人的狼狈，皮肤紧实、眼神惊栗。真美，他称赞她的表情恰如其分，是天生的模特、艺术家。邵合欢蜷在地上没法动弹，想起昨天深夜收到男同事的工作信息，被崔礼瞧见了。

容她想想，最后怎么和好的。先流着泪道歉，总之是每个男人都会的那套话术，错了、保证以后不再犯、爱她、求她原谅，他说他以前不是那样的人，爱叫他发了疯。可怕的是，想起热恋种种，她竟相信他说得不假。除了打她这一条，他没有别的毛病，体贴、有情调、才华横溢。崔礼握住她的手，说："小时候，我妈和别的男人在家里胡搞,被我爸撞见了,那之后他开始酗酒,喝醉了就打我妈、羞辱我,合欢,是你,你把我拉出悲剧的命运……让我有了幸福的渴望,我会改的,相信我,我不想成为我父亲那样的人,你帮帮我,合欢。"她隐约知道他的童年不幸,他在此刻抖搂出来,笃定女人会心软。他解释,她说服自己接受解释,两人抱头痛哭。第二天,崔礼带她和朋友们吃饭,长衣袖没能掩好胳膊的瘀青。邵合欢说昨日刮痧了,心里都觉得滑稽。

崔礼不是坏人,他真可怜,邵合欢爱他因而同情他,为此迁就他毫无缘由的妒忌、愤怒。再有就是不甘心,两年来的感情,岂能说舍弃就舍弃。某个时刻,邵合欢轻信他的说辞,她受的苦必定是一份隐喻,上天指派她"救赎"这位灵魂饱受折磨的艺术家,她因他的爱特别,由此自身的痛苦变得别具价值。那当然是极其荒诞的想法,却让她一度迷恋牺牲,因着他的才华,她对他怀有一种宗教式的仰慕。

收拾完餐桌,崔礼扶她到沙发,拿红花油在她的瘀青部位轻轻按摩。茶几摆着他买的六寸红茶千层蛋糕、红玫瑰花束,她通过不断被伤害,在博弈中短暂告捷。睡在同一张床,他过来搂她的腰,邵合欢的身体立时僵住了。

萧仲冬半夜上卫生间,恍恍惚惚中摸到空的挂式纸筒,喊了两声"阿汶,没纸了""阿汶",第三声总算咽回去,睁开眼周围一片岑寂,她不在了。他慢慢想起刚才的梦,梦里牵着她过马路,醒来,只是左手紧紧握着右手罢了。睡不着。阿汶的父母约好明天来拿她的遗物。他打开房间各处的灯,玄关壁灯、客厅射灯、沙发旁落地灯、餐桌上方的吊灯,开始一件一件收拾,衣物、鞋子、书、化妆品、毛巾……各种琐碎的东西，哪里收得干净。胶带发出刺耳的声响，萧仲冬好像忘了要做什么事，惘惘地，蹲在原地。那张唱片是阿汶送的礼物，他没有整理进去。烟灰缸满了，萧仲冬把烟蒂揿灭，起身开唱片机。

天空像垂死之人的灰白脸色，清洁工扫街、垃圾桶翻转倾倒的喧杂声，清冷冷传进耳朵。何汶娜的父母很早就来按门铃。他们看看彼此，话都没有多说一句，安慰话是不相关的人讲的，同样伤心的人只能沉默以对。阿汶的东西被一箱箱搬走，送他们出门，拥抱作别。银灯高照，屋子空了许多，一股念头突然攫住他，抽屉里的安眠药是现成的，阿汶从前常备着。他重置遗书的发送时间，倒水，一口气把整瓶小药片尽数吞下。他平躺在床上，舒展四肢，窗外哗啦啦掠过一群飞鸟，钢琴的声浪漫延过来，没过他的听觉、没过他。

两小时或是三小时，安眠药在他体内发生剧烈副作用，他从反胃中醒转，冲进卫生间，跪在马桶前呕吐不止。最后什么都吐不出来了，只能干呕，人生似的没完没了。他突然想和人讲讲阿汶。萧仲冬再次打开那个电话性爱软件，1.8公里以外，Nana 在线，支付半小时语音服务费用。她说"嘿"，他打断她："听我说好不好？"

客户不是某个确切对象，他们是随机产生的数字代号，他开口说话的一瞬，邵合欢知道，他是昨天打电话的人。

"Nana，我未婚妻的名字也叫娜娜。你可以听我说说话吗？"嗯？倒不是她所以为的那种。"那时候我和她住在同一栋公寓，"说起阿汶，萧仲冬没留意到话里多了笑意，"早在她认识我之前，我就认识她,在电梯、健身房、物业管理处碰过几次面,听过她和别人打招呼,她和一个男人在公寓楼前争执拉扯,我在扔掉的快递盒上找过她的名字,注意她的电梯停在第几层,出门倒垃圾在什么时间。"

他说怎么开始单恋、怎么在一起,像千千万万普通恋爱,从牵手到计划婚姻,平凡普通、灿烂夺目。邵合欢不言语,没有傻子愿意花钱在电话性爱软件倾诉爱情,他在回忆,是了,逝去的爱情,没办法亲口对那人说。他讲话慢条斯理:"她喜欢剪短发,洗起来不会太麻烦;她的工作忙,最快乐的事就是下班回家躺在沙发上,吃薯片、看动画片;她穿高跟鞋磨脚,我每次都会在她的包里放止血贴;她的眉毛天生淡,我闹着给她画眉……最后那个效果,就跟贴了两条黑胶带似的,我们笑了好半天。他们都说眉毛淡的人脾气不好,阿汶也是,她有时忽然生气了,我都不明白为什么。好在她好哄,就像单纯的小女孩,光吃麦当劳的甜筒,就立马开心起来了。"长久以来,邵合欢难以调动自身的情绪,他在讲他的事,此时听着,不由自主感到伤心,爱情如何走向面目全非。

崔礼查她的电话账单,怀疑外卖员、送快递的、网约车司机、同事、骚扰电话,请病假的几日,单方面以她的名义向单位递交辞职申请。他早有算计,一早提出保管她的毕业证和学位证,拿走她的手机、银行卡、身份证,不许她出门,离家前将门反锁。他的爱日益可怖。邵合欢提出分手。崔礼走来走去,用脑袋撞墙,冲她嚷嚷,你吃我的、用我的,现在想分手,把我在你身上花的钱还清了再说吧!邵合欢斟酌彼此的经济往来,崔礼每月缴房租水电，买过一些礼物，口红、香水，都不是贵重东西。她的工资卡在他手里，买菜煮饭，支取必要的日常开销，中间一段日子没有工作，现下的"客服"业务还是崔礼介绍的，佣金和分成直接打进他的账户，算不清楚的。

"你的声音让我想起她，我是说，我的未婚妻。"他说。邵合欢在陌生人的言语间定定神："她离开你了吗？"从前具体的、笨重的生活场景在心头颠来倒去，他陪她在出租屋打游戏，排长长的队，买她喜欢的千层蛋糕，偷偷在她家床底藏一只袜子，人群中大喊对方的名字，他跑向她，在她的上衣口袋放水果硬糖，吻别，情人节交换礼物，闹别扭。提问一击即中，仿佛等了漫长的红绿灯，后头那辆车都不耐烦了，摁摁喇叭，催促他赶紧往前走。萧仲冬回答："是的，不会再回来了。""我很抱歉。"

番茄炒蛋放糖还是放盐，香菇应该整个放进汤里还是切片，牙刷头朝上还是朝下放进杯子，谁来翻下那个马桶圈，常起争执。事后回想，几乎每一件事都由他做出最终妥协，对她的爱，包括他在家选择坐着上厕所，吃讨厌的西蓝花。钢琴调子作为对话背景乐隐约可闻，他的音色很平，邵合欢从停顿和微妙的重音中识别出一丝惊险的厌世感，和她一样。"是我没有照顾好她。"他无法撇开自责，"两个月前，她发生心脏骤停，就在路边，直直地倒了下去，幸好有个女孩子及时做心肺复苏，把人救了回来。以前她问过我，如果她死了，我怎么办。我说我不知道，现在我还是不知道。我试了试去死，但是没死成，醒来，不能说丝毫没有庆幸，可是怎么活下去呢？"

不知道多少次，崔礼按住她的脑袋往床板撞，掐住脖子，从房间的这头拖到那头。任凭她大声呼救，房子的隔音效果远比想象中更好，没有人会来的。邵合欢想，没有人会来救我的，我会死的。她同样想过这个问题：怎么活下去呢？

"谢谢你。"男人可以把性幻想和爱的实际对象分开，先前那次通话之后，他的肉体欲望消失了，精神恢复平静，Nana仿佛不存在，存在的仅是阿汶的一个幻象，不得不承认，随机的性爱电话安抚了他。服务行将结束，她忽然问道："你听的那首钢琴曲，叫什么名字？"他的嘴里刚发出一个音节"a"，她说："下次再告诉我吧，好吗？"他恍恍神："好。"

至于会不会有下次，她并不知晓。邵合欢从他们彼此隔绝的人生发现些许相似之处：不幸。她难免对他寄予私心，盼望他活下去，忍耐着，撑过日常狼奔豕突的难堪时刻。

崔礼扔掉邵合欢所有适宜外出的鞋，在客厅安监控，每每想到他或许正隔着一个屏幕窥视她，她胆战心惊。电脑授权只允许登录语音软件，单方面接听，不能联网。邵合欢走出房间，他端给她一碗桃胶糖水，从工作室回来的半道上买的。他之前拍的关于她的照片，就是她挨打以后缩在墙角，面上沾了灰、惊恐、被他盛赞"真美"并及时按下快门的那几张，作为"反暴力"组图，以其"立意和接近真实的情绪"，在公开展览备受好评。实际是，摄影师的出色审美和模特的真实反应，配合成绝妙的讽刺作品。想到她还在他的要求下拍过一些裸露、不宜公开的照片，邵合欢说："谢谢，我不想吃。"咣，崔礼把碗从桌上扫了下去，桃胶溅得四处都是。

邵合欢想的是，怎么活下去呢？物业看她的眼神每次都很复杂、同情、惋惜。崔礼这么告诉别人,她有精神病,会发疯。还有一次,崔礼带她下馆子,借口上洗手间的时机,她跟陌生人借手机,对方听到报警,几乎立刻拒绝了。因为她去洗手间的时间太久或者别的什么理由,他当着众人的面对她拳打脚踢。她求人报警,他们远远看着,有人说,走吧,别看了,别人的家务事不好管的。还听见有人说,这女的出轨了吧,要不然怎么打得这么狠……于是他一边顺势揍她,一边污蔑她出轨、骂她不要脸。邵合欢当时想,真的没办法了,逃不掉的。上半身扑向茶几,杯子打翻,水还是滚烫的,她的手背红了,邵合欢暗暗祷告,带我走吧,随便是谁都好。

他的衣袖带过去,咖啡杯咣当碰碎,一地碎渣,还残留着褐色咖啡渍。那是阿汶的杯子,放在电视柜旁忘了收,他收拾碎片,在墙缝里捡起怀旧商店的名片。阿汶的东西吧,萧仲冬想了想,把它放到旁边。他继续重复前日做过的事,擦地板、桌子、书架,洗衣服,清空冰箱剩余食物,试图通过既定规则充塞内心的空洞,从来不知道消磨时间会这么难。父母在异地,每到饭点就给他打电话,确认他好好的、按时三餐。日子过得像团糨糊,每页粘连在一起,厚厚的,只看见某年某月的某天,再拆分成每一小时、每一分钟、每一秒,最后见面时她的衣着和表情。萧仲冬意识到,他在一点点失去她,他失去的不光是两年来的二分之一生活,更是往后几十年与她有关的未来,习惯坍塌的过程好似慢火煮炖,不知道什么时候就把自己熬透了。

租房中介打电话给他,问他什么时候方便,带人过来看房子。萧仲冬才想起来,新房子通风有段时日,原本和阿汶说好月底搬过去,租约于是没有再续。举目环顾,阿汶连同她的东西都不在了,他被剩下了。根本没办法梳理这种糟糕的感受。时间是跳跃的,刚才还在早上,忽然间变成深夜,紧接着跳到第二天下午,没有情节似的,想不起来中间略过的空白。萧仲冬搬了家。

他们没来得及在婚房创造回忆,然而当他看见她挑的窗帘、电视柜和其他各种家具,失去挚爱的切肤痛苦以及内疚、自责,无所遁逃。萧仲冬在阳台背灯而立。对面高楼的一间间格子里住着人,或亮着灯,或是还没有。他往楼下看,蓦地想起那首钢琴曲 *Salut d'Amour*,打开软件查看附近"客服",Nana 在线。

"那天我在外地出差,和她说晚上回家,没想到飞机延误了几个钟头。我只好把事先准备的惊喜告诉她,我说我在她喜欢的蛋糕店,订了她喜欢的乌龙草莓千层蛋糕,不能及时赶回去,她得亲自跑一趟。她说等我回来再说。不过她最终还是出门了,出门前打电话,说她爱我。"他和她早早通过语言赤裸相见,不计较再坦白一些真心,或者每一次想要去死的心情,他想去死,又希望有人拉住他。他无法不将阿汶的意外归咎自身,萧仲冬讲的时候,Nana 忽然压低声音,一字一顿:"你不要死,救救我。"

怎么敢指望一个陌生人的同情心,对他来说,她从事的工作根本是精神卖淫。邵合欢不知道他会不会来,甚至连他的名字都不知道,然而"他说不定会出现"的这种念头还是暗地滋长,就像窗台上的猫,躲在帘子后面看见月亮,冷冷洒下一些光。

萧仲冬稍微不同,他在替别人找"萧仲冬不可以去死"的理由,父母亲人、朋友、对他还有点在乎的人们。他想过连环套,线上到线下的仙人跳,传销,什么都想过,他纯粹想找点麻烦事。1.8

公里，找到她说的那栋高层住宅楼，第十二层只有这一户住着人。敲门，一个男人开的，萧仲冬谎称检查燃气管道。对方将信将疑，他看清这个男人的脸，没有见到她，但是没有错，正对门的监控、房间布局、沙发质地、女式拖鞋、垃圾桶里的玻璃碎片都和她所说的吻合无误。

他在小区门口的停车位守了半日，那个男人离开，萧仲冬跟人走进底楼的电子大门，立即联络开锁师傅。他大力拍门："邵合欢，邵合欢？"几秒过后，听见一个声音回答："在。"门很快被打开。半年，她没有独自走出过这个屋子，此刻毫不犹豫地跟着素未谋面的男人离开。她想过的，也许不是什么好人，但情况反正不会更糟了。

萧仲冬准备周全：鞋子、新手机、帽子、口罩。他带她去医院做伤情鉴定，几天前的瘀青差不多消退了，证据并不充分。邵合欢给家里打电话，请他们替她补办身份证，叮嘱他们不要告诉崔礼，不要联络她以前的手机号，不要问为什么。

他和她几乎不交流。见面之后，他就知道她们全然不同。邵合欢怯怯的，像无处可去、路边捡回家的小猫，声音实际并不相似，阿汶的嗓音更粗糙些，想来语音时以为的"相似"只是他一厢情愿的幻觉。他统共没说几句话：先去医院验伤，方便保留证据；这部手机给你用，给家里打个电话；饿不饿；你住这个房间；有事喊我；我叫萧仲冬。她的话同样不多，每天打扫房间、洗晾衣物、布置三餐，借此回馈他，迫使他重建生活秩序，他对发生的临时变动全盘接受。偶尔的谈话内容是：早，你好，吃什么，都可以，你决定。说来奇怪，破罐破摔的盲目信任，竟有倾盖如故的意味。

那天早上醒来,萧仲冬听见钢琴旋律,怔了怔。邵合欢看见他:"对不起,吵醒你了吗?我看到里面的唱片没有收。"他什么都没有说。吃完早餐,萧仲冬问她:"要一起去超市吗?"

崔礼在地下车库堵到他们。先从物业监控那里查到萧仲冬的车牌,又花言巧语从邵合欢父母的口中套出她的住址,见到邵合欢,冲上去就是两记耳光,接着和萧仲冬一番厮打。邵合欢站在旁边像局外人,看着这副景象,从未认真端详过那个她爱过的人暴怒的脸,如此扭曲、触目、令人震惊。他们报警,崔礼由于施暴被行政拘留,行车记录仪里的录像是重要证据之一。正是这个行车记录仪,录下阿汶与另一个男人的对话。

那天阿汶不单单是为了蛋糕出门的。得知那一刻的真相,萧仲冬的直观感受不亚于五雷轰顶却听不到任何声音。她说不想再和他纠缠下去,今天是最后一次见面;她说从医院醒来以后就做出决定,珍惜身边人,和爱自己的人过一生;她说她对未婚夫感到愧疚,她不该如此,以后不会再见了。他们接吻,最后在男人歇斯底里的愤怒中,车子一个急刹车,撞向路边。那个男人估计伤势不重,没在现场留下任何痕迹。萧仲冬讶异,他盲目,不曾听见风吹草动,不知道他们的关系中存在别人。他以为他们彼此深爱,关系稳定。他不愤怒,仿佛通过她的死,或好或坏一笔勾销,他意兴阑珊,像被判缓行的死刑犯忽然被无罪释放了。

邵合欢略过诸多细节,和父母讲崔礼的事,他们没有表现出特别大的反应,只是第二天告诉她决定搬家。邵合欢找回毕业证和学位证,补办的身份证快件到手,处理银行卡,将这阵子吃住等开销计算数字,给萧仲冬转账。他笑道,太多了。陌生人从她的身侧挤过去,一个趔趄,他扶住她的胳膊,合欢抬头,彼此笑了笑。两人一前一后拉着手推车,经过各色货架,人群中游走,好像来到下辈子。

"Salut d' Amour。"他说。

"什么?"

"Salut d' Amour。"萧仲冬重复,"那首钢琴曲,名字叫《爱的礼赞》。"

"《爱的礼赞》,"她直视他,"谢谢你。也许我们不会再见面了吧?"

"也许。"他一时不知道该怎么回答。

"加油。"邵合欢笑了笑。

"你也是,"他回答,"加油。"

物品编号2016021301,一曲末了,唱片还在无声转动,故事结束了,故事又再次开场。柏言透过镜头观察他。萧先生的目光最终落在沙发的黑猫上,它翻了个身,抱头舔顺肚子的毛发。"后来我们再也没有见过面。"

以最尴尬离奇的方式认识,见过彼此最不堪、不想示人的一面,莽莽撞撞,相偕从悲情故事里突围,不是时时联络的朋友,他们是互相加油的关系。好像止血贴,通过对方遮掩创口,一旦掀开就会露出底下溃烂的血肉,任由似曾相识的钝痛扑过来。

萧先生离开怀旧商店,茶叶粘在杯壁,柏言收拾桌子。想起何汶娜这个名字,他微微皱眉。天空是近乎透明的蓝色,积云由浅变深，底部接近淡紫。无论人世间多少糟糕事，日升月落不会有别的规律，好像再怎么坏，日子都可以从头再来。我想，他们接下来都会有好的人生吧。

念西回到广州，他们讲起这些天各自发生的事。程东收到女孩子的情书，大伯准备今年去趟台北，张奶奶喊对柏言的名字，有些事电话里讲过，见面要再说一遍。没有刻意提及或回避即将到来的分别。有什么办法呢，就像提前看过天气预报，明明知道会下雨，还是没有拿伞就出了门，喜欢某个人的感觉像淋雨。春夜，他们坐在露台的秋千上喝啤酒，五颜六色的串灯沿着玻璃门框、花盆缠绕过去，扑闪扑闪的。现在很好，将来的事无人说得清楚，心中却是想过的。

"我现在喜欢你，"现在，这个当下，她扭头看向柏言，"不知道等你回到台北，我们会变得怎么样，我还会像现在这样喜欢你吗？如卿姐说，感情只能拿来约束自己，不能约束对方。如果你以后喜欢别人了，告诉我好不好？如果我先喜欢别人，也会告诉你。"

"哎，你这么没信心吗？"

"有啊，只不过信心这种东西，和实际情况不一样吧。"突然有了患得患失的心情。

"不可以。"柏言注视着她，慢慢凑过去，伸手弹了念西的鼻子，像平时黑猫犯错时，轻轻弹猫咪的鼻梁一样。他回答："不可以喜欢别人。"

入库单

物品编号：15

告别项链

备　注　　人生不过求仁得仁，并非你不好。

寄存年限　　永久寄存

一别如雨

四月清明，我还记得去年沈柏言走进怀旧商店时，淋了雨，穿深蓝色立领亚麻衬衫，牛仔裤。现在依旧还是这副模样。柏言回台北前，我们几乎每天去不同的餐厅喝早茶，鲜忌廉香芒卷、虾饺、鲍鱼烧鹅酥、红米肠、三文鱼鹅肝塔……茶是云南普洱。念西拿过我的碗，接着再替柏言烫盏，言语相递，与往日并无不同。一年过去了。

沈柏言接待的最后一位客人是贺小姐。焦糖色中长发，赤豆色皮鞋的鞋尖被雨水打湿，颜色顿时暗了。她寄存项链，镀白金色，纤巧的蝴蝶结坠子，镶亮闪闪的水晶。贺小姐不常戴它。颈项的皮肤敏感，动不动泛红发痒，贺小姐极少佩戴饰物。她从朋友那里获悉怀旧商店，此番从东京回来路过广州。

"路过"怎么看都像说辞，她随后动身去香港，这趟行程先飞广州等于是"绕路"。贺小姐的言下之意并非特地来访，想来还别有情由。我没打算详问，毕竟不是什么要紧事："欢迎光临怀旧商店。"

一月前某个清晨。铃声搅扰她的梦，半睁眼睛，来电分明显示"广州"。手机从掌心滑落，猛地砸在脸上，没抓稳。倏地清醒。贺雨嘉没有给国内号码办停机，不是没有原因，与某些人的联络方式恐怕只剩这个号码。来不及揉揉脸蛋，她坐起身，胳膊碰翻杯子，滚到地板，丁零咣当一阵响。急急接听电话，心跳几乎停歇,周遭所有叙事都退却了。一个陌生男声,糟糕的普通话:"您好,要办理信用贷款吗?我们这里——"贺雨嘉气不打一处来:"没兴趣!"

近旁种种物体逐渐成形,神经续连,总算反应过来身在东京。想起某个许久未曾想起过的名字。明明不少朋友在广州,瞥见号码归属地的那刻,依旧先想到他——纪如一根本不会主动给她打电话。再次想到他。这种惦念跟卫生间瓷砖黏着的头发似的,丝丝缕缕,怎么都清理不干净。

两年没有见面。尽管如此,每年,冬天,某个时刻,她总无端想起他,想起他,她便直接给他打电话。对于这个人,她向来恣意冲动、胡搅蛮缠,毫无道理可言。拨出号码,当如何问候?你过得怎么样,好不好?要来东京玩吗?转念想,他不会接电话的吧……他向来不会及时接电话。统共不过挂断与接通两种可能,她索性开启扬声器,穿好衣服,走去卫生间,牙膏挤上刷头,突然听见熟悉的男声。贺雨嘉吐出泡沫:"是我。"他回答:"我知道。"刺啦刺啦的电流杂音在两个声音间来回窜动,寒暄二三,谈话迅速滑入困境。

纪如一不是热衷通过电话交流的人。他们之间,从来由她负责找话题,倘若再不讲话,缄默将顺理成章成为终结的幕布。她说:"我今天打电话给你,是想问你,要不要来东京玩儿?"纪如一沉默半晌:"其实,我明晚的航班飞东京,来开研讨会。"他顿了顿,"或许可以见个面。"

贺雨嘉住中野。他开会的地点在代官山,她料想酒店不会订得太远。翌日,她在下午三点出门,待在茑屋书店,一日的辰光尽用来等人。她看书,随手在扉页空白处画速写,凌乱的线条,没有五官。她经常突然想不起纪如一的模样,越刻意认真回想,偏怎么也想不起来,反倒在街角某个抬头的瞬间,途经某个陌生人时,看电影时,偶然间瞥见相似的侧脸,他的形象就像团吸水的海绵陡然膨胀了。

她问要不要去接他。纪如一婉拒。他既没有说航班号,也没有说从哪里起飞,只说明晚十点左右到达羽田机场,到时给她打电话。事实上连电话也没有打。他只发信息说,到了。两人约在附近的一家居酒屋。贺雨嘉计算从羽田机场到市区所费时间,从书店缓缓漫步过去,初春天气,大概十多摄氏度,沿路花木萧疏。

上大学时,贺雨嘉节俭生活费,一个人坐绿皮火车跑到广州听演唱会。火车到站,她背着大包,人来人往中与一个中年男子对视好几眼。他盯着她。男人颇怪异,身形略胖,刘海隐去半张脸,天不冷,穿件起球的厚毛衣。她进便利店买饮料,再走出来,男人好似等在不远处。她走,那人也走,换乘两次地铁,意识到被人尾随。她匆匆加快脚步,等快出站,情急下抓住检票闸机旁穿红色志愿者马甲的男孩子。他将她送到旅店。

贺雨嘉订了青旅的多人床位房。房间里几个女生在闲谈,她从愣怔不安中回过神,她的懊悔竟多过后怕,忘记问他的名字和联络方式。他那时还不戴眼镜,温润谦和,笑的时候眼睛与眉毛平行。她中意的清爽长相。他对陌生人表现出极大的耐心,一遍遍指导老人或外地来客怎么搭地铁。可她连他的名字也不知道。两天后,贺雨嘉去听演唱会。中途降暴雨,地面的积水脏兮兮地映着晃动的灯光,散场时,雨止住,她被人群拥着撞到别人身上,偏是这么巧，撞上他的肋骨。两人均呆住，他的几个同学跟着起哄，她的脸庞和头发被蒙上浅浅的水雾，秾丽可爱。

像坏掉的老式电影放映机，倒带中重建驳杂的过去，贺雨嘉想起他们相处的枝末。春夜冷冷地阴郁着，乌云背后隐约透出光亮，恐怕要下雨。他什么时候来？

居酒屋的客人并不多，没有格外的喧杂吵嚷。一排红灯笼下方悬着食物的名字，有人进门，便各自晃动着。绿色抹茶粉浮在热水表面，结成暗色团粒，她用小木勺不停在瓷杯中搅动，心不在焉地来回顾盼。一个高大清癯的身影拉开挂帘，直觉是他，远远的，那张脸先是模糊的，接着在视网膜逐渐形成生疏的、熟悉的轮廓。纪如一招了招手，朝她走来，原先心焦、迫切的盼望仿佛热水中砸进若干冰块，咕咚几下，霎时冷却不少。

"嘿，别来无恙。"她笑道。在确认无误的那刻站起身，老套的问候，不然又该怎样问候？

纪如一把驼色呢大衣搭在椅背上，穿件灰白色薄针织衫，黑色长裤。衣物裹住躯体，紧贴着他人生活的里层，无处不透露一种冷淡沉稳的社会精英气度。她忽地想起初次见面，他还穿运动服和球鞋，时间的痕迹体现在着装风格变化上面。他变得成熟了。她也是。可惜男人从不在意这些细节，他多半只会说，你一点也没变，还是老样子。眼镜起雾，他摘下来擦干净，浓眉大眼高鼻梁，五官的凹凸与线条隔着桌子和空气，经由她的神经填补进下午那张面部空白的速写。眼睛内双，像两粒扁扁的杏仁核，宽而深的眼皮是上头一道由窄至宽的深邃缝隙，捉摸不透。她日后总是迷恋男孩子们内双的眼睛。他的脸庞沉落着，丝毫没有久别重逢的高兴,贺雨嘉太熟悉纪如一的这种表情,他们在一起时,她经常见到的——疲惫。他回答:"很久不见。"声音真丝般从心上滑过去,却被表面的尖刺钩出线,带着抽丝的微微疼痛,不得不彼此纠缠着落回地面。他刚坐下,她就预先想到四十五分钟后的离别。

灯光晦暗,营造出密会的暧昧错觉,气氛含含混混的。她点玉子烧、炙烤鲟鳍、马肉及三文鱼刺身,几串烧鸟,诸多食物慰藉饥肠。问他喝不喝酒。纪如一摇头,她给自己点了杯日本米酒。衬衫领口敞开两个扣子,她戴了项链,蝴蝶结坠子垂落在胸间。他撕开湿巾的包装,先递给她擦手,接着拿另外的那包给自己。问候近况。通常,这个"近况"不包括各自的感情状态,他不问,也不会主动提。

"过得好吗?""还好吧,老样子。""工作忙不忙?""还好。""还好。"两个字像极他的个性,被动的,总之不算太好但也不太坏,马马虎虎,说了约等于没说。餐馆背景乐倒活泼,甜腻的歌声挤在他俩中间,不至于显得太沉默。

"日本怎么样?"他问。

"东京人多、热闹,口味和国内也差不多。刚开始有不习惯的地方。比如满大街都找不到垃圾桶,好不容易找到了,还得先研究一下材质和分类。不过也都还好。"贺雨嘉总算领会到"还好"的妙处,这是个力道适度的词汇。她突然笑了:"你知道吗?我刚来日本那会儿,有次在伊势丹买东西,晚上九点左右,商场快关门了,结完账,从收银台走去大门口,短短数十米的路,每个见到我的工作人员都一边向我鞠躬,一边说再见。日本人实在太有礼貌了!我心想着,要是哪天心情不好、缺乏自信了,就专门挑这个时间去逛商场,哈哈。"他跟着笑,谈话的摩擦力被削弱,如同与随便哪个老友的会面。

"日本的抽水马桶很高级。"他说。过分明显的无话可说,简直像专门为了告诉她"我无话可说"似的。

"可不是,马桶圈还会发热。"贺雨嘉答。片刻,她突然问:"怎么来代官山开会?附近不都是住宅区吗?"

"有个老师住这里。"没有做进一步解释,纪如一问她,"你还画画吗?"

"当然。"贺雨嘉大学念的是日语,她偏偏钟情绘画,相当不务正业。最后固然没能成为专业上的资深人士,好歹这个兴趣没有辜负她,凭此挣得微薄收入。又说:"偶尔会收到一些约稿,钱不多,勉强可以度日。我最近有幅画获奖,下月会在国立新美术馆展出,你要来看吗?"她分享自己的工作、生活,以证日子过得不错,好像他真的会感兴趣似的。

"那得恭喜你。"纪如一略微客套,如果说看展的话——"到时候再说吧,不知道有没有空。"

装米酒的玻璃杯十分小巧,上宽下窄,女人身体一般流利的弧线,放置在盛满冰水的方形木匣中。液体晶莹剔透,浮于杯面,竟没有溢出来。她嗅了嗅,一阵清甜又凌厉的香气,啜吸两口,冰过的烈酒流过喉咙和胃,烧灼着,回升起辛辣的暖。其他食物相继端上来。她慢慢咀嚼、吞咽,说玉子烧醇厚柔滑,又夸赞马肉刺身鲜嫩。他们隔着桌子相对而坐,不说话就挺好。以前两人吃饭,纪如一总会坐在她的旁边。贺雨嘉又喝酒。记忆嚣杂纷乱,不分时间场合轰然涌来,叫她进退失据。

她坐二十多小时硬座火车穿山越岭去见他。火车上,趴过两个钟头醒来,贺雨嘉见抱婴孩的妇女可怜,将座位让给她先坐一阵子。几小时过去,她和婆婆一老一少轮番坐着,不见归还的意思。站得久了,不好意思开口讨回,她悻悻地跑去餐车人少的甬道,地上铺报纸,倚着车厢打盹。她发短信告诉他这件事,心里是雀跃的,因为要去见他,中途的难关像为这场相见镀金,九九八十一难修成正果。

确立关系之后的第一次见面,实际上也才第二次。他等在他们第一次相见的地铁站,见到她,脸上笑盈盈的,极其自然地接过重背包。他问她渴不渴,矿泉水递给她之前先拧开瓶盖。单车停在地铁口对面。过马路时,纪如一顺势牵过她的手:"走这边。"

烟火浓重的炎夏,贺雨嘉坐在他的单车后座,紧张而全神贯注,腰杆挺得笔直,拿长尺比画过似的。她扯着他的衣角,不敢喘气,被一把抓过去搂他的腰。他说:"下坡路,要抱紧噢!"她抱紧他,脸贴上他的背,那是任何东西都比不上的干净亮堂的爱情,年轻时的爱情,日后说起来总仿佛更深刻,仿佛什么都是好的,尽管物质不甚优渥,消遣匮乏得可怜,反倒激发小年轻的斗志,像所有恋爱中头脑发热、拎不清的男女,喝奶茶、轧马路,呼吸汽车尾气却分外满意。

学校附近的小餐馆,人多,他坐在她的旁边。吃水煮鱼,他小心翼翼剔掉鱼骨,不知不觉,贺雨嘉的碗里堆起白白嫩嫩的鱼肉。他们忙着给对方夹菜,礼貌地说谢谢,目成眉语,旁人看来不像热恋中的情侣,倒像古时婚后方才初见的相敬如宾的小夫妇,拘谨又羞涩。

晚饭过后,他送她回旅店,在闷热的长夜恋恋不舍,白天似乎很久以后才会来。纪如一坐在单车后座,伸长双腿,拉过她的手,将她整个人拖过来,靠近他,再靠近他。他掀开她的刘海,亲吻额头。贺雨嘉赶忙捂住脑门:"额头长了颗痘痘。""没关系。"他大笑,"我有些感冒。"因此亲她的额头。后来是她主动的。接吻是一发不可收拾的快乐。他们坐在面包店,将杂志翻开举起,挡住脸,偷偷接吻;下雨天,两人站在斑马线等绿灯,用伞挡住世界,偷偷亲吻;扶手电梯一前一后靠右站立,她回头轻轻捧起他的脸,亲他,迅速转回去。

"我昨天接到一个诈骗电话,号码是广州的。想起你,就给你打了电话。"贺雨嘉的心重重地抽缩几下,恍了神,时易世变,昔日甜蜜不堪回首,"没想到你要来东京,真巧。"

"我还在想,你怎么知道我要来。"去年来过两趟东京,纪如一从未尝试主动联络她。接到贺雨嘉的电话,他不免吃惊,思索一阵她从何处得知自己的行程。

言辞间,对于这场见面,他是被动的——倘若不是那么凑巧的话。他以为她知道他要来。贺雨嘉冷哼,口吻不免泄露几分嘲讽,以为她仍像从前那样窥视与他有关的蛛丝马迹,打探他的行程,分析他的男女关系?呵呵。她强调道:"我不知道。"

旅途劳顿,纪如一没什么胃口,而她真的饿了。嘴巴保持咀嚼,避免说话,冷场变得合理,生怕不可触碰的沉闷空气夹在两人中间像巨石堆砌的厚重屏障,灯影幢幢,在纪如一身上切割静穆的明亮与阴影。他的斜后方坐着年轻的一家三口,妻子身旁放着蛋糕，小女儿头戴亮闪闪的皇冠，趴在爸爸的腿上玩闹，仰面笑着。她曾想过嫁给他。贺雨嘉甚至幻想，以后和他生个男孩子，否则她担心他爱女儿会比爱自己更多。现在想来，终究是他给的爱不够，才战战兢兢，唯恐被褫夺分毫。

  贺雨嘉默然，长呼口气，漫长的铺垫最终妥协于更强烈的好奇："什么时候结婚？"这声绵长的深深叹息中饱含无限伤怀，他想必难以体会。"快了，明年吧。""还好"总算替换为另外两个字——"快了。"酒向来不好喝，她从中尝到苦味，喉咙发涩。贺雨嘉夹起一片三文鱼，蘸芥末，芥末同样呛鼻。她心下后悔，出门前忘记将身上的这件衬衫熨一熨。贺雨嘉伸手拨弄头发，想着妆容有没有花，眼影会不会晕开了？唉，长大就是这点不好，不得不接受一些对别人来说理所当然的事。迟早有一天眼睁睁看着前任结婚、生子，同别人举案齐眉。她亲口问，他亲口告知她，好过从别人嘴里突然获悉消息。

  一早相爱得太急，失去成为朋友的可能，因而失去朋友般的了解。再者，他们都对这种突如其来的所谓"爱情"缺乏经验。

  他的专业名称颇复杂，她常记不清楚，大学生活并不共通，兴趣爱好也是，就连那场演唱会，他也不过是拿同学转赠的门票顺道一看。纪如一不大会说他的具体生活，泛泛的，没有可供想象的细节，他不及时接电话、回信息，理由多半是刚刚在上课、部门开会、在图书馆，手机静音，考试前在通宵自习室度过，一连消失三四天。

  她不得不反复窥探他的社交页面，查看他的动态，他的关注人与被关注人列表，与别人的互动。她和他的爱情，如同长串错综复杂的代码,带着意味深长的隔阂。见了面才觉得他是体贴的,她笃定地认为,他不够喜欢她。

再不然就是——怪她太喜欢他了!轰隆隆的暴雨似的,嘈杂万状,迎面落下来,收不回去。相比之下,他无论如何显得不够。

还记得一件事。贺雨嘉给他打电话,讲到一半,忽地听见娇俏的女声:"哟,和女朋友打电话呢?"他笑笑,招呼对方:"你去图书馆吗?顺便帮我占个座!"他既未否定,却也不十足坦率,模棱两可略过去。似乎没什么可追究的,她不愿显得无理取闹。但是潜意识出卖她的心思,她梦见纪如一,梦中,他牵着别的女孩目不斜视地从她面前走过去。

半夜拨电话给他。许久,纪如一迷迷糊糊接通:"怎么啦?"她劈头盖脸一通骂:"坏家伙!纪如一是大笨蛋!"他这下子可算清醒了:"嗯?到底怎么啦?"她拖着委屈的腔调:"我梦见你和别的女孩跑了!你还拉她的手!"他笑着哄她:"乖,好了,只是做梦,快点睡觉吧。不要胡思乱想。"纪如一撒娇似的,又说道:"我刚才没睡醒,爬下床,想走去阳台和你说话,恍恍惚惚,脑袋撞在玻璃门上了。""啊?那你痛不痛啊?""有点。""你快给自己揉揉。"

她自回忆抽身,那边的一家三口准备离开,晚饭行将结束。贺雨嘉捏紧纸巾,松开了,铺在桌面,按对折线撕成两半,手上拿着点东西总是好的,免得太无事可做,尽管撕纸巾这个举动恰好证明她的无事可做,无意义的重复举动。她将纸巾撕成一根一根长条,纤维粗糙,飞絮掉落在桌面。

忽地,纪如一说:"年纪差不多了,念完博士,总好像老了几十岁。"

贺雨嘉听见他的声音，回过神，哦，他是指结婚。疏于防备，她再次获得一种间歇的、真实的刺痛。许多人谈起结婚的第一个理由永远是"年纪差不多了"，荒谬。年纪差不多了，就要结婚吗？半晌无话，她又故作玩笑："还没秃，挺好。"

有一次，纪如一去到她的城市，高铁迅捷，贺雨嘉说去地铁站接他，他说不必。她一直等在地铁口，本该是惊喜，却收到信息说他到住处了。他不过走进便利店的工夫，彼此便错过了，甚至于两个地点间的路只有这一条。雨嘉明白他说的便利店是哪家，因为经过它时，她还朝里头张望了两眼。他说："我蹲下来，看看下边的架子放着什么东西。好像那时候旁边站着个男人，被挡住了。"自此开始，贺雨嘉预感到不祥的征兆——恋情会结束，她终将与他错过。

还有一次，他们吵了架。她明显不高兴，话少了，不再发表意见。他隐约觉得她不高兴，但挡不住袭来的困意，倒向枕头，立刻沉沉睡去。贺雨嘉独自不高兴着，她坐起身，黑暗中望着他眉眼的轮廓叹气。他听不见。她的气怎么也顺不过，晃了晃他的肩膀，"喂。"他朦朦胧胧中答："怎么了？""不许睡。"纪如一用不太清醒的意识作答："有什么事明天再说，先睡觉吧。"翻身又睡过去。一拳打在棉花上，她穿好衣服，打开旅店房门。亮堂的甬道，脚步踩在碎花地毯上悄无声息，经过一个个房间，人间热闹处，充斥此起彼伏的生动喧腾。大街冷清，不知道去哪儿，她期待他夜里转醒，发现她不见了，焦急地打电话寻找她。贺雨嘉去二十四小时便利店转悠几圈，买完夜宵，在旅店大堂呆坐许久,歌单反复循环。她想的是,他不够喜欢她。手机快没电,小腿被蚊子咬了好些包,无处可去,还是走回房间。他仍是睡着。

就像这样,他睡着了,仿佛什么事都没有发生。纪如一是典型的回避型人格,回避她的热情、矛盾、尖锐。贺雨嘉叹气,单方面生闷气,又单方面宽宥他。这时候,她觉得两人之间隔着一片山水。

忍不住将话题折回去,她问:"你结婚会告诉我吗?"他闪过一丝慌乱,过于着急地解释:"应该不会办酒席。"贺雨嘉一怔,立刻觉得好笑:"怎么,以为我想去参加你的婚礼?拜托,我可没有钱给你送红包。"言语间不免夹了嘲弄,高看她了,穿白婚纱跑去大闹一场?那是电影才有的桥段,她做不出这等惊天动地的大事。想到那句"不会办酒席",看来讨论过,鼻酸起来。

她对纪如一的感情带有盲目的崇拜,他博学自信,在他面前,她俯首着,仰望着,固然女人对男人的爱需要崇拜。自尊令她对爱的人充满隐晦的敌意。始于对他的嫉妒,爱产生恶念,她甚至暗暗期望他的生活发生重大变故,好提供契机,允许她奉献全部的身心。她的爱情,逐渐显露其毁灭性质。

纸巾被撕成均匀的条状,从中间再次扯断,捻成一个个的圆球粒,收拢,在桌上堆起小山。"认识你时,我才十八岁,"手指来回搓动纸巾碎条,移山似的,将小圆球从这边移到另一边,贺雨嘉并不看他,仿佛一个人在自言自语,"所有的恋爱经验都是从别人那里模仿来的,朋友们、网络、情感博主、言情小说,真可笑,他们对于爱情有着各种各样强势的说辞,每一句都自相矛盾却令天真的年轻女孩们信以为真。"

"在你之前,我也没有谈过恋爱。"

"那时候我对你要求太多了,是我不好。"

他们的关系不存在深入聊天,精神没有碰撞,如同绘画,她有强烈的自我表达欲望,渴望得到他的理解。他有的仅仅是附和,或者说,过于深刻的话题令他感到压迫,彻底的,属于学术与科研的头脑,不擅长组织复杂表达。纪如一掩嘴,打哈欠:"不要想那么多,都过去了。"

不是说有的男人厌倦了,就慢慢变得冷淡,直到女生受不了主动分手,他因此不必太亏欠。分手是她提的。三个晚上不回消息以后——贺雨嘉最保守的愿望不过是每天睡觉前发一条"晚安"信息,不要失踪——做不到。仿佛每日行程莫名其妙多出一项任务,因此做不到。她痛恨对方的原因可以依次拎出来:某个不称心的礼物,脱口而出伤害的话语,暗地与他人全无分寸的玩笑及暧昧。比如,不说晚安。年轻时挺矫情的。桩桩件件,从墓葬中掘出来为这场分手提供合理佐证,成为可供鉴定的编号文物。"好像哪里出了问题,"他说,"对不起,但我确实有很多自己的事要忙。"

很多事都是小事,好像每一件小事都没有严重到需要结束关系。换言之在别人看来很糟糕的大事,譬如带女友回家过年却因争执将对方丢在高速公路,譬如送女友和女性朋友相同的礼物,譬如恼怒之下动手扇了女友耳光,等等,当事人想起以往情分,恐怕还是舍不得一刀两断。分手与告白类似,大多源于一时冲动。

分手没有叫人过得更快乐,她爱他,由此明白原来忍受他的爱总好过失去他。可她失去他了。贺雨嘉陷入矛盾情境,愤怒于他轻易同意的"分手",再度愤怒于他当初的冷落,继而是长久的抑郁、自我质疑、伤情。他的手机号码她一直记得，自己的电话反倒常常混淆，有回填个人信息，联系方式那栏，贺雨嘉下意识默写出他手机号的开头数字，慌忙划掉。她曾错发短信给他，倒不是有意的，他并未回复，为此贺雨嘉又不大高兴。

她删掉对方的社交好友，又加回来，在此期间他始终保持被动，被动接受她一切神经错乱的胡闹。最后由她提议互删社交好友。这样一来，贺雨嘉便把精力投入艺术创作中去了，得到不少正面反馈。恋爱过分消耗精力，早该学学他。

"你是否曾为我哭过？"她的潜台词是：你到底是否如我爱你那样爱过我？

沉默几秒，他只答："都过去了。"

贺雨嘉摸摸脖子，颈部发痒，皮肤表面显现条状的粗糙颗粒，变红了。她从未彻底地从这段失败的恋情中脱身。"我在你心里，真的一点波澜都没有了吗？"

问这些话很不应当，他身边早已另有不能辜负的人。人终究是自私的。她既痛恨他，又鄙薄自己，一想到他在接下来的人生将成为他人的丈夫、父亲，心忍不住抽痛，像实验室的被剥皮的青蛙，失去意识，仍做着神经反射。

乌云惊落零星的雨，她想起《万叶集》的俳句"阴霾天空，隐约雷鸣，但盼风雨来，能留你在此"。啪嗒啪嗒的雨声，等来他的回答："我不想说真话，可我也不想说假话。"

假使有波澜，激不起任何骇浪，她不是不明白。现女友是他的大学同学。一种稳定的平衡，依赖时间建立的心理舒适区，同学关系、恋人关系，也许涉及双方家庭的协议。贺雨嘉不无悲哀地想，倘若从综合角度考量，无论学识、家境、性情，对方恐怕都是佼佼者，让人自惭形秽。好奇过那个人的相貌，试图窥探过，纪如一注重隐私，将她保护得那样好，一点消息也无。合适的另一半，贺雨嘉用"合适"这个词语自以为是地做出结论，唯独不肯承认：他爱她。

"你现在……"问句如同连发子弹朝他射去，弹回来，击穿她的头骨。她追问："你现在已经可以想象和某个人共度余生吗？"

半晌，他回答："可以。"

千里暌违、久疏通问，痛楚仍以熟稔且锐利的方式掀腾席卷，扑面而来。她被心碎击倒。原来这场余震持续很多年，瞬息的激情与痛苦仍凹凸不平地牵一发动全身。

"没想到，现在仍会为你掉眼泪，你是不是还有点骄傲？"哭丧中扯起笑脸。像大风大雨中勉强撑开伞，全身淋透了，还是想要象征性遮一遮。

"倒没有这么自恋。"顿了顿，他说，"我没有那么好。"雨嘉又呵呵强笑两下。

"我不知道爱是什么。"她叹气，注视纪如一，"但我觉得，我还是挺爱你的。"

他何尝不是百感交集。

"你知道吗？我们分手以后，很长时间，我都不肯出门。有一天，我突然想出门走走，计划去某个新开的咖啡馆。我化好妆，换上裙子，预先查好公交线路。但是我不小心提前下了车，离目的地大概还有一公里，不是很远，我想，那就按导航路线走过去吧。半路突然下大雨，球鞋踩进水坑，裙子被溅上不少泥点。走到那儿，我发现咖啡馆开在某个小区里面，进去的话需要门禁卡。肚子饿了，于是我想去肯德基吃点东西，或许因为下雨，到处都是人，想吃的东西也卖完了。最后，我只好走回地铁站，坐地铁回家了。"

人生偏有那么多徒劳无功的事。

"下个月，我的画要展出了，希望你来看展览。"她对这个提问毫无自信，惯于使用否定句，仿佛前面那个问句可以随着否定的台阶滚落下来，"但是，你不会来的吧？"

几年来他从不主动联络她，大学毕业，硕士毕业，如今博士毕业。她毕业，工作，辗转北京与上海，辞职去东京学画画，路过广州，她给他打电话，见面照旧接吻。他照旧被动行事。两年前飞东京，约他见面。纪如一将项链为她戴上，在一起时年轻落魄，不曾送过对方什么贵重礼物。他要她多保重。

他们决定走走。纪如一为她撑伞，他身上的男性气息过于熟稔，令她愈加悲哀，站在人行道，她握住他拿伞柄的手。红灯。贺雨嘉将伞略微倾斜，挡住彼此身影，一把扯过他的衣领，踮脚吻他。他的肩膀一滞，异国他乡削弱心理背叛感，舌头比大脑反应更灵敏。男女之间的信息并不对称，她将吻视作"留恋"，他则将之定义为"道别"，他软弱得无法推开她。

冷风吹进裤脚，她的吻没有占有和不甘，没有怨愤，这是饱含悲怆的，如同叹息一般的深吻。红灯转绿，人们一一经过，还以为这对恋人太过忘我。异地恋时，最常见面的地方是酒店、旅馆，每次他先离开，她都有种被抛下的感觉。总是如此。他将坐明晚的航班离开。他们在街头分别,贺雨嘉叫车回家,看不见彼此背影。仿佛一生在此时此刻结束了。

"不知道面对您这样的前女友,他是什么样的心情。"念西感叹。

"我也很好奇。"贺小姐向怀旧商店唯一的男孩子提问,"如果是你呢?"

"我不懂你们的感情。"沈柏言答,"如果是我的话,应该觉得蛮无聊的。"

"是吧,"似乎为了说服自己,她再次重复,"他从来不会删我的联络方式,甚至每次都会接我的电话,出来见面,每次都会与我接吻。我不懂,他是什么意思?"

"不代表他放不下你。"我轻道。

"出于同情,他觉得你可怜,走不出恋情的阴影?另一方面难道是刺激?下半身率先做出反应。但有一点很肯定,他不想再和你发生故事。"沈柏言说。

"是吧,"贺小姐勉强笑笑,"我也觉得如此。"

展览在国立新美术馆如期举行,她作为唯一作品入选的华人参与开幕式,他并未出现。花团锦簇中的衰败向来更惊心,她借机喝了许多酒,出于高兴和心碎两种截然不同的情绪。酒醉给他打电话。纪如一重复三遍"你喝多了,快点去睡吧,我挂电话了"。贺雨嘉不予理会,擅自畅述心碎——他结婚,她决计不会再打搅他,比起承担骂名,更舍不得将他拖入复杂关系。贺雨嘉叨叨近两小时,那头沉默着,睡着了。

"他是不是特别有礼貌?"笑容中略有苦涩,贺小姐说道,"重复三遍'要挂电话',最后还是没有挂断我的电话。"

"恐怕他只是不擅长拒绝。"我叹气,"您何必令自己这样不堪。"

"深夜醉酒,给别人打电话,本身就是一种不礼貌的失态行为。"贺小姐发出一声短促的叹息,"以前我总生他的气,气他不够爱我,气他的冷淡。现在我不气了,甚至觉得他有礼貌。"原先爱在与随之而来的热烈以外,还挟带自私、占有、嫉妒、怨怼、不甘等负面情绪,多年以后,以分手开始计算的平行人生,爱的诚挚终于超过情感本身的负面天性,劫波渡尽,杂质被统统过滤,只剩下——伤心。纯粹的伤心。

"爱之所以令人产生愤怒情绪,本质是由于个人盲目的一厢情愿和过度付出,与他人无关,并不是对方的过错。"我说。

过来人常说,刻骨铭心的爱一辈子只有一次。事实未必真的如此,不过,刻骨铭心的伤害确实只有一次。下次再不会了。说到底连这种伤害也是自找的,对方何其无辜,没有做什么伤天害理的事,她所受的伤,仅仅因为摧枯拉朽一般擅自投入过分多的爱。

"是我不够好。"下雨了,重复的下雨天气,她像一朵躲雨的云。人心这笔烂账,哪里算得清楚?爱终究是爱的,很爱很爱的。可不是吗,她试过爱很多人。爱到底是什么玩意儿?与陌生人接吻,与喜欢的人上床,最终与爱的人远隔天涯、音信全无。

"人生不过求仁得仁,并非你不好。"我叹气道,"他不爱你了,其次,你要接受'性格不合'这个理由。"

她来广州，没有告诉他。人群中走过，迎面吹来一阵不太冷的风，那股茕独感稍纵即逝。提起行李箱，她走下舷梯，侧身挤进摆渡车，周围每张脸上挂着相同的困倦，她，连同这座城市，从回忆中走出来了。贺小姐来到怀旧商店，寄存项链，远离过敏原。

"老板娘，谢谢。"将那人的神龛，砸碎。

"贺小姐！"我喊住她，"你毫无保留地爱过、付出过，日后想起来，可以不必后悔。"她没有转身，向后挥了挥手。一别如雨，落下后，回天乏力。

柏言拍下的客人们的视频，连同寄存品，在此编号存档，如若将来有机会和当下的自己见面，说不定会发笑吧。

离别这个动作真正结束以前，它会以各种各样的方式反复发生，为最终的那句再见做准备。他走的那天，和平时没什么差别。柏言跑步回来，榨胡萝卜苹果汁，我喂猫，念西准备早餐和午餐，怀旧商店营业。东西不多，两个大号行李箱，房间空了，一种属于男性的气味还没有散。

我和念西送柏言去机场，不着边际地扯开去，广州早茶，台北夜市，糖水和刨冰、肠粉和蚵仔煎、不一样的海，他熟悉的和她所不熟悉的，说说笑笑，氛围并不见得多么感伤。返程时，念西不停和我聊起学校的事，某位寄存的客人、明天的预约、晚餐安排，话比平时要多些。那天夜里，我下楼倒酒，柏言原来的房间亮着灯，念西戴耳机倚在墙边，闷怏怏的。没有注意到我。

"老板娘，谢谢一年来的照顾啦。"他依旧彬彬有礼的模样。

"落地，记得报平安。"安检队伍往前挪动几步，后头又有几个人走上来，队伍不断变长。我在一侧等他们。似乎从未认真谈论过这场间隔年远行的意义,但我们知道,其中的细微变化仿佛飞机滑过,在天空中喷扫出一道长长的明亮的尾迹云,最终变幻成别的形状。

沈柏言把双手架在她的肩头:"我已经开始想你。"

"喂,"程念西踮起脚,揉乱他的头发,"我申请到下学年去台北交流的名额噢。"

入库单

物品编号：16

怀旧商店

备　　注　　有时候黄昏来了，我就想大哭一场。

寄存年限　　　永久寄存

怀旧商店

"Happy Ending 理应是这样的：当我离开怀旧商店，我以为——放下了，如果存在这样一个人，我投入全部炽热生命爱着，何必执着形式，非要那个人成为我的男友、丈夫之类的确切关系，我愿意作为陌生人重新爱他，作为任何一个不相干的人继续爱他，我以为我会为他孤独终老。"贺雨嘉拿起手边的纸巾，在桌面铺开、重新折叠。

日光浇在东侧突出回廊的多立克氏厚墙柱下方，地面铺开大片亮光，沿弯道向铁门延伸，隔着落地窗往外看，她的遮阳伞为母亲撑开了一片阴影，父亲快步往前，随即停住，回过头看母女俩。林熹第一回带父母旅行。她朝我点点头，口型说的是"再见"。

"爱情，当它再度光临，我几乎立即识别它。我现在的先生，他在画展的所有作品里挑中我的画，宣称对我一见钟情。一切进行得如此顺利，好像早就知道似的，结婚生子的具体步骤。某天下午，我收到他的好友申请。以前从未有过，在我爱他的许多年里，他从未试图联络我。"

"他过得并不美满，因此想起你？"黎春晓问她。

不是普通朋友，普通问候都显得居心叵测。

"不不，"贺雨嘉摇摇头，"他问我过得怎么样。我说挺好的，结婚了，先生体贴、爱我，我也很爱他，有孩子以后，日子辛苦些，有时吵闹，但还是觉得幸福。我问他，你呢。他说他也很好，与妻子很幸福。我们结束了对话。"

"其实有什么值得问候的？"

"他来问候我，就像问候一个普通朋友。"

"爱情故事最坏的结局莫过于，和深爱过的人产生不值一提的友谊。"我不置可否。

沈柏言离开怀旧商店。数月过后，念西到台北做交换生，她不定期通过视频关怀我的三餐，然而还是面包和沙拉最为便利。客人们陆续来访，我保管看似无用的寄存品。一日，黑猫没有出现，又过好几日，黑猫依旧没有出现，我问过附近收垃圾的清洁工，贴过寻猫启事。明明不是我的猫，我甚至没有给它取名。黑猫来来去去，自由惯了，我竟然试图找它。后来，我终于意识到，它再也不会回来了。

两个月前柏言告知我，纪录片《怀旧商店》将在台湾的电影院点映。导演：沈柏言；字幕翻译：程念西；旁白：孟嘉欣……在大荧幕见到怀旧商店和我习以为常的日子，包括我自己，感觉有些奇妙。待在观众席，我没有以怀旧商店主理人身份正式露面，见到不少老朋友，林熹与她的父母、黎春晓、贺雨嘉，等等。他们大多收到柏言的邀请，抑或恰好在台湾旅行。首映结束，我们一行人在电影馆底楼的红气球餐厅举行庆祝活动，非正式的那种。

沈百辟与母亲视频，镜头转过去，对准柏言。我打量他，一顶深色渔夫帽，短袖衬衫、短裤、球鞋，手腕戴菩提子手串，他身上有着中学教师的学究气派。柏言向张荻秋介绍自己和念西，接纳老人的混沌，对重复游戏乐此不疲。荻秋很高兴，虽然她不知道自己在高兴什么。沈百辟很快离开了，他和柏言的父亲约好第二日骑摩托车环岛旅行。

长桌中央摆着花，绣球圆滚滚的，粉紫花瓣彼此簇拥，灰蓝色银叶菊，棉花从褐色花托争相挤出来，冬青缀成一串串红珊瑚，还有许多叫不出名字的品种。柏言递香槟给我。黄丹青给念西发消息:首映怎么样,替我向老板娘和柏言问好。

"丹青,她过得好吗?"

丹青陆续介绍念西担任一些手头项目的翻译工作,两人来往密切。念西答我:她"最近升任总编辑,事业一片向好、桃花不断"。我点点头。

怀旧商店的客人们境遇悬殊,异地旅行,难得内心宽懈,再加上纪录片多少泄露各自往事,以至于陌生人也不觉得有隔膜。

"婚姻的话,当然也曾抱着和那个人朝朝暮暮的想法,相处久了,吵架都能猜出对方会摆出什么姿势。"黎小姐端起杯子,里头空空,"总之,日子会继续过下去。"

妮娜碰翻甜品,衣袖、领口顿时全是奶油,薛家平顺手替妻子向外拉开座椅,蒋南薇欠起身,低声抱歉,拉着女儿离席去化妆间。

"我的父母从不吵架,"薛家平忽地开口,"小时候,我爸闷在书房工作,门不关,妈妈坐在客厅看电视,爸累了,往椅子后背一靠,仰头看见我妈,就那样一直看着她,看好久。他们做了好榜样。有时候,南薇在家写作,我陪妮娜搭积木,隔着房间偷偷拿眼瞄她,心里想:真好啊,能和这个人在一起。为什么要把时间浪费在吵架上面?"

"确实叫人羡慕。"傅东南接话。

"你真的不打算结婚?"孟嘉欣问她,"完全没有动摇过吗?"

傅小姐挑眉道:"我不是那种动辄宣称婚姻无价值的不婚主义者,抱怨围城的,恐怕更多是其中人吧。去年我住的地区发生了桩事,有位独居老人车祸身故,由于没有亲人,既没有人索赔,也没有人主持葬礼,一生草草了结。坦白讲,这样的社会新闻不罕见，放在平常，顶多唏嘘两天，发生在身边的话，感触还是不同的。一瞬间，我害怕了。NASA 有一个项目，叫做 Send Your Name to Mars，先向全球公众征集姓名，最后宇宙飞船会把存储着所有名字的芯片送上火星，当晚，我就在官网注册，填写两人的名字。这是我的仪式感。"

"你们的名字要被发射到火星吗？那岂不是天荒地老啦。"念西说道。

"我奶奶年轻时患上糖尿病，后边几十年，每顿餐前必须注射胰岛素，家里做菜从不放糖。"话说到这儿，蒋南薇带妮娜回到座位，家平微微侧身，给女儿系围兜。黎春晓朝他们望一眼，端起杯子，"临终前，她躺在床上，神志不清，拉着我父亲的手，问他有无芋圆糖水吃。我心想，天哪，以后千万不要活得那么老，如果不小心活得那么老，千万要健康，若不健康，千万要有个伴儿。"

"变老是一件值得庆祝的事。"勺子在咖啡杯来回搅拌，萧仲冬轻叹，"很多人没来得及变老，就离开了这个世界。"

"是啊，谁知道以后会怎样。"念西偷瞄柏言时，他刚好在看她。

"妈妈，"女儿拉了拉她的衣袖，蒋南薇附耳过去，尽管妮娜努力压低声音，大家还是听见她的话，"我可以再吃一块蛋糕吗？""那你不要再弄脏衣服。""知道了！"妮娜跳下座椅跑开去了，说等会儿再回来。玻璃门隔开两片区域，前边有个和她差不多年纪的小男孩，两人靠近脑袋谈天。

贺雨嘉把头发往额后拨过去，手掌撑着脸："小朋友真好，真容易快乐。"

忽然，餐厅骚动起来了，孟嘉欣的德国男友骑机车停在门口，车尾捆着大束鲜花。他是费思烨的朋友，一次巡演，看到孟嘉欣的表演，深深为她着迷。费思烨当然乐见其成，介绍两人认识。昨天他经历了第五次求婚失败。他的胳膊压着嘉欣的肩，低头亲了亲她，等在一旁。孟嘉欣问道："老板娘，你为什么开一家怀旧商店？"

一时间，所有人将目光投向我，为什么要开一家怀旧商店？很多人问过我这个问题。我想想，故事该怎么讲。那时候我还住在巴黎。

起先，我跟一个中国女人租了间单身公寓。某个下午，我梦见卧室起火，浓烟呛得人直干呕，怎么都逃不出去。薄暮的虚空抓紧我，尽管不是那场意外的亲历者，我总能在梦里反复身临其境，纤毫毕现地还原火灾现场。醒来，胸口像被塞子堵住，脚边扔着前任寄来的贺卡。"向，毕业快乐！但是我们分手吧，如果有需要，我可以陪你咨询心理医生。"我曾煞有介事地付出努力，接受指责"你太情绪化了，对他人毫不在意"，分手却只能联想到开端与结尾，缺乏穿插段落，好似恋情中间部分纯粹是打发时间。对于他自诩正常人的表述，以及首次直面"心理医生"这个名词带来的不适，我异常恼怒，继而决定洗一个热水澡，刚踩进浴缸，它就在我的脚底裂开了。

恰好是周末，商店不营业，来来往往没什么人，就连上下楼梯的脚步声、钥匙开门、邻居家的电视广告音也统统消失无踪，黄昏用它独有的光泽困住万物，哗啦，那道直白的裂缝前，我仿佛一株盆栽，正是我的花盆破碎了。我从中得到启示，"失去"正是生命的核心，我必须为失去我的花盆号啕大哭。不久，我搬了家。

租房合同，包括租房地址、面积、设备、房租价格和杂费及特殊条款等，最后签字盖章。薄薄两张纸。所谓社会关系正是如此，具体到租房合约、保险、银行账户等，替代结交过怎样的好友或曾拥有何等的爱情，承担起人生某阶段的真实注脚。

莫雷尔夫妇的公寓位于卢森堡公园附近，交通便利、租金低廉，房子有些历史了，没有电梯，我看中的就是这点。实际上莫雷尔先生不同意出租房间，一切都是莫雷尔太太单方面的主意，签协议那日，我足足听他们吵了半个多钟头。幸好莫雷尔先生并没有为难我，仿佛他的脾气，单是为了冲妻子发发脾气。后来我发现，他们每天都在为各种各样的事情争吵，彼此挑剔、找碴儿，我并不讨厌过分热烈的公寓氛围。无论如何，我在圣诞假期之前顺利乔迁，计划前往布拉格的旅行。

邮件，符合不急不缓的交流规则，消息通常滞后，表露一种单方面的联络意愿，不知道对方何时查阅，没有急迫的期待。等我赶到瓦茨拉夫·哈维尔国际机场，才发现航空公司的致歉信如下："由于部分法国空中交通管制员采取罢工行动，我们被迫取消您的航班，因此对旅客造成的不便，我们深表歉意……"翟子午从背后拍我的肩，喊"喂，向如卿"，我算不上惊讶，仿佛一早知道会遇见他。

每年，翟子午都会往我的邮箱发送祝福邮件，端午快乐、圣诞快乐、新年快乐等,我想起他的上一张电子贺卡,背景就是布拉格。

"翟子午,你也在这里?"

"是我。"黑色毛衣、牛仔裤,他穿羽绒服不显臃肿,马丁靴是深褐色的,那顶红色针织瓜皮帽使他在冬季的萧索中骤然夺目,刘海碎碎的,一双眼睛露出笑意,嘴角微翘,分明还是印象中的人。高中有一回,我骑单车去学校,路上看见他,猛蹬几下,冲上前拍他的肩,像那样喊他——喂,某某某。喊的是别人的名字。

"你等我一下,好吗?"翟子午小跑几步,半道又折回来,把他的行李箱拉杆放进我的手里,"不要走。"

"好的。"

说话空隙,他的几个朋友一齐朝我望过来。我心下忐忑,想不到什么值得叙旧的话题。翟子午跑回我面前,说肚子饿了,我们决定回到布拉格老城。

"去哪里?"我们找地方寄存行李箱。

"随便哪里都可以。"

他说他住在巴黎,我有一丝沮丧,巴黎那么大,两个认识的人淹没其中,要有足够深厚的缘分和不小的运气才会遇见。譬如我们同时在布拉格度过数日,却不见得会在机场以外的地方重逢。我和他谈起巴黎种种,塞纳河、卢浮宫、莎士比亚书店、蒙马特高地,他不时点头,表明确实在听,他说他坐在圣心大教堂的石阶上看过那座城市,看它时,不知道我也是它的一部分,他还说起卢森堡公园。

查理大桥两边热闹,巴洛克艺术大师们经手的雕像千般姿态,俯视伏尔塔瓦河,我的心豁然开朗,完全忘记之前的低迷状态,三两步一个小跳跃。我拉着他跑,和隔壁班男同学在多年以后自然而然熟络,大提琴与小提琴合奏,一对情侣贴面热吻,游客围观画师速写。他大喘气,叫我不要跑得太快,高兴时,仿佛每一根头发丝都在跳舞。前边有小摊卖明信片、冰箱贴之类的便宜纪念品,立体树脂的查理大桥、天文钟或印出来的饱和度过高的布拉格风景。

"你要买冰箱贴?"

"不买。"想起莫雷尔夫妇的冰箱上面贴满了各种冰箱贴,我耸耸肩,两个行李箱容纳全部生活,我痛恨物品堆积,没用的东西摆得满屋子都是,搬家时又不得不丢掉,"我没有冰箱。"

正式旅行结束,我没有要去的地方,没有要吃的东西,不用赶飞机、赶火车,哼了一路小调,和他从天亮走到天黑,华灯煌煌。我们一边散步一边谈天,等到饥肠辘辘,走进某家意大利餐馆。

"Ciao(你好)。"服务生迎上来,引我们至沿街的位置,四面透风,各处立着取暖炉。我脱了厚外套,披上餐馆的深红色薄毛毯。餐馆账单,旅行衍生品,约会时沉默的在场者。翟子午点海鲜意大利面、黑猪肋排和橙汁,我要了份小茴香奶油红点鲷鱼。

"你在看什么?"

"那边桌子坐着一男一女,"我撑着下巴,"各自低头看手机,从我们进门到现在,还没有抬过头、和对方说过话。大家面对面坐着吃饭,不好吗?为什么要把注意力浪费在别的事情上面?"

他循着我的视线悄悄一顾:"或许他们公务繁忙,假期亦不能幸免。"

"或许他们只是拼桌,谁也不认识谁。"

"嗯,"他笑道,"或许他们正在一起打游戏,换种方式共进晚餐。"

"他们吵了架,谁都不肯率先缓和局势。"

女士拿起桌上的柠檬水放到嘴边,没有喝,又重重地放回桌面。杯子和桌面撞出沉闷响声,餐馆吵嚷,各国语言混杂交织,没有引起任何人的注意。那位男士仍旧没有抬头。

"也许那位女士不爱吃意大利菜。"他从背包里拿出一个药瓶,倒两粒胶囊,吞下。

服务生端来海鲜意大利面,大虾、鱿鱼、蛤蜊混着碎番茄,撒了细碎的罗勒叶,慢烤黑猪肋排的香气覆盖嗅觉。另外还有一个绿色玻璃矮瓶,似乎是柠檬汁。

"怎么不是那位男士非要吃意大利菜?"舌头搭起一座滑梯,语气直溜下去,我想起前任那句"你太情绪化"的评价,莫名感到烦躁,"谁都有可能挑起矛盾不是吗?"

"嗯,男女吵架的原因丰富多样,"翟子午拧开绿色瓶,倒些"柠檬汁"进盘子,"我有两个朋友,一对情侣。有一天,男生跑来找我,说他的女朋友不高兴了,原因不明。后来一问,原来女生每次说'我爱你',男生都回答'我也爱你'。他的女朋友就说,你为什么要加个'也'字?"

"我在巴黎,和一对法国老夫妇同住。那天吃饭,房东先生突然甩掉勺子,对着妻子大发雷霆,我还以为发生了什么大事。

结果你猜什么原因？他的太太摆台时，把杯子放在了左手边。"我拿起柠檬水，喝一口，将杯子移到餐盘左边，"所以，为什么会因为这种事情生气？"

"海鲜面还不错。"他笑着用叉子卷起意大利面，"他们不好相处吗？"

"没有。"我的语气变坏，对讨论感到厌烦，"了解太多的话会变麻烦吧？大家在有限的空间保持互不干涉的和平就好了。我只是一名房客，说到底，关我什么事？"

"嗯，"他切了小块肋排，放进我的碟子，"试试。"

那边一男一女开始用餐，不说话，偶尔拿起手机。临时的不愉快感受没有影响到他，我马上歉疚："我想我可以理解女生不喜欢'我也爱你'这句话的'也'字，那个男生平时或许很少说这类话？女生说'我爱你'，不就是为了听到相同的告白吗？'我也爱你'，听起来就好像是对'你爱我'的回报，你爱我，因此我爱你。她不高兴，其实是觉得男友没有积极表达爱吧？"

"嗯。"翟子午停下手中刀叉，"微妙的不同感受。"

"随便说说的。"我面无表情地吐了吐舌头。

他随即莞尔，招呼服务生："您好，橙汁还没有上。"

"这就是橙汁。"对方指了指绿色瓶子。

"啊，我以为是柠檬汁。"想当然地以为橙汁会被倒进玻璃杯，不仔细看的话，瓶身的橙子图案和柠檬非常相像，翟子午解释，"和我家里的柠檬汁瓶一模一样，我竟然没发觉有什么不对。"

谈话在吞咽之间一口一口推进，他冲着我笑，弹格路折射街灯的光，行人脚下形成不平的起伏感。翟子午随手拿起我的外套，展开，我伸进两个胳膊，裹紧。

门侧服务生向我们挥手："Ciao（再见）。"

"Ciao。"

"Ciao Ciao。"他扑哧一笑。

"你笑什么？"

"你想啊，Ciao 这个单词既是'你好'又是'再见'的意思。所以，意大利人在说'你好'的时候，已经想到'再见'了吗？"

"你不觉得中文的'再见'更有意思吗？'再见'——分别时，想的是下次重逢。"

"也是，"他收敛笑意，好叫话语变得更庄重，"为了表示对'再见'这个词的敬意，我用它造句：长大以后再见你，真好。"

"噢。"我侧过头，平视他凸出的喉结，低音以规律的波形上下滑动。天幕低垂，头顶聚结大片密云，雨落不下来，全世界都闷闷的。走走停停，我不想开口说话。

"你好像和刚才有些不一样。"

"嗯。"高兴只属于一瞬间，下个瞬间，我失去对"高兴"的反应能力，沮丧突袭了我，我羞愧却毫无办法。

"我们往哪里走？"

"随便。"

"我给你讲个笑话吧，"他说，"两只番茄在大街上打闹，小番茄跑在前面，大番茄在后面追。你猜大番茄对小番茄说的最后一句话是什么？"

"Catch up（Ketchup）。"

"你原来听过这个笑话？"

"你冷不冷?"

"不冷,你觉得冷吗?"

我张嘴打哈欠,冷空气吸进喉咙,不小心咳了出来:"可惜,原本想和你交换冷的感受。"

"我可以分享温暖给你,"他背过身,"你过来,把两只手放到羽绒服的帽子底下。"

他的背宽阔结实,帽子遮住的地方果然暖和,翟子午微微低头,头发和领子之间露出小截光洁的皮肤,我缩回手,往掌心哈几口热气。时间仿佛不是线性向前而是折叠过去,从这里移到那里。我们经过卡夫卡博物馆、列侬墙,兜了圈子,绕回老城广场,走进一家小酒馆,我点了瓶圣罗兰葡萄酒,最后在露天座位并排坐下。

翟子午去洗手间,我替他看顾行李,背包侧边口袋鼓鼓的。登机牌被揉作一团,与作废别无二致,我反应过来,他今晚的航班并不飞往巴黎。

"下雪了。"翟子午拉开座椅。

"突然想看海。"

"等到夏天,继续见面吧。"灯宵如沸,酸樱桃香气自冷风中扑鼻而来,烟火"嗖——"地腾空,炸开一束束火星子,转瞬寂灭,新年钟声穿透硫黄的余味,布拉格广场沸反盈天,大雪落在他的帽子和衣衫上面,他抬高声调,"夏天,我们去尼斯看海吧。"

我们说好夏天去尼斯看海。夏天真正来临以前,似乎失去见面的理由,我们好像再一次被卷进巴黎汹涌的人潮,在忙碌的日常里沉浮,计划中的会面像约会,我们没有约会。他有时跟我分享巴黎的艳阳或雨天、黎明或者黄昏。我不常回复翟子午的消息且不因此感到人际压力。

  一个春日傍晚。莫雷尔先生问妻子："我的袖扣在哪里？"莫雷尔太太正在熨衣服，没有回话。他坐到阳台看报，"今天的天气不错，凯特琳娜。"莫雷尔太太端来一碟茶点，然后继续去忙别的事了。他将饼干塞进嘴里："你有看见我的袖扣吗？"妻子已经转身走进厨房。

  我拿起桌上的宣传单，《哲学讲座：柏拉图和文艺复兴运动》，主讲人是杰罗姆·莫雷尔，时间为下周五。他需要为一套得体的西装找到匹配的袖扣。"你知道我的袖扣在哪里吗？"妻子整理会客厅时，莫雷尔先生进行第三遍发问，"凯特琳娜！""我听见了。""你为什么不回答我的问题？""你的袖扣那么多，我怎么知道是哪一个？""你知道我指的是哪一个！""我不知道。""你怎么可能不知道？""你到底什么时候支付上上月、上月以及本月的账单？"凯特琳娜的意思是，丈夫尚未分摊近三月来的共同支出，她要求他将这笔钱在几月几日以前打进她的户头，弥补她的损失，日常方面，他们遵循严格的ＡＡ制。

  凯特琳娜在一家医药公司做销售，丈夫杰罗姆·莫雷尔是哲学教授，钟情尼采和蒙田，学校没课的时候，他多半待在书房不出门，准备教案、写论文或者批改作业。莫雷尔先生讲课艰深、无趣，课程通过率低，因此学生间人气不高，偶尔办几场文化讲座，参加者更是寥寥无几。毫无疑问，妻子对他的讲座再次表示嘲讽，称他连自身的问题都难以解决，竟然妄想搞懂柏拉图的问题。尽管凯特琳娜对外维持着法国女人的精心优雅，转身朝向丈夫，时时甩去冷脸，说话刻薄——虽然全世界的女人面对她愚蠢的另一半时，几乎都会变得异常刻薄——她指责杰罗姆无能、怀抱着愚蠢的理想主义；莫雷尔先生同样不甘示弱，批评妻子庸俗、蝇营狗苟，没有丝毫精神追求。他们互相贬低、夸大对方的错处。

比起他们日日夜夜鲜活的喧嚣，我更怕空荡荡的房间，暮色中醒来，什么声息都没有，偷听别人吵架，不啻是件丰富词汇量、见证语言更多应用场景的有趣事，语言有时像筛子，筛去下午茶点碎屑般的关心，剩下那些坚硬的大颗粒彼此撞击。我顺手拿起宣传单回卧室。

"我只是问问'我的袖扣在哪里'！"他再次强调，"你简直是疯子！"

"除了柏拉图，你还能关心点别的吗？"

"你滚！"他说，"我不想和你说话。"

"你最好搞清楚，我承担着这个家庭85%的开销。"一句话足以令杰罗姆气馁，他拿了外套夺门而出。凯特琳娜总结陈词："你又忘记关柜门！"

他们总是陷入无端的冲突，尤其知道怎么刺伤对方。我不明白这样的日子有什么意思，然而我还是在他们频繁的口角中听出一丝年迈生命的张力，否则为什么不离婚算了，不仅不离婚，甚至从未谈及分居。好像他们对杯子的摆放位置、一颗袖扣、选择哪家面包店、是否赞成某条政令争论不休，仅仅为了避免触及某个严肃的核心。

翟子午发来照片，一大片黑卷云在宝蓝色的夜幕下彼此纠缠。我问他，下周五，要不要和我去听莫雷尔先生的讲座？十分钟后收到回复：抱歉，周五有事。我马上懊悔贸然提出邀约。为了证明我只是想给莫雷尔先生一些鼓励或单纯无聊，我最终独自前往那场讲座，算上我这个门外汉，整场听众总共七个人。我对莫雷尔先生谈及的内容维持迷茫的注意力。他没有给我任何特殊的回应，讲座结束，径自离开了，我搭地铁回家。医药公司的广告贴在车厢顶端。

新药物临床试验，一种合法、经济的赚钱渠道，比买卖器官、代孕、色情交易划算得多，当然还有病人通过医院等途径试新药，仿佛对生命的挑衅。我并不拮据，父母的投资、不动产和保险赔偿金完全可以保障我的下半辈子，然而人生太轻松不是好事，譬如会失去最简单的目标——生存，从而失去对其他任何事情的兴趣。我陷入漫长而倦怠的焦虑。一次恳切长谈，袒露劣势，我和前任交涉相关问题，提及那场火灾和控制不住的坏倾向。他得出结论，我们需要冷静。

夜幕将至，翟子午来电话："到你家楼下大约四十分钟，可以见面吗？"我说"好"，怀揣着一目了然的期待，他再次打电话问我在做什么时，我说我在洗冰箱，其实是洗头发。不知怎么的说成冰箱，想起冰箱里还剩半包速冻汤圆。

"洗冰箱？"

"没什么。"我迟疑两秒，没有进一步解释。

我想象见他的样子，特地换了件墨绿天鹅绒长裙。车的两个大灯跳动，翟子午喊我的名字，我掖起裙摆小跑起来，跳进副驾驶座。

"你的头发长了，"他在肩头比画两下，"上次见面，大概……到这里的样子。"

> **临床试验受试者招募：**
>
> **健康的女性或男性**
> **18~50 岁　体重：50~100 千克**
> **└└　绝对禁烟**
>
> 　　该项目是针对慢性肾脏疾病的研究，您的参与将会为药物研究做出宝贵贡献，从而帮助相关患者。
>
> 　　您将获得总共 **5000 欧** 的津贴。
>
> **研究进程：**　住院 7 天，门诊 20 次
> **持续时间：**　4 个月
>
> 　　您将在整个研究过程中得到全面的医疗护理。

"是吗？"

"你今天看上去很好。"街区寂静，住宅楼的阴影将我们掩盖其中，翟子午把座椅后调，整个人微微仰着，顶灯的光影映在脸上，露出一丝倦意。他叙述近况，下午有约，两个月前就确定好的；家人来巴黎探望他；最近正准备建筑设计大赛。他说："怕你没什么要说的，所以我主动报告近况。"

"好像确实没什么要说的。"

"你总是不回消息。"

"人和人的关系不都那样吗?起初热络,渐渐变得冷淡,不知道什么时候就不联系了。"

"我们认识这么些年,"翟子午一贯的、充满耐性又平平淡淡的语气,"早过了那个阶段。"

"如果是你的话,好像冷场也没关系。"我想了想,"反正你总会不停、不停发消息给我,知道你在那里,就算'已读不回',还是会继续给我留言,不会因此尴尬。"

"嗯,"他笑着补充,"但你拒人于千里之外。"

"来欧洲以后,我有过几次被扒手翻包的经历,所幸每次都及时发现,没有被偷走什么重要物品。但是后来走在路上,每当有人稍稍靠近我,一米之内,我就会过度紧张……冒冷汗。那是身体的自然反应。"我止住话,"你在笑什么呢?"

"因为听起来像解释。"

他从后座拿出一束绣球,旧报纸裹起来的,粉蓝花瓣挨挨挤挤,开得很是热闹。我似乎从未提过喜欢绣球。翟子午问我怎么不邀请他上楼坐坐,我说我和房东同住,从未带人回过家。不过我们还是偷偷溜进公寓,他向我借卫生间。我剪短花茎,根部挖空小截,撕掉叶子,把绣球花插进瓶子,叠好那张用来包装的《法兰西晚报》。翟子午问起桌上拆开的航空信,那是慈善机构寄来的捐助证书。我倒了茶。父母过世以后,我不敢随意动用保险赔偿金,索性用它资助孤儿。他没有再说什么。

翟子午在起坐间碰见凯特琳娜,我介绍他是我的朋友。他们打招呼,听口气像见过面似的,凯特琳娜表现讶异,还叫我以后多邀请朋友回家。我不擅长处理这类场面，赶紧拉着他离开。外面在下雨。

"你会定居巴黎吗？"他关掉驾驶室的顶灯。

"不知道。"暴雨，我感到一瞬间的既视感，似乎经历过此时此刻，"我有时候会梦见火灾。说来奇怪，越早之前发生的事，人们记得越清楚。想必太怀旧了，所以过不好现在，还是说因为过不好现在，所以格外怀旧？"

"如果爱的人都在身边，则怀旧无意义。"他过来抱了抱我，"我明白。"

"是啊，他们都不在了，你相信另一个世界的存在吗？"翟子午摇摇头，我说，"我信，因为相信另一个世界的存在，我从未害怕到那里去。"

"怎么想要寄望未知的东西？"他的语气怀有不易觉察的悲悯。

"你不懂。"我控制不住地浪费善意，如果安慰不痛不痒，这三个字最能激怒对方，但没有任何证据表明翟子午生气了。我补充道："我有病。"

雨势变大，异性的温热气息，让我想起香榭丽舍大道两旁的悬铃木，午后迷蒙的烟尘里扬起巍峨的脸，他让我感觉可靠。几辆车经过，灯光忽明忽暗地照过来。某个瞬间，我抑制不住大哭，滂沱大雨打在挡风玻璃上，地面像怪兽张开巨口泛起一个又一个泡泡，冷雨汹涌沸腾，车马寂然。后来不管他说什么，我都没有再接话。

巴黎便宜或高档的化妆品、漂亮衣服、米其林美食，女人的天堂，他们夸耀法语美丽，穿行人海中，我只听得见吵闹，街头随处可见澎湃的爱与热吻叫人陌生。宁愿在卢浮宫浪费周末。第二天,翟子午带我去了医院。我变回正常人,清楚先前的状态确实过于浮动。汉密顿抑郁量表、汉密顿焦虑量表,通过相对科学的提问,出具精神方面的指导意见。双相情感障碍,医生理出结论说。我心想,哦,可惜不再符合临床实验项目的条件。

几天后,翟子午陪我接受第一次心理咨询。离开咨询室时,我们碰见莫雷尔夫妇,大家在尴尬中交换眼神、点点头。就是那天,我们沿着塞纳河散了会儿步,讨论到晚餐,翟子午说想和我一起包饺子。我采纳建议,当时不知道他说的"包饺子"还包括:和面、擀面皮和剁肉馅。在超市买了青菜、香菇、猪肉糜,还有活虾,我们回到公寓。

"天气那么好,我帮你晒被子。"他果真捧起我的被子去阳台。

"好吧,麻烦你了。"

"你昨天说洗冰箱,我就打开冰箱看了看,嗯,还剩半袋汤圆。我想,你平时肯定不怎么做饭,不如多做些水饺放在冷冻层,保存时间长,你饿的话,就可以吃了。"

我害怕剪虾须,像一次次执行凌迟,以前母亲都是这样做的——先把它们冷冻。他说要帮我剪虾,吩咐我按比例和面,我才知道翟子午根本没有尝试过水饺的完整制作流程,好在他的天分不错,饺子出锅,一个个品相完好、没有破皮。煎饺子时,他把油放多了,火苗从平底锅两侧蹿起来,立时关火,他捂住我的眼睛。莫雷尔夫妇开门,手里拎着蛋糕,一起回来。

"莫雷尔太太,您要加入我们吗?"他自然而然地发出邀请,"莫雷尔先生,您要不要和我们一起吃饺子?"出乎意料,他们搁置争议，以默不作声的合作态度在餐桌旁坐下。

"我们之前见过吗？"凯特琳娜看着翟子午，"抱歉，我想不起来了。"

"前几天，我来过这里。"他回答。

"噢，今天是我儿子的生日。"凯特琳娜解开蛋糕盒上的缎带。

"他死了，警察说是自杀。"杰罗姆把蜡烛插上蛋糕，"怎么会呢？他看上去是一个阳光的孩子，很正常。"他们的儿子死于投河，随身衣物整齐摆放于岸边，没有遗书。警察告诉他们，不是谋杀，不存在失足的可能，他是自杀。没有别的凶手，因此所有人都可能是凶手，包括他们。他们的爱根植恨意之中，互相埋怨，利用不幸惩罚彼此。

"我的父母死于火灾。"人们可以从他人的不幸中得到宽慰，我轻描淡写，"比起从天而降的厄运，自杀是个人选择，它给予死亡一种富有意志的尊严。"房东和我巨细无遗地分享悲剧始末，他们的儿子是左撇子，热衷旅行，每次旅行都会买冰箱贴，他曾给杰罗姆送过一对砂金石袖扣做为礼物。我不是真的对他们的事情感兴趣，我知道，大家需要叙述和倾听的空间。至于翟子午，好像任何时候，他都在我的状况里游刃有余。

那天以后，我注意到他们的关系发生古怪的好转，莫雷尔先生见到我，甚至还会扬扬手。翟子午定期陪我约见心理医生。他是从过去追上来的人，所以顺利地分享我的现在。他说，我热爱许多东西，爱、活着、飞行、漂亮建筑、猫和夏加尔，感情若是集中在一个层面就太危险了。我从没碰到过这样热爱生活的人，热爱到让我生厌。

那年我们没有一起旅行，可能是他，也可能是我抽不出时间。第二年夏天，我和翟子午约在尼斯见面。我们原本可以一同出发，但他坚持在尼斯碰头。海边走三十分钟，皮肤已然晒黑一圈，他见到我时，我正被搭讪。

"他不行。"翟子午揽过我的肩。

"哪方面？"

"啊？"

"没什么。"我吐了吐舌头。

"你的心情不错？"

"等你三十分钟，我都被晒黑了，刚才那个老外夸我性感。"

"他说的是真话。"

"你看，那些白人女孩子一个个趴着，正面、反面晒日光浴，担心不能全方位美黑。我们亚洲女孩子呢，多半涂着厚厚一层防晒霜、披防晒衣，躲在阳伞下面喝果汁，生怕晒黑了。"我和他走去公交站，准备前往夏加尔美术馆。

几分钟后上车，我们才发现里头多是小朋友，似乎是幼儿园集体出游。翟子午拍拍我的手，叫我别紧张。一个约莫七八岁的男孩从书包拿出画册，教后座的小女孩认识动物。车子慢悠悠往前驶，某个站点停住，他探头看看窗外，把书塞到她的手里："送给你。"然后匆匆下车，挥挥手。

"说不定他们长大以后还会再见面。"

"像我们一样吗？"他捏了捏我的掌心。

翟子午带我去看他喜欢的超现实派画家。周日免门票，黑白热敏纸票据印着编号、时间、0欧元等相关信息，作为旅途证据。

夏加尔美术馆收藏着画家的大部分作品，我对流派毫无了解，但视觉是本能，梦幻、童稚与爱，画作里的浓郁色彩让人想到童话故事。他知道我在巴黎时常流连美术馆，美的事物使人平静。

"你能够在他的画中见到一些常出现的元素，童年、故乡、鲜花、他的妻子，夏加尔对妻子帕拉的感情很深。噢，夏加尔还画过许多'美人鱼'。"翟子午笑道，"你知道吗？我最喜欢的童话是《海的女儿》。"

"为什么？"

"不知道，直觉。"

"童话故事的结局一般不都是'从此以后，王子和公主幸福地生活在了一起……'，怎么你偏偏喜欢一个悲剧？"

"你说的是《格林童话》，我说的是《安徒生童话》。好像不是一回事。"

我们拥有美术馆的下午。一切仿佛油画里的生机，棕榈树、啤酒、淡菜、裙子和棋盘格路面，不庄重的小细节构成最好的风景。海水温热，遮阳篷下对酌，双颊微红，西边晚霞燃烧起来了。回到闹市区，人声鼎沸，夏天像冰淇淋的奶油尖，生怕来不及细细品味，就悄然融化了。沿途经过纪念品商店，翟子午推我进去，我最后挑中一款冰箱贴。我们看见蜜色肌肤女孩坐在门口广场的台阶上抽泣。

"她为什么哭得这么伤心？"我问。

"迷路？或是不小心弄丢东西？"

"因为鞋子磨脚，太痛？"

"或许她的宠物走丢了。"

"或许是黄昏来了。"

"我们去买冰淇淋吧,或许她只是没有买到好吃的冰淇淋。"

我们走到冰淇淋车前,我说我要两个开心果口味的冰淇淋,然后问翟子午是什么口味。他说:"我也不知道我是什么口味。"

"哦,你'是'不想吃。"我说完,他凑过来一口咬掉我的冰淇淋尖尖。我把另一个冰淇淋递给陌生女孩,说:"有时候黄昏来了,我就想大哭一场。"她抬头说了句"谢谢"。

"你开始关心一个路人。"翟子午望向我。

他正在消除我身上的消极倾向。当然,尼斯太美了,让人舍不得破坏它的美,而我后来在这里发生的故事,同样占据了过往的首要浪漫席位。那是旅行的最后一天。

我们经过教堂,被误当作宾客挤进一场婚礼。新娘是有性别认同障碍的女性,她一直认为自己是男性,同时喜欢男性。许多年来,既没办法接受将她看作女孩的"正常恋爱",又不是普通意义的同性恋者,一度以为不可能拥有爱情。直到在某次性别认同互助会,认识如今的丈夫,他喜欢男性,却抵触另一半拥有男性生理特征。然而不是说上帝创造如此独特的两个灵魂,迫使他们不得不在对方身上寻求安慰,他说他首先爱她洁净的心。每每回想,我都一次又一次感动于他们的关系。

新娘礼服别致,白色抹胸上衣、西装裤,透明头纱底部是花朵刺绣,前短后长,从身后一直垂到小腿腹。三、二、一!新娘在倒数中向后抛去捧花。"嗯?就是……当一个东西砸过来,你伸手接住它,完全出自本能。"我做出解释。

"哇哦!"新人面面相觑,"你是我们中谁的朋友呢?"

"谁都不是，"翟子午大声答，"我们只是路过！祝你们新婚快乐！"

"你们来自哪里？"

"中国。"他说。

"恭喜你抢到我们的捧花！"

"你会向你的女友求婚吗？"

就在此时，翟子午从衣兜掏出一个四四方方的小锦盒，里面一枚红宝石戒指，单膝跪地，他用法语问道："你愿意嫁给我吗？"虽然是玩笑，他准备得未免过于充分，我呆住了。"配合下？他们都以为你是我的女朋友哦，"他换成中文，"买钻戒的预算捐出去了，你定期资助孤儿的那个机构，不要嫌弃。"

我伸出左手，翟子午替我套上戒指，鞠躬向周围人说"Merci（谢谢）"，他在起哄和掌声中拉着我跑远了，像是求婚，又像婚礼现场的私奔。

我们在海边无所事事。他教我观察云的形状，伸直胳膊，几根手指并拢，对准云彩，根据长宽判断云的种类。突然之间，谁都不说话了，透露着一种后知后觉的窘态。随便填了肚子，我们步行回民宿，各自休息。晚上他约我出门喝酒。

酒吧在三岔路口的交点，前方的人们将依次去往左右两个不同方向。我点一杯名叫 zombi 的鸡尾酒，老板笑道："这种酒不可以单独喝哦，危险。"

"两个人喝的话更危险，当然，未婚夫除外。"翟子午替我端走酒杯，笑着望向我，"你换了口红？"我惊讶于他的洞察力。红宝石戒指在中指散发明艳光泽，他说在旧集市买的，可以看作是个普通礼物。

"还记得不,我们第一次打招呼。"我和他从未提过以前的事,"你走路上学,我骑单车追过来拍了拍你的肩,你被吓到了。其实,我不是真的认错人。"

"告诉你一个秘密。从小到大,我的梦想都是成为飞行员。火灾那天,可以提吗?"翟子午不喝酒,点了苏打水,"我被告知体检不合格,没有资格报考飞行员。真沮丧啊,许多事突然失去意义。那天,一辆辆消防车不停从楼下经过,我后来才知道你家的事,偷偷跑去医院找你,发现你独自坐在楼道里。我隔着安全门没敢和你说话,新闻报道都说是建筑隐患导致的火灾,所以我成了现在的我。"

"我以前常想,活着真没意思,不如去死好啦。有什么意义啊?我活着或者死掉,没有影响啊。虽然我从未真正尝试结束它。保险金没有捐完,暂时还有一些人,在等着不知道是谁定期资助的学费、生活费。我现在渐渐接受这件事,接受生命原本没有意义可言,造物是中立的,或者说生命,它不好不坏,不明亮、不黯淡,不高大也不深刻,生命就只是生命罢了。我想,我失去了一些东西,但不代表曾经的拥有毫无意义,我没有失去拥有它们的过去的日子。"

"走走看吧,好好珍惜就对了。"他欲言又止,"怀旧是每个人的习惯。"

"人们会通过某些东西怀念一些人,所以不是有个词叫'物是人非'吗?"我生出醉意,手舞足蹈起来,"我要开一家商店,专门寄存和贩卖那些别人舍不得丢又不便保留的东西,就叫——

怀旧商店好了。"

"听起来好像不错。"他扶我站稳,"什么时候?"

"不知道,很久以后吧。"我与他碰杯,"来!让我们敬——所有已失去。"

"敬——拥有过的一切。"

"你有什么话要说吗?"我弯腰看他。

"我要回国了。"

"嗯。"我拿起杯沿用作装饰的菠萝,吃掉,"还会来巴黎吗?"

"我不知道。"

"嗯。"我才知道,我并不了解这位最亲近的朋友。几分钟沉默,我数着前面走过的第几十个人,他们走到眼前,又走远了,"我到时候去找你啊。"

他朝前方举杯:"你猜那对恋人,待会儿会往哪个方向走?"

"不猜,好无聊。"

"猜猜吗?"

"猜对的话,有什么奖励?"

"一个吻?"

"成年人接吻,需要这么做作的借口吗?"

五分钟,十分钟,十五分钟或者更久。我分不清是酒精的作用,还是那个发酵的吻,天旋地转。那对恋人松开紧牵的手,轻轻相拥,接着一个往左,另一个向右走去,不时回头挥挥手。次日,我和翟子午返回巴黎。

凯特琳娜容光焕发,仿佛陷入热恋——时隔四年,他们再度拥有彼此,感觉那样好!儿子去世以后,她和他像两个没有性别的老人，躺在同一张床上，再也没有爱的具体行为。每月预约两次心理会诊，对于关系的补救无济于事。"你的朋友身体还好吗？"她问我。"为什么这么问？""没什么，很久没有见到他。"凯特琳娜说，"最近常忘记事情，我还以为得了老年痴呆症啊，幸好只是脑炎。可以治，不必担心。"

触手可及的皮肤沟壑之间，他们幡然领悟，老之将至，他们还将面对未来必死的命运。我走去厨房，把冰箱贴挂在冰箱门上面。翟子午回国一段时间，我收到他寄来的怀旧商店设计图，我想，再也没有更好的怀旧商店了。我往他的邮箱寄电子贺卡，如同他以前每个节日做的那样，没有回音。

"老板娘，你为什么开一家怀旧商店？"他们齐齐看向我。

惊醒过来，身边早就换了新的夏天。

我想起《怀旧商店》纪录片中的一段旁白：珍惜当下，珍惜每个平淡的日子，无所事事，珍惜伞套、手机卡针和坏掉一只的耳机，看似无用的东西。珍惜在身边的猫和人，珍惜爱情，珍惜每场约会和短暂的会面。珍惜生命。珍惜快乐，珍惜拥有的时间。珍惜有缘无分。

"因为不缺钱啊。"我笑道，"缺钱的话，开不下去的吧。"

"那里不是要拆了吗？怀旧商店怎么办？"

"真的吗？会被拆掉吗？"

"怀旧商店怎么办？"

"暂时歇业。"我留下了客人们的邮箱，以便他日寄出邀请函，"或许换座城市，再开一家怀旧商店。"

图书在版编目（CIP）数据

怀旧商店 / 徐梦瑶著. —— 南京：江苏凤凰文艺出版社, 2021.9
 ISBN 978-7-5594-6006-6

Ⅰ.①怀… Ⅱ.①徐… Ⅲ.①长篇小说－中国－当代 Ⅳ.①I247.5

中国版本图书馆 CIP 数据核字（2021）第 106088 号

怀旧商店
HUAIJIU SHANGDIAN

徐梦瑶　著

责任编辑	孙金荣
特约策划	王　婷　李　肖
特约编辑	李　肖
封面设计	80回·小贾
版式设计	陈　飞
出版发行	江苏凤凰文艺出版社
	南京市中央路 165 号，邮编：210009
网　　址	http://www.jswenyi.com
印　　刷	河北鹏润印刷有限公司
开　　本	880 毫米 × 1230 毫米　1/32
印　　张	10.375
字　　数	200 千字
版　　次	2021 年 9 月第 1 版
印　　次	2021 年 9 月第 1 次印刷
书　　号	ISBN 978-7-5594-6006-6
定　　价	49.80 元

江苏凤凰文艺版图书凡印刷、装订错误，可向出版社调换，联系电话 025-83280257

StoryBook,一个致力于挖掘原创故事的平台,内容大至宇宙终极,小至爱恨离愁。孵化了"地狱膳房""二十四节气""相声少女刘三叔"等系列故事,旗下"睡不着电台"累计播放总量过亿,为在深夜里流浪的人们传递温暖的故事,成为他们"睡不着时的陪伴"。

官方微信:storybook2012
官方微博:@storybook2012